우진 현대 판타지 장편소설

WISHBOOKS MODERN FANTASY STORY

다시 태어난 베토벤

다시 태어난 베토벤 11

우진 현대 판타지 장편소설

초판 1쇄 찍은 날 | 2020년 4월 21일
초판 1쇄 펴낸 날 | 2020년 4월 28일

지은이 | 우진
펴낸이 | 예경원

기획 | 위시북스
편집책임 | 이은송
편집 | 위시북스

펴낸곳 | 예원북스
등록번호 | 제396-2012-000132호
등록일자 | 2012. 7. 25
KFN | 제1-529호

주소 | 경기도 고양시 일산동구 호수로 646-24 위너스21 II빌딩 206A호 (우)10401
전화 | 031-819-9431 팩스 | 031-817-9432
E-mail | yewonbooks@naver.com

ISBN 979-11-365-2220-7 04810
979-11-6424-234-4 (set)

※ 이 도서의 국립중앙도서관 출판시도서목록(CIP)은 서지정보유통지원시스템 홈페이지(http://seoji.go.kr)와 국가자료공동목록시스템(http://www.nl.go.kr/kolisnet)에서 이용하실 수 있습니다.

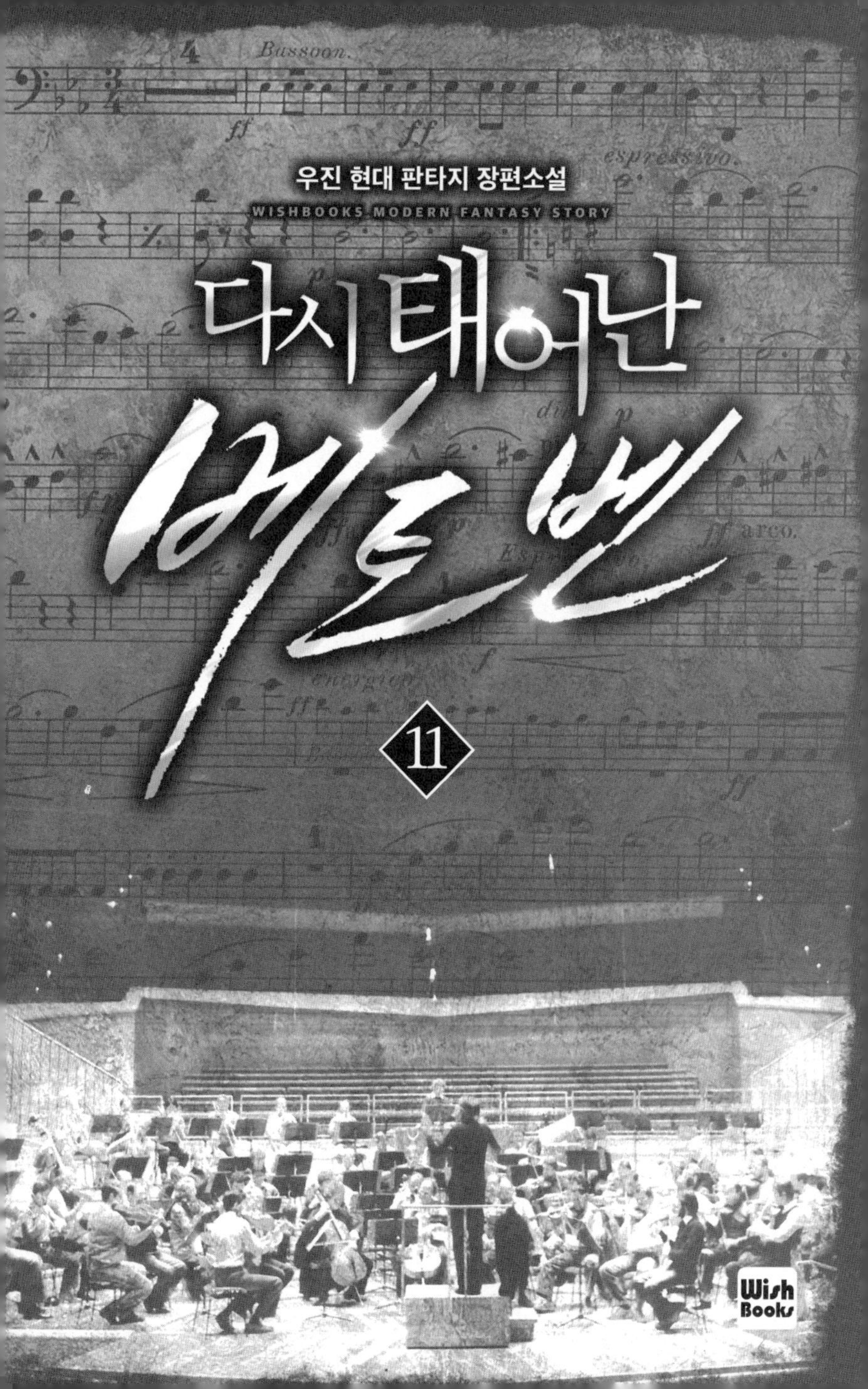
Bassoon.
espressivo.
우진 현대 판타지 장편소설
WISHBOOKS MODERN FANTASY STORY
다시 태어난
베토벤
11
arco.
Wish Books

다시 태어난 베토벤

CONTENTS

· 59악장 ·

베를린의 마왕

"확실히 팬들이 얼마나 좋아하는지, 즉 당일 공연을 어떻게 수행하는지에 달린 문제로도 볼 수 있네요. 기존 인지도만큼이나."

"그렇습니다. 또한 얀스 악장이 언급했던 대로 앞으로 어떤 연주를 들려줄지는 예측하기 어렵죠."

알렉스 데스플로의 말에 다들 고개를 끄덕였다.

그때 잠시 상황을 지켜보던 모리스 르블랑 수석 기자가 나섰다.

"그 점에 대해서는 같은 생각입니다만, 베를린 필하모닉 B가 상당히 불리한 입장에 놓인 점은 짚고 넘어가야 할 문제입니다."

"불리한 입장이요?"

"찰스 브라움의 부재 말입니다."

"아."

모든 패널이 고개를 끄덕였다.

세계 최고의 바이올리니스트로 꼽히는 찰스 브라움은 베를린 필하모닉, 특히 대부분 신인으로 구성된 B팀의 핵심 인물이었다.

"아시다시피 베를린 필하모닉 B에는 두 명의 악장이 번갈아 역할을 분담하고 있습니다. 찰스 브라움과 왕소소가 배도빈을 받쳐주고 있죠."

"그런 찰스 브라움이 빠졌으니 왕소소의 부담이 커질 수밖에 없다는 말씀이시군요."

"그렇습니다. 오케스트라 대전은 장장 2달간 이뤄지는 장기전입니다. 대체할 인물이 많은 다른 악단에 비해 베를린 필하모닉 B가 부담스러운 것을 부정하긴 어렵습니다."

"어떻게 생각하시나요, 한스 레넌 편집장님."

"저 역시 같은 생각입니다. 찰스 브라움이 4라운드에서 복귀할 수 있는지 주목할 상황이죠."

각 패널이 이야기할 수 있도록 질문을 이어가던 사회자 우진은 문득 궁금해졌다.

"찰스 브라움은 대체 무슨 이유로 입원한 건가요?"

"잘츠부르크 외각의 항문외과에 입원한 것으로 알려졌습니다. 병원에서는 정확한 병명을 알리지 않고 면회나 악단 인터뷰조차 거절하고 있지만 뭐, 다들 예상하실 수 있는 일 아니겠습니까?"

수술 경험이 있는 몇몇 이는 진심으로 찰스 브라움이 회복하길 바랐다.

“수술 자체는 그리 어렵지 않은 걸로 알고 있는데요.”

“회복 기간이 문제죠. 만약 상태가 괜찮았다면 무엇이든 발표됐을 텐데 그러지 않고 숨기는 것으로 보아 회복이 더딘 것 같네요.”

“베를린 필하모닉 B에는 큰일이네요.”

“생각보다 더 큰 문제일 수도 있겠습니다. 르블랑 기자께서 잘 지적해 주셨네요. 어제 공개된 4라운드 연주곡을 생각하면 더욱 위기라고 보는 게 맞겠습니다.”

“이고르 스트라빈스키의 발레곡 불새였죠?”

“네. 특이한 건 발표된 곡 이름 아래 바이올린 협주곡이라고 적혀 있다는 점입니다.”

“무슨 의도일까요?”

“제 생각에는 아마 배도빈 악장이 이고르 스트라빈스키의 명작을 대대적으로 편곡한 듯싶습니다. 투란도트 때와 마찬가지로요.”

“아.”

“바이올린 협주곡이니 독주 바이올린이 필요할 테고 당연히 4라운드에 출전 예정이었던 찰스 브라움이 나서려던 게 아닌가 싶습니다. 그의 스트라디바리우스가 같은 이름인 걸 생각해 보면 퍽 어울리는 조합입니다.”

“이거 정말 노렸다고밖에 볼 수 없는 선곡이네요. 배도빈 악장의 승부수라 봐도 괜찮을까요?”

"그럴 겁니다. 배도빈에게 찰스 브라움만 한 무기는 없으니까요. 아마 4강이나 결승에서 선보일 예정이었을 것 같단 생각이 들 정도입니다."

"말씀을 듣고 보니 정말 난감하겠네요. 배도빈 악장이 이 난관은 어떻게 풀어낼지 궁금해지네요."

"하하. 도빈 군이라면 분명 대비책을 마련해 두었을 것 같습니다."

"제 생각도 같습니다. 찰스 브라움이 입원한 지 시간이 흘렀으니까요. 또 세상을 깜짝 놀라게 해줄 거라 믿습니다."

"정말 기대되네요. 오늘 함께해 주신 분들과 시청해 주신 분들께 감사드리며, 베를린 필하모닉 B가 난관을 어떻게 헤쳐나갈지, OOTY 오케스트라 대전의 4라운드에서 확인해 보도록 하겠습니다. 감사합니다."

♪

'돌겠네.'

찰스 브라움의 상태를 확인하고 온 멀핀 과장이 호텔 라운지에서 최악의 소식을 전했다.

"힘든 거예요?"

"네. 안타깝게도. 혹시 다른 방법은 없으신 건가요?"

그런 거 없다.

'The Firebird-Violin Concerto'는 찰스 브라움의 기량을 최대한 뽑아내고자 편곡한, 여태까지 시도하지 않았던 새로운 난이도의 곡이었다.

찰스 브라움은 대체 무슨 짓이냐고 투덜댔고, 나는 그의 수면 시간까지 줄여가며 강도 높은 연습을 요구했다.

다른 일정과 병행하긴 했어도 찰스마저 완벽히 소화하기까지 시간이 걸렸던 만큼 대체 자원이 있을 리 만무하다.

답답할 노릇이다.

'어쩌지.'

어쩔 수 없이 대체할 사람을 구해야 하는데, 불새 협주곡을 소화할 수 있는 사람이 손에 꼽힌다는 것.

더욱이 내일 하루 휴식을 포함해 4일밖에 남지 않았기에 연습 시간이 말도 안 될 정도로 짧다는 것이 더 큰 문제였다.

'……내가 해야 하나.'

찰스 브라움의 연습을 도우면서 연주가 손에 익었기에 그런 생각을 잠시 했지만.

턱도 없는 일이었다.

불새 협주곡을 연주할 사람을 구하는 일보다 나를 대체할 지휘자를 구하는 일이 훨씬 더 가망 없다.

연주 난이도를 조절하더라도 바이올린 독주자를 구하는 편이 수월하다.

어쩔 수 없이 원본은 포기해야 할 듯하다.

후보로는 역시 베를린 필하모닉의 악장단.

4라운드에 출전 예정인 헨리 빈프스키를 제외하면 케르바 슈타인과 파울 리히터 그리고 소소가 남는데, 이들이라면 난이도를 조절한다는 가정하에 4일간 준비할 수도 있지 않을까 싶다.

고민할 시간이 없다.

맞은편에서 함께 고민 중인 멀핀 과장에게 물었다.

"멀핀, 케르바 슈타인이나 파울 리히터가 우리 쪽에서 연주할 수 있어요?"

"저도 혹시나 싶어 협회에 문의했는데 힘들 것 같아요."

"이유는요?"

"A로 등록이 되어서 그렇다고 해요. 오케스트라 대전 규정에 의하면 A와 B는 다른 악단이거든요."

그놈의 규정이 사람 속 터지게 한다.

그러면 남은 후보는 소소뿐.

사실 3라운드를 준비하느라 고생한 소소가 4일 만에 '불새'를 준비하는 건 불가능해 보인다.

그녀가 아니라 어떤 사람을 데려다 두어도 어려울 것이다.

그래서 되도록 상대적으로 여유가 있는 케르바 슈타인이나 파울 리히터의 도움을 받고 싶었는데, 일이 참 거지 같이 돌아간다.

짜증이 나 애꿎은 책상만 두드리게 된다.

'방법이 없어.'

"소소를 불러주세요. 이야기는 해봐야 할 것 같아요."

"네."

멀핀 과장이 나가고 잠시 뒤 소소가 하품을 하며 들어왔다. 어제 공연할 때도 피곤해 보여서 어디 아픈 건 아닌지 걱정된다.

"몸 안 좋아요?"

소소가 고개를 저으며 앉았다.

"졸려."

소소의 배에서 꼬르륵 소리가 났다. 요기할 만한 것을 주문하고는 입을 열었다.

"찰스가 4라운드에 못 나설 것 같아요."

"응."

"소소 이외에는 대체할 사람이 없어요. 가능하겠어요?"

"왜?"

소소가 눈을 비비며 물었다.

'응' 아니면 '안 돼'를 예상했던 터라 조금 당황스럽다.

"윤희가 준비하고 있잖아."

"……네?"

눈을 깜빡이니 소소가 핸드폰을 꺼내 전화를 걸어 나윤희를 불렀다.

"응. 라운지. 응."

통화를 마친 소소에게 물었다.

"무슨 말이에요?"

"윤희가 말했어. 브라움이 4라운드 못 나올 것 같다고."

그 이외에 다른 연주자는 생각도 하지 않았기 때문에, 아니, 애초에 그를 활용하기 위한 곡이었기에 너무 쉽게 생각했다.

지휘자로서 찰스 브라움이 연주를 못 하는 상황을 상정하고 대비책을 마련했어야 했거늘.

내 책임이다.

그걸 나윤희가 대신 나선 것이다.

"그래서 준비한 거예요?"

"응. 맨날 못 자게 연습 봐달라고 해서 귀찮았어."

소소가 3라운드 당일과 지금까지 피곤해 보였던 이유인 듯 싶다.

"아, 안 자?"

마침 평상복을 입은 나윤희가 호텔 라운지로 들어섰다. 늦은 시간인 걸 감안하면 어디 다녀왔나 싶다.

파자마에 외투를 걸친 소소와는 대조적이다.

"앉아요. 뭐 마실래요?"

"괘, 괜찮아. ……무슨 일 있어?"

나윤희가 조심스레 물었다.

지금 보니 그녀도 꽤 피로해 보인다. 예쁜 피부에 그늘이 져 수척한 느낌으로, 소소도 나윤희도 제대로 쉬지 못한 듯하다.

'제대로 연주하려면 보통 노력으론 어림도 없으니까.'

나윤희의 바이올린 실력은 인정하지만 전혀 연주해 보지 않은 곡을 단기간에, 그것도 나와 찰스조차 어려워했던 곡을 소화하려면 도대체 얼마나 노력했을지.

"불새. 연주할 수 있겠어요?"

"아."

나윤희가 손가락을 꼼지락대며 대답했다.

"그…… 혹시나 싶어서 만약에 무슨 일이 생기면 대비하려고 했는데."

정말 고마운 일이다.

"그런데."

나윤희가 우물쭈물하고 있는 도중 소소가 주문한 케이크가 나왔다.

맛을 보더니 반쯤 감겨 있던 눈이 동그랗게 된다.

"……으으. 미안해."

뭐가 미안한지 이해할 수 없다.

"마, 만약 할 사람이 없으면 나라도 해야겠다 싶어서 노력했는데, 그게. 그게."

"괜찮아요."

"너무 어려워……."

나윤희의 입꼬리가 쭉 내려갔다.

"맞아. 어려워."

소소가 맞장구를 쳤다.

'무리도 아니지.'

나와 찰스가 1달에 걸쳐 준비한 곡이다.

제2바이올린 수석으로서 오케스트라 대전을 준비함과 동시에 일주일 만에 불새를 연주할 수 있을 리 없다.

만약 나윤희가 내 기준에 부합할 정도의 연주가 가능하다면 내 안에서 그녀를 다시 평가해야 할 것이다.

"……역시 내가 할 수밖에 없나."

무심코 생각하던 걸 입으로 흘렸다.

자칫 잘못되면 지휘와 바이올린 연주를 동시에 해야 할 수도 있겠다고 생각했던 터라 자연스레 생각이 그쪽으로 흘렀다.

'이렇게 되면 사전 준비를 더.'

"안 돼."

그렇게 생각하고 있을 때 소소가 단호히 말했다.

"뭐가요?"

"연습 더 시키려고 그러지."

"네."

"지금도 다들 죽어. 도빈은 4라운드만 할 거야?"

"……."

그것도 맞는 말이다.

사실 지금까지 베를린 필하모닉 B는 각 개인의 기량을 넘어서 잘 따라와 주고 있었다. 3라운드도 얼마나 노력해 주었는지 안다.

그러나 더 이상 주어진 선택지가 없다.

"들어봐."

소소가 다시 말했다.

"윤희, 잘해."

이건 또 무슨 말인가.

"어렵다면서요?"

"잘해. 나 믿어. 완전 대박."

"아, 아, 아, 아니야. 나 같은 건 브라움 악장님을 도저히."

말투는 퉁명스러워도 속 깊고 거짓을 말하는 법 없는 소소다.

현악기 전반에 걸쳐 그녀만큼 능력을 보이는 실력자도 드물고, 그런 소소가 허튼소리를 꺼낼 리 없다.

"올라가요."

"어, 어?"

"어서요."

망설이는 나윤희의 손목을 붙잡고 그녀의 방으로 향했다.

· 60악장 ·
토쟁이

나윤희가 바이올린을 들고도 망설였다. 꼼지락대는 손가락이 신경 쓰인다.

"저, 정말 별 볼 일 없는데."

"괜찮아요."

옥신각신한 끝에 그녀가 어쩔 수 없다는 듯 활을 쥐었다.

뭐가 그리 긴장되는지 오들오들 떤다.

저 성격을 이해할 순 없어도 속으로는 치열하게 싸우고 있음을 알기에 묵묵히 기다리니.

나윤희가 숨을 고르고 불새 협주곡의 독주 파트를 연주하기 시작했다.

'아.'

소소가 그녀를 추천한 이유도 나윤희가 자신 없어 했던 것도 이해할 수 있었다.

사실, 내가 그렸던 그림과는 거리가 있다.

스트라디바리우스 파이어버드의 아름다운 음색과 찰스 브라움의 감미로운 연주와 달리, 나윤희의 연주는 좀 더 선이 굵었다.

투박한 면도 보인다.

빼곡하게 나열된 전개부는 현존하는 최고의 바이올리니스트라는 찰스 브라움조차 고생했던 부분이다.

표현해야 하는 음은 많고 템포는 빠른데 소리는 찢어지지 않아야 한다.

그러다 보니 아무래도 템포를 쫓기에 무리가 따른다.

그러나.

'……이 정도면 돼.'

이대로라면 무리지만.

이 정도까지 소화할 수 있다면 앞으로 남은 4일간 어떻게든 손볼 수 있을 거란 생각이 들었다.

이 짧은 시간에 이만한 수준으로 불새를 연주할 수 있다니, 내가 보지 않은 곳에서 얼마나 자신을 몰아붙였을지 쉽게 가늠할 수 없었다.

'잘해.'

단지 시간이 부족했을 뿐으로 보인다.

지금은 본인의 버릇과 특징 때문에 원래 내 의도와 벗어나 있지만 적어도 곡이 말하는 바는 확실히 인지하고 있다.

만약 충분한 시간이 주어졌더라면 훌륭히 소화했을 거란 생각도 든다.

곡 자체가 찰스 브라움을 위해 만들어졌기 때문에 그럴 뿐이지 나윤희 역시 뛰어난 바이올리니스트.

독주 파트를 나윤희에게 맞춰 변형시킨다면 다른 방향으로 좋은 결과물이 나올 것 같다.

촘촘하면서도 빠르고 부드러운 느낌에서 선이 굵고 당찬 느낌으로.

나윤희가 연주를 마쳤다.

"멋져요."

"으으으으."

"누나가 해줬으면 좋겠어요. 독주 파트는 수정 들어갈 거예요."

"네, 네?"

당황한 나윤희가 예전처럼 존대했다.

"이 악보는 찰스를 위해 만들었던 거예요. 누나한테는 어울리지 않아요."

금세 울상이 되었다.

"미, 미안해. 주제넘었지……."

"그런 뜻이 아니에요. 저도 다른 누구도 그 부분에 있어서는 찰스 브라움만큼 연주할 수 없어요."

나윤희가 입을 꾹 닫았다.

'정말 나 같은 게 해도 되는 걸까'라는 쓸데없는 생각이나 하고 있을 게 뻔해 확실히 말했다.

"누나가 아니면 안 돼요. 지금 불새로 저를 만족시킬 바이올리니스트는 누나뿐이에요."

"윤희뿐이야."

소소도 거들었다.

'힘들었겠지.'

3라운드에서 나윤희는 자기 역할을 톡톡히 해내주었다.

특히 변화가 심했던 제2바이올린을 능숙하게 이끌어 공연을 성공적으로 이끈 주역 중 하나다.

'이런 준비를 하면서 말이지.'

마음 같아서는 당장에라도 그녀의 연봉을 올려주고 싶은 심정이다.

"하지만 브라움 악장님의 연주랑은……."

"처음부터 찰스와 똑같은 연주를 바라지 않았어요. 그런 일, 찰스에게도 누나에게도 못할 짓이니까."

두 천재 바이올리니스트에게 그보다 무례한 일도 없을 것이다.

찰스 브라움을 대신하는 사람이 존재한다니, 어불성설이다.

반대로 그 자체로 훌륭한 연주자인 나윤희에게 남을 따라

하라니.

오케스트라 대전을 포기하는 게 낫지 내 눈에 흙이 들어와도 그런 일을 시킬 순 없다.

내 마음을 이해했는지 나윤희가 손을 모은 채 고개를 끄덕였다.

"손 좀 봐요."

"왜, 왜?"

신경 쓰이던 걸 물어보니 나윤희가 손을 감췄다.

은근히 고집이 센 편이니 말로는 보여주지 않을 터.

손을 낚아채자.

"아."

'이게 뭐야.'

긴 시간 혹사당해 손톱 모양이 변형된 거야 바이올리니스트들의 특징이라 해도, 손끝이 터시길 반복했는지 이미 피멍이 잔뜩 들어 있다.

언뜻 보기에도 심각하다.

이런 상태로 연주를 하다니. 제정신이 아니다.

"테이핑 왜 안 했어요?"

"지, 징그럽지."

"왜 안 했어요."

"무, 무뎌지니까. 그, 그만 봐."

굳은살이 잔뜩 박인 그녀의 손은 깨끗하고 예쁜 다른 곳과 달리 무척 투박했다.

손가락은 오래전에 변형이 왔으며 지금은 베를린 필하모닉을 위해, 또다시 혹사당하고 있었다.

'실격이야.'

손이 이 지경이 될 때까지 모르고 있었다니.

지휘자로서 실격이다.

"미안해요."

"아, 아, 아, 아니야. 왜, 왜 그래."

그녀의 손에서 눈을 뗄 수 없어 지켜보는데, 나윤희가 조심스레 입을 열었다.

"그렇게 생각하지 마. 나도 베를린 필하모닉의 단원이니까."

나윤희는 돕고 싶었다든지, 베를린 필하모닉을 위해서라든지 하는 말은 하지 않았다.

그러나 그 어떤 말보다도 진정성이 전해졌다.

가슴이 아프고 고마웠다.

"소, 손 좀 봐주면 안 될까?"

"아. 네."

엉망진창인 손을 보고 말릴까도 생각했지만 그녀의 마음을 안 이상 차마 그럴 수 없었다.

4라운드는 나윤희에게 맡기고 이후 충분한 휴식을 줘야겠다고 생각했다.

남은 문제는.

"파이어버드를 대신할 악기가 문제인데……."

"빌려준대."

"찰스가요?"

소소가 고개를 끄덕였다.

파이어버드를 향한 찰스 브라움의 사랑, 아니, 집착은 광적이었다.

그런 그가 파이어버드를 빌려준다니, 있을 수 없는 일이다.

"윤희가 연습하는 거 듣고 빌려준댔어. 윤희 장해. 그치?"

"아니야……."

찰스 브라움도 나윤희가 얼마나 노력하고 있는지 알아주었던 것 같다.

그러나.

"아니에요."

소소와 나윤희가 고개를 돌렸다.

"윤희 누나가 연주할 불새는 다른 느낌이에요. 파이어버드는 좋은 악기지만 새로운 불새에는 어울리지 않아요."

나윤희에게도 마찬가지다.

잠시 생각을 하다 멀핀 과장을 불렀다. 근처에 있던 멀핀이 금방 자리를 함께했고 소소는 어느새 조각 케이크를 3개나 다

먹어 치웠다.

"부탁이 있어요."

"무슨 일이든 말씀해 주세요."

"베를린에 있는 캐논을 가져와 주세요."

"……네?"

멀핀 과장이 되물었다.

캐논을 옮기는 일은 무척 까다로울 수밖에 없어 멀핀이 놀라는 것도 이상하지 않다.

대답 대신 고개를 끄덕이자 그녀도 상황의 중대함을 인지한 듯했다.

"알겠습니다. 최대한 서둘러 처리하겠습니다."

"부탁해요."

♪

어쩜 이렇게 한심할까?

이번에도 똑 부러지지 못했다.

다들 도빈이를 하늘에서 뚝 떨어진 천재라고 생각하지만 알고 보면 그렇지만도 않다.

도빈이는 매일 자는 시간까지 줄여가며 공연을 준비한다.

곡을 쓰는 일이나 지휘뿐만이 아니라 단원들이 어려워하는 부분을 직접 연주해 주기도.

다루지 못하는 악기에 대해서는 몇 시간이고 의논해서 어떤 방법으로든 문제를 해결해 준다.

도빈이는 내가 아는 그 어떤 사람보다 많은 일을 열심히 한다.

무대 위의 모습은 정말 대단하지만 어느 누가 무대 아래서 도빈이처럼 일할 수 있을까?

그런 도빈이가 멋있으면서도 안타까운 건 어쩔 수 없나 보다.

브라움 악장님이나 소소가 있어 다행이다.

두 사람은 정말 든든해서 도빈이가 기댈 수 있으니까, 조금이라도 베를린 필하모닉 B의 무게를 나누는 듯해 안심이다.

하지만 난 이대로 괜찮을까.

수석이라는 분에 넘치는 자리에 있으면서도 아무것도 하지 않는다면 쓸모없는 사람으로 남을 뿐이다.

나도 베를린 필하모닉 단원이니까.

이번만큼은, 브라움 악장님이 빠져 기울어진 베를린 필하모닉을 받쳐야 한다.

다들 열심히 하고 있으니 조금이라도 힘이 남아 있는 내가 해야 하는데, 찰스 브라움 악장님처럼 연주할 순 없었다.

나름대로 노력했지만 역시 브라움 악장님을 따라갈 수는 없었다.

정말 칠칠치 못하게.

하지만.

그래도.

'지금 불새로 저를 만족시킬 바이올리니스트는 누나뿐이에요.'

도빈이가 그렇게 말해주었을 때는 정말 기뻤다.

함께 일할 수 있는 사람으로 인정받은 것만 같아서, 한심한 나도 쓸모가 있는 사람처럼 느껴져서 기뻤다.

손을 보였을 때는 조금 부끄러웠지만.

'도빈이 손 따듯했지.'

아, 그럼 내 손은 차갑게 느꼈겠구나.

"아아아아."

베개에 얼굴을 묻으니 조금 버틸 수 있을 것 같다.

'……미안하다고 했지.'

왜 그런 말을 했을까.

도빈이가 다른 사람에게 사과하는 건 처음 봐서 조금 당황했다.

이런 나라도 함께할 수 있어서 기쁜데 도빈이는 뭔가 마음에 걸렸던 걸까?

모르겠다.

♪

베를린 필하모닉 콘서트홀과 주변은 아침부터 사람들도 북적였다.

A와 B 모두 오케스트라 대전에 참가 중이기에 한동안 한적했던 거리에 찾아든 갑작스러운 소란.

베를린 시민들은 의아할 수밖에 없었다.

"뭐야?"

"글쎄. 공연이라도 준비하나?"

"베를린 필하모닉은 오케스트라 대전에 가 있는 거 아니었어?"

"그러니까."

때마침 검은색 세단이 줄지어 베를린 필하모닉 콘서트홀 앞에 나타났다.

그 가운데에는 견고해 보이는 차량과 리무진이 있었는데 마치 호위를 받는 듯했다.

그 진풍경에 사람들은 사진을 찍어대기 시작했고 이윽고 베를린 필하모닉에서 보관 중이던, 배도빈의 캐논이 옮겨지기 시작했다.

리무진 안에서 그것을 구경하던 배도진의 눈이 초롱초롱했다.

"엄마, 엄마. 형아 보러 가는 거죠?"

유진희는 이틀 전부터 형을 보러 간다는 말에 잠도 제대로 안 잔 둘째의 볼을 쓰다듬었다.

"그래. 형 많이 보고 싶었지?"

"네! 근데 왜 안 가요?"

"형이 바이올린이 필요하대. 저기 아저씨들이 형 바이올린 옮겨주시는 거야."

배도진이 다시 창밖을 보았다.

그러나 바이올린의 무게를 아는 배도진으로서는 왜 저렇게 많은 사람이 붙어야 하는지 이해할 수 없었다.

바이올린을 베를린에서 잘츠부르크까지 옮기는 데 드는 힘을 계산해 봐도 이해할 수 없었다.

"1kg도 안 되는 바이올린을 600km 옮기는데 왜 이렇게 많은 사람이 필요해요?"

배도진이 정말 오랜만에 이해할 수 있는 말을 했기에 유진희는 웃으며 답해주었다.

"형 바이올린은 엄청 비싼 거야. 중간에 누가 훔쳐 가거나 망가지면 큰일이잖아?"

"아, 응."

배도진은 납득했다는 듯 고개를 끄덕였다.

"하하. 아드님이 즐거워하는 것 같네요."

유진희, 배도진과 함께 리무진에 자리한 70대 노인이 호탕하게 웃었다.

"정말이지 첫째랑 둘째 모두 너무 특이해서 고생이에요. 그나저나 도빈이 때문에 이렇게 많은 분이 고생하시네요."

"아닙니다. 다 베를린 필하모닉을 위한 일인데요. 게다가 긴급한 상황인 것 같으니 말이죠. 덕분에 저도 이 일을 핑계로 휴가를 얻었습니다. 하하하."

베를린 필하모닉의 악단주 귄터 부르비츠는 그들에게 빛을 안겨준 배도빈을 위한 일이라면 진심으로 무엇이든 할 생각이었다.

"우와! 헬리콥터다! 엄마, 우리 집 거랑 다르게 생겼어요!"

"어머. 그러게? 도진이 헬리콥터 좋아해?"

"네!"

귄터 부르비츠가 헬기를 타고 가는 편이 좋냐고 묻자 배도진은 힘차게 고개를 끄덕였고 유진희는 멀미가 난다며 아들을 말리느라 고생했다.

그러는 도중 캐논을 운송하기 위한 준비가 마무리되었다.

♪

오케스트라 대전이 하루간 휴식을 가졌지만 잘츠부르크는 여전히 음악으로 가득했다.

거리마다 연주자들이 솜씨를 뽐냈고 테이블이 놓인 야외에서는 오페라가 상영되었다.

과연 음악의 도시라 할 만했다.

관광 중인 한 일행이 주변을 둘러보며 감탄했다.

"진짜 엄청나네."

"그러니까 말이야. 크리크 본선에 오케스트라 대전 그리고 잘츠부르크 페스티벌까지. 일 년의 반이 음악제로 이루어져 있잖아?"

"모차르트의 고향다운 곳이지."

"아, 방금 SNS에 올라온 건데 저 앞 공터에서 최가 피아노를 연주한대."

"최? 베를린 필하모닉과 협연한?"

"응. 가볼까?"

"가자. 한 번쯤 들어보고 싶었어. 쇼팽을 그렇게 잘 연주한다던데?"

일행이 막 자리를 옮기려 큰길로 나왔는데 사람들이 되돌아오고 있었다.

이상하게 여긴 일행은 무슨 일인가 싶어 앞으로 향했고 차량이 통제되고 있는 상황을 볼 수 있었다.

"무슨 일이지?"

"글쎄."

차량만이 아니라 펜스 주변에 보안 요원들까지 있으니 일행은 물론, 잘츠부르크를 찾은 관광객은 모두 이를 의아하게 여겼다.

마침 수십 대의 차량이 두 줄로 이동하였다.

겉으로 보기에도 견고해 보이는 차량과 리무진 한 대가 호위를 받고 있었다.

"대통령이라도 오는 거야?"

"아니야."

일행 중 핸드폰을 보고 있던 한 남자가 말했다.

"베를린 필하모닉에서 캐논을 가져온다는데?"

"캐논? 과르네리?"

"과르네리는 뭐고 캐논은 또 뭔데?"

"정말 몰라서 묻는 거야? 파가니니의 바이올린이잖아."

"베를린 필하모닉의 보물이잖아."

"니아 발그레이가 배도빈에게 물려줬다 들었는데."

다른 일행이 모두 당연히 알고 있어야 한다는 듯 말해 과르네리 델 제수 캐논을 몰랐던 남자는 마치 자기가 잘못이라도 한 것처럼 느껴졌다.

"모를 수도 있지."

"그래. 그런데 바이올린 전공을 하는 네가 모른다니 놀랐을 뿐이야."

"닥쳐."

친구를 놀린 남자가 어깨를 으쓱였다.

한편, 캐논이 이동한다는 소식이 많은 언론을 통해 외부에 알려졌다.

NBC의 김준용 기자가 웹상에 게재한 '위기의 베를린 필하모닉, 강수를 두다'라는 기사에 한국 팬들이 관심을 보였다.

[위기의 베를린 필하모닉, 강수를 두다]

어제 20일, 베를린 필하모닉이 독일과 오스트리아 정부에 캐논의 보호 관찰을 요청했다.

양국은 유서 깊은 바이올린을 위해 경찰 인력을 지원한다고 밝혔다.

이외에도 40명의 경호 인원과 두 대의 헬리콥터를 대동해 오스트리아 국경을 넘은 캐논은 잘츠부르크로 운반되어 현 주인인 배도빈에게 인계된 뒤 WH의 사설 경비업체로부터 보호받고 있다고 알려졌다.

캐논이 옮겨지는 일은 제노바에서 베를린으로 옮겨진 89년 이후 처음 있는 일이다.

ㄴ와, 배도빈 스케일 무엇?

ㄴ바이올린 하나 옮기는 일에 뭔 난리냐;;

ㄴ캐논 경매에 나오면 최소 3,000만 달러부터 시작할걸?

ㄴ아무리 그래도 그렇지. WH시큐리티야 배도빈 외할아버지 거라지만 경찰들까지 나서는 건 너무 심하지 않냐고.

ㄴ단순히 비싼 바이올린이 아니라 역사적인 가치를 가진 물건이라 그럼.

ㄴ역사는 개뿔.

ㄴ개뿔이라고? 니콜로 파가니니-빌헬름 푸르트벵글러-니아 발그레이-배도빈으로 이어지는 계보만 생각해도 그렇단 생각 안 드냐?

ㄴ헛소리 그만하고 가라. 안 그래도 불쌍한 인생 더 낭비하지 말고.

ㄴ저거 도난당하거나 파손이라도 생기는 날에는 그냥 안 지나감. 잘못되면 목 날아가는 사람 한둘이 아냐. 차라리 저렇게 하는 게 낫지.

ㄴ왜?

ㄴ생각해 봐. 문제가 생기면 제노바에서는 가만있겠냐? 기껏 국보급 물건을 기증했는데 관리 제대로 못 하면 앞으로 베를린 필하모닉은 이탈리아 가는 건 꿈에도 못 꿀걸?

ㄴ이탈리아 시장도 포기하는 거지.

ㄴ또 오스트리아에서 도난사건이라도 생겨 봐. 오스트리아가 전 세계에서 날아드는 비난을 감당할 수 있겠냐? 그러니까 차라리 저렇게 신경 쓰는 게 낫다는 말씀이야.

ㄴ그렇게 중요한 물건이 대체 왜 배도빈한테 가 있는 거냐? 돈 주고 삼?

ㄴ저런 물건은 안 팔아.

ㄴ제노바에서 푸르트벵글러 할배한테 경의 차원에서 넘겼음. 그걸 베를린 필하모닉에서 관리하고 있다가 푸르트벵글러의 후계자였던 니아 발그레이가 물려받은 거고.

ㄴ그렇게 대단한 사람이었나?

ㄴ바이올린으로도 대단했지. 은퇴하기 전에는 찰스 브라움이나 데이비드 개릭도 니아 발그레이한테는 못 비볐으니까. 근데 그런 것보다 곡 해석 능력과 악단 관리 능력을 인정받은 듯함.

ㄴ그런데 은퇴하게 되어서 배도빈한테 물려준 거임?

ㄴㅇㅇ. 그래서 다들 베를린 필 차기 지휘자를 배도빈으로 생각하지.

ㄴ그런 것치고는 푸르트벵글러가 칼 에케르트 언급을 많이 하던데. 예전이랑은 느낌이 다르긴 함.

대중이 캐논의 가치와 그것을 운반하는 데 드는 비용에 관심을 보이는 사이, 음악계에서는 또 다른 이야기가 화제로 올랐다.

지금까지 잘해오던 베를린 필하모닉 B가 굳이 캐논을 가져온 이유는 단 하나만을 의미했기 때문이다.

소식을 접한 관중석의 정세윤 기자가 이필호 편집장에게 물었다.

"4라운드에서 캐논을 쓰겠다는 의미겠죠?"

"아무래도 그렇지. 멀쩡히 보관되고 있던 물건을 가져올 이유가 없으니까. ……채은이라면 이야기를 들었을 법도 한데 아쉽네."

"채은이가 그런 건 절대 말 안 해주잖아요. 어려 보여도 그런 건 잘 지켜요."

"그런 아이라 우리도 내부 정보를 공유할 수 있지."

잠깐 웃은 이필호 기자가 한 번 더 생각하고는 입을 열었다.

"이거, 아무래도 찰스 브라움이 복귀를 못 해서 생긴 일 같은데. 어떻게 생각해?"

"저도 그렇게 생각해요. 대체자를 구하지 못한 거겠죠."

"같은 이름의 바이올린과 곡을 선정했던 만큼 찰스 브라움이 아니면 연주하기 어려웠을 테지?"

"네."

"……그래서 캐논을 가져왔단 말은."

차마 말을 잇지 않았지만 정세윤 기자는 편집장이 무슨 생각을 하고 있는지 알 수 있었다.

본인도 같은 생각이었기 때문이다.

"배도빈이 직접 나선다는 말이겠죠."

"그렇지."

잠시 두 사람이 시선을 교환했고 급히 노트북을 폈다.

"선행 기사 있는지 확인할게요."

"아니. 그건 내가 할게. 최대한 빨리 기사 준비해 줘."

"넵."

정세윤 기자가 우선 웹상에 등재할 기사부터 작성하기 시작했다. 일분일초를 다투는 일인 만큼 제목은 고민 없이 지었다.

'배도빈, 오케스트라 대전에서 독주자로 나올 가능성은?'이라는 제목을 기입한 정세윤이 입을 열었다.

"진짜라면 엄청난 일이네요."

노트북과 핸드폰 그리고 태블릿 PC까지 대동해 북미와 유럽 쪽 기사를 확인하고 있던 이필호가 답했다.

"지휘나 피아노만큼은 아니지만 바이올린을 좋아했던 팬도 많으니까. 게다가 바이올리니스트로 나서는 건 17년도 이후 처음일 거야."

"네. 6년 만이에요."

"잠깐. 그러고 보니 지휘는 어떻게 하는 거지?"

"설마 같이하는 건 아니겠죠?"

잠깐 하던 일을 멈추고 또다시 눈을 마주한 두 사람이 동시에 입을 열었다.

"배도빈이잖아."

"배도빈이잖아요."

만 3살 때부터 일본과 미국을 놀라게 했던 배도빈에게 불가능한 일이 있을까.

어떤 일이라도 해내는 천재.

그것이 배도빈을 보는 타인의 시각이었다.

더욱이 연주와 지휘를 겸하는 일이 전례가 없었던 것도 아니었기에 두 사람은 고개를 저으며 다시금 각자의 역할에 집중했다.

"미쳤어. 미쳤어."

기사를 작성하는 정세윤 기자의 손이 빨라졌다. 배도빈이 또 한 번 큰 이슈를 만들 거라고 믿어 의심치 않았다.

"아, 역시."

"뭐 올라왔어요?"

"다들 같은 생각인가 봐. 배도빈이 오케스트라 대전 4라운드 때 지휘와 연주를 겸할 거라는 기사가 올라오고 있어."

"우리나라는요?"

"없어. 기사 대충 마무리됐지?"

"3분만요."

이필호 편집장은 급히 한국에 있는 플랫폼 담당자에게 연락했다.

그들과 마찬가지로 비슷한 시기에 세계 각 언론은 배도빈이 6년 만에 바이올리니스트로 무대 위에 오른다는 추측성 기사를 올리기 바빴다.

반응은 폭발적이었다.

시간이 흘러 잠잠해지긴 했지만 배도빈의 팬은 본래 여러 갈래로 나뉘어 있었다.

처음 활동을 시작한 작곡가로서도 그러했고 지휘자, 피아니스트, 바이올리니스트 마니악하게는 얼후 연주자나 기타리스트로도 팬층을 형성하고 있었다.

그런 배도빈이었기에 베를린 필하모닉 복귀 이후 작곡과 지휘만 하던 행보에 아쉬움을 가진 이들이 많았고 그것이 이번 일에 대한 큰 기대로 작용한 것이었다.

더욱이 천재 음악가의 지휘와 연주 병행.

화제가 안 될 수 없었다.

♪

[엄마랑 도진이 숙소에 있을게. 아빠도 내일 도착한대.]

어머니께서 보내신 문자에 답장을 보냈다.

캐논만 도착해서 무슨 일인가 싶었는데 아마 연습에 집중하라고 숙소로 바로 가신 듯하다.

악단주도 인사만 짧게 나누곤 경비만 둔 채 떠났다.

"여기요."

"아으으. 저, 정말 이걸로 연주해?"

"그럼요."

손을 뻗었다가 움츠렸다가 반복하는 나윤희에게 캐논을 케이스째 넘겼다.

바들바들 떠는 손을 보니 안 그러던 나도 불안해진다.

함께 있던 소소도 마찬가지.

그녀가 무사히 캐논을 꺼내 들고 나서야 소소와 함께 안도의 한숨을 내쉬었다.

나윤희가 캐논을 켜기 시작했다.

잠깐 만져보더니 눈을 동그랗게 떴다. 세차게 깜빡이는 두 눈만 봐도 그녀가 얼마나 당황했는지 알 수 있었다.

"어때요?"

"……놀랐어."

아마도 그럴 것이다.

캐논은 연주자의 의도를 확장시키고 더욱 명확히 해주는 명품 중의 명품.

자신에게 맞춰주길 바라는 스트라디바리우스의 도도함과 달리, 곁에서 함께해 주는 동반자 같은 느낌이다.

"히, 힘을 빼야 할 것 같아."

"아뇨. 그러면 안 돼요."

"하, 하지만 그러면 너무 튀니까."

"그러기 위해서예요."

"으으으."

나윤희의 연주는 찢어지거나 뭉개지는 음 없이 정확하고 직설적이다.

독주할 때만의 특징이라 자주 들어볼 순 없지만, 악장 오디션 때나 가끔 홀로 연주할 때만큼은 그런 강점이 두드러진다.

소심한 성격이나 작은 목소리와는 전혀 다른 연주.

신기하다.

'나쁘지 않아.'

캐논을 쥔 그녀가 연주를 반복한다. 점차 내가 바라는 지점에 가까워진다.

찰스 브라움의 아쉬움을 잊어갈 즈음.

조금 지친 듯해 잠시 쉬자고 말했다.

"도빈."

치즈와 토마토소스 소시지가 잔뜩 들어간 빵을 먹으며 지켜보던 소소가 말을 걸었다.

"네."

"이상한 기사가 올라왔어."

무슨 일인가 싶어 다가가 소소의 핸드폰을 들여다봤다.

나윤희도 궁금한지 고개를 빼꼼 내밀었다.

"베를린의 마왕, 지휘와 연주를 함께하다?"

본문을 읽어보니 증거도 없이 추측으로 쓴 기사다. 그 아래 댓글이 수천 개 달려 있다.

이런 기사의 제목을 마치 사실처럼 지어놓으니 관심이 끌리지 않을 리 없다.

댓글난은 제목에 낚인 이들의 기대로 가득 차 있었다.

"우엑."

곁에서 기사와 댓글을 함께 본 나윤희가 화장실로 후다닥 뛰어갔다.

변기를 붙잡고 속을 게워내 소소가 등을 두드려주었다.

이승희의 난폭한 차를 얻어 탔을 때나 그녀의 아이디어로 시작한 자선 연주회를 시작했을 때.

토란도트 무대에 오르기 전에도 보였던 반응이다.

그녀가 얼마나 부담을 느끼는지 알 수 있었다.

안 봐도 뻔하다.

내가 나서는 걸 기대한 언론과 팬들이 막상 내가 아닌 다른 사람이 캐논을 잡았을 때 어떤 반응을 보일지 말이다.

나윤희의 실력은 조금도 신경 쓰지 않고 어째서 배도빈이 아니냐고 공격할 것이다.

나윤희의 성격상 그러한 일을 아무렇지 않게 흘려들을 리 없으니 더 걱정이다.

그러나 해줄 수 있는 말이 없다.

사정을 모르는 사람들은 '신경 쓰지 마'라거나 '그래도 좋아해 주는 팬도 있을 거야'와 같은 말을 쉽게 하지만 그런 말 따위 위로는커녕 당사자를 외롭게 할 뿐이다.

얼굴도 이름도 모르는 불특정 다수에게 감정적 위해를 당해보지 않은 이들이 쉽게 내뱉는 위선에.

상처받은 당사자는 도리어 자신이 잘못된 건지, 예민한 건지 의심하게 된다.

지금은.

그 어떤 말로도 나윤희를 달래줄 수 없다.

♪

잠시 뒤 조금 진정한 나윤희가 화장실에서 나왔다.

"미, 미안해. 시작하자."

"오늘은 됐어요. 좀 누워요."

"아니야. 이제 이틀밖에 안 남았는데 이대로는……."

"걱정 마요."

"그래도……."

캐논을 케이스에 넣으니 나윤희가 차마 나서지는 못했다. 안절부절못하는 그 모습을 보니 안타깝다.

소소도 같은 생각인 듯하다.

"마실 거 가져올게."

방금 토했으니 속을 달래기에 좋을 것 같아 고개를 끄덕였다.

소소가 방을 나섰고 나윤희는 진이 빠졌는지 숨을 길게 내쉬었다. 그러고는 나도 그녀도 말이 없어, 시계 도는 소리만이 적막함을 달랬다.

"미안해."

"사과할 일 없어요."

잠시 간격을 두었다가 한마디 덧붙였다.

"고마워요."

"어, 어?"

"내 탓이에요. 이런 일이 생길 줄 알았는데 찰스가 해주길 바라서 무시했어요."

나윤희는 다른 말이 없었다.

"누나가 없었으면 포기했을 거예요. 고마워요."

"흐."

나윤희가 작게 웃었다.

"갑자기 이렇게 큰 무대에 독주자로 나서게 된 것도, 언론의 관심을 받게 된 것도 모두 부담스러운 거 알아요. 의도치 않게 날 대신하게 된 것도."

나윤희가 느낄 짐을 늘어놓았다.

그것으로 그녀가 이해받고 있다고 생각해 주길 바랐다.

섣불리 위로할 수 없는 지금 내가 해줄 수 있는 일은 이 정도뿐이다.

"캐, 캐논을 연주하는 것도."

"네?"

"그, 그게 제일 부담스러워."

"하. 하하."

나도 모르게 웃고 말았다.

생각지 못한 말을 꺼내서가 아니라 나윤희가 속마음을 털어놓았다는 것이 기쁘기 때문이다.

다행이다.

웃기 시작하자 나윤희의 표정도 조금은 좋아졌다.

그러고 다시금 대화가 없어졌다.

어색하지 않다.

도리어 잔잔한 호수를 바라보는 느낌이라 안정된다.

그러한 감정을 느끼고 있을 때 나윤희가 호수에 조약돌을 던졌다.

"어떻게…… 그렇게 어른스러운지 물어봐도 돼?"

두 번 살고 있다고 답할 순 없으니 어떻게 대답할까 고민하고 있자니 나윤희가 말을 덧붙였다.

"나는 아직 듣지도 않은 말이 너무 무서운데 그, 그……."

"나쁜 말을 듣고도 어떻게 멀쩡하냐고요?"

"응……."

"솔직하게요?"

"으, 응."

나윤희가 고개를 끄덕였다.

그녀로부터 시작된 호수의 파문에 맞춰 이야기를 꺼냈다.

"그런 것들, 사람으로 안 봐요."

"어?"

"남을 깎아내리거나 거짓으로 이득을 취하거나. 동기가 어떻게 되었든 그런 놈들은 인간으로 안 봐요. 짖는 소리가 거슬리긴 해도 음악을 못 할 이유는 아니에요."

"아……."

잠시 바닥을 보던 나윤희가 고개를 들었다.

"난 그렇게 생각 못 할 것 같아."

"노력해서 되는 일은 아니니까요."

"응."

나윤희에게는 그녀만의 방법이 있을 것이다.

나처럼 무시할 수 없더라도 음악을 할 수밖에 없으니, 어떻게든 버틸 것이다.

"나도 하나 물어봐도 돼요?"

나윤희가 당연하다는 듯 고개를 끄덕였다.

"어떻게 그런 연주를 할 수 있어요?"

"무슨 뜻인지 자, 잘 모르겠어."

"힘차고 명확하잖아요."

그녀의 연주는 평소 본인의 성격과는 정반대다.

굳이 언급하지는 않았지만 나윤희도 내 뜻을 이해했는지 아 하고 고개를 숙였다. 그리고 피멍이 크게 든 손가락을 꼼지락댄다.

잠시 기다리니 의외의 말을 했다.

"바이올린은…… 힘껏 켜도 예쁘니까."

쑥스러운 듯 말을 이어간다.

"마음껏 켜도 예쁘니까 힘내서 할 수 있어. 연습만 많이 하면 바이올린은 항상 예쁘게 노래하잖아?"

연주를 자신 있게 할 수 있는 이유가 바이올린 소리가 아름답기 때문이라니.

정말 바이올리니스트다운 대답이다.

나윤희라는 사람이 어떤 사람인지 조금 더 깊이 이해할 수 있었다.

"그럼 평소에는요?"

"으으."

나윤희가 망설였다.

그러나 말문이 트였는지 평소보다 곧잘 대답해 준다.

"내, 내 말을 싫어할 수도 있잖아. 트, 틀릴 수도 있고. 폐를 끼칠 수도 있고."

"그렇지 않아요. 누나 덕분에 베를린 필하모닉이 자선 연주회를 하게 되었잖아요. 푸르트벵글러도 쉴 수 있었고."

푸르트벵글러 이야기가 나오자 나윤희가 얼굴을 감쌌다.

"그, 그러니까 문제야. 나, 난 그냥 그러면 안 되나 싶었는데 세프께서 엄청 화나셨잖아. 말을 하면 안 돼."

"그건 바보들이 표를 하나도 안 줘서 삐진 거예요. 실제로 카밀라랑 하와이에서 잘 놀다 왔잖아요."

"그렇긴 해도."

나윤희가 납득할 수 없다는 듯 애꿎은 테이블을 긁었다.

"누나가 항상 옳다는 말이 아니에요. 그리고 틀려도 괜찮고요."

"어?"

"미움 좀 받을 수도 있죠. 하지만 제가 알기엔 누난 남에게 피해를 주는 사람은 아니에요."

나윤희는 다시 말이 없어졌다.

"알게 된 지 이제 2년뿐이지만."

"아하하."

나윤희가 갑자기 웃었다.

의아해서 살펴보니 그녀가 고개를 저었다.

"왜요?"

"아, 아니야."

"괜찮다고 말했잖아요."

"……실은."

"네."

"만난 지 2년밖에 안 됐는데 어떻게 알 수 있냐고 물으려 했어."

"하하."

마음이 맞았던 모양.

푸르트벵글러의 말장난 모음집처럼 웃긴 이야기는 조금도 없었지만 나윤희와 대화하다 보면 잔웃음이 많아진다.

그녀도 나와 같은지 웃는다.

그 모습이 참 보기 좋다.

♪

21일 아침.

"도빈 군은 연습실에 있다고 합니다. 숙소와는 거리가 조금 있는데, 어떻게 하시겠습니까?"

"그럼 숙소에서 내릴게요."

잘츠부르크에 도착한 유진희는 배도빈이 연습 중이란 이야기를 듣고는 악단주 귄터 부르비츠에게 캐논을 잘 건네줄 것을 부탁했다.

"오랜만이실 텐데 함께 가지 않으시고요?"

"중요한 때니까요. 저녁 때 보는 게 좋을 것 같아요."

귄터 부르비츠는 한 달 이상 떨어져 있어 많이 보고 싶을 텐데 그런 마음을 접어두고 아들을 우선하는 어머니의 마음에 고개를 끄덕였다.

'이런 부모 아래서 자랐으니 음악도 마음껏 할 수 있었겠지.'

귄터 부르비츠가 웃으며 답했다.

"알겠습니다. 그럼 도빈 군이 머무는 호텔까지 모시도록 하죠."

"네. 그렇게 해주세요."

잠시 뒤 배도빈과 베를린 필하모닉 B가 머무는 호텔에 도착했고, 유진희와 배도진이 가장 먼저 만난 사람은 진달래였다.

일이 있는 다른 사람과 달리 뜻하지 않은 휴양을 맞이한 진달래는 숙소에서 지루함을 달래다 두 사람이 왔다는 소식에 반갑게 달려 나왔다.

"아줌마!"

"잘 있었어?"

"네!"

진달래는 친이모보다도 자신을 잘 대해준 유진희를 보자마자 달려들었다.

"기계야, 잘 있었어?"

"……넌 나보다 이게 더 반갑냐?"

"응."

한편 배도진은 진달래의 의수를 보며 황홀한 표정을 지었다.

'진짜 이상한 형제라니까.'

마치 영혼이라도 빼앗긴 듯 한참을 살펴보다가 가끔 '이거 분해해 봐도 돼?'라고 물을 때는 조금 무서웠지만 그래도 귀여운 것은 어쩔 수 없었다.

"도진아, 누나가 싫어하잖아."

유진희가 다그치자 배도진은 아쉽다는 티를 내며 어쩔 수 없이 의수를 놓았다.

"뭐 하고 있었어?"

"그게……."

"침대에서 뒹굴고 있었구나?"

"아하하."

"잠깐만 기다려. 짐부터 풀고 나올게. 어땠는지 이야기 좀 들려줘."

"그럼요! 짐 저 주세요."

"아니야. 괜찮아."

유진희는 벨보이가 따로 없긴 해도 비교적 깔끔한 호텔 내부를 둘러보며 객실로 향했다.

"소소 누나랑 윤희 누나는?"

"연습하러 갔어. ……근데 너 몇 살이지?"

"일곱 살."

"스무 살이나 차이 나는데 누나라고 하는 거 좀 이상하지 않아요?"

진달래의 말에 유진희는 예전 이승희와 배도빈의 일이 떠올라 웃고 말았다.

"그러게? 도진아, 그렇대."

"그럼 뭐라 해요?"

"이모?"

배도진이 곰곰이 생각하다가 고개를 끄덕였다.

그 모습을 만족스럽게 본 진달래가 유진희에게 물었다.

"아줌마, 이따 밤에 도진이랑 게임해도 돼요?"

"너무 오래 하면 안 된다?"

"네!"

"도진이는 좋겠네? 누나가 놀아줘서."

"누나 아니고 이모."

"……어?"

배도진이 황당해서 말도 못 하는 진달래를 올려다보며 다시 한번 말했다.

"이모."

"야, 내가 왜 네 이모야?"

"이모랑 소소 이모랑 언니동생 하잖아."

"야, 그건……."

갑작스러운 공격에 진달래는 당황했다.

뭔가 말이 안 된다는 걸 설명하고 싶었는데 듣고 보니 배도진의 말이 옳았다.

'어? 이상한데? 뭐라고 설명해야 하지?'

진달래가 생전 처음으로 공부를 게을리한 것을 후회하고 있을 때 유진희가 아들의 머리를 쓰다듬었다.

"달래 누나는 형이랑 친군데?"

"마, 맞아! 내가 한 살 많긴 해도!"

"어."

새로운 정보에 배도진의 알고리즘에 오류가 생겼다.

진달래가 누나라면 진달래가 언니라 부르는 소소와 나윤희도 누나라고 해야 했다.

소소와 나윤희가 언니라 부르는 이승희도 누나라고 불러야 했고 이승희가 언니라 부르는 엄마, 유진희도 누나가 되었다.

배도진이 조용해졌다.

오류를 찾기 위해 안간힘을 썼지만 명제부터 잘못되었음을 인지하지 못한 배도진으로서는 문제의 원인을 찾을 수 없었다.

금방 울상이 되었다.

"엄마? ……누나?"

"어머머."

배도진이 엄마라 불러야 하는지, 누나라 불러야 하는지 몰라 유진희를 껴안았다.

그러고는 울기 시작하는데 유진희는 이 상황이 웃겨 어이가 없었다. 웃음을 참으며 등을 토닥였다.

"도진아, 엄마가 왜 누나야."

"끄으으으엉."

그러나 배도진이 너무나도 서럽게 우는 바람에 유진희는 웃음을 참을 수 없었고 한참을 달랜 뒤에야 합의를 볼 수 있었다.

"그러니까 소소 언니랑 윤희 언니한테 이모라 하라고?"

단호히 고개를 끄덕이는 배도진과 그 뒤에서 알았다고 하라며 눈치를 주는 유진희 때문에 진달래는 하는 수 없이 손가락을 걸었다.

· 61악장 ·

이 시대의 거장들

나윤희가 불새를 준비하는 도중, 빈 필하모닉과 런던 심포니의 4라운드 첫 번째 경연이 진행되었다.

4라운드 1차전에 몰린 온라인 스트리밍 시청자와 현장 방문객은 도합 2천만 명.

오래전부터 정상급 오케스트라로 논해졌던 두 악단의 명성대로 그 어떤 경합보다 치열할 수밖에 없었다.

여러 음악가와 팬, 언론에서는 양쪽의 우위를 가릴 수 없다고 판단했고 그 예측은 정확했다.

명장 칼 에케르트는 빈 필하모닉과 수십 차례 함께했던 만큼 빈을 어떻게 이끌어야 하는지 답을 알고 있는 듯했다.

고전 중의 고전인 모차르트 바이올린 협주곡 3번, G장조를 노래한 빈 필하모닉.

그들의 청명한 연주는 마치 230년 전 모차르트가 있었을 빈의 정경을 보여주는 듯했다.

관객들은 마치 푸른 바람을 맞이한 듯 상쾌하게, 때로는 포근하게 감상할 수 있었다.

심사 위원단은 과연 그 이름대로 놀라운 수준의 시대연주와 정교함을 자랑한 빈 필하모닉에게 만점을 주었고, 빈 필하모닉은 전 세계 240만 명에게서 지지를 받았다.

런던 심포니도 만만치 않았다.

거장 브루노 발터에 의해 재정립된 런던 심포니는 OOTY 오케스트라 대전에 임하는 각오부터 남달랐다.

인터플레이로 인해 잃었던 명예를 되찾기 위해 이미 정상이었던 악단이 이를 악물고 나선 것이다.

멘델스존 바이올린 협주곡 E단조.

선이 강한 정열적인 멜로디로 인해 오랫동안 사랑받은 곡으로.

선곡부터 반드시 이기겠다는 그들의 의지를 느낄 수 있었다.

반응은 폭발적이었다.

꿈꾸는 지휘자라는 별명과 더없이 어울리는 연주였다는 호평이 이어짐에 따라 브루노 발터와 런던 심포니는 과거의 오명을 다소 씻어낼 수 있었다.

사카모토 료이치는 오스트리아의 한 언론을 통해 브루노

발터의 모차르트와 말러가 좋은 줄은 알았지만 멘델스존까지 완벽히 표현할 줄은 몰랐다며 칭찬을 아끼지 않았다.

심사 위원단 역시 지중해의 정열과 낭만을 느낄 수 있었다는 평과 함께 만점을 부여.

전 세계 250만 명의 지지를 받으며 빈 필하모닉을 꺾고 세미파이널(4강)에 이르게 되었다.

♪

"끄으응!"

원고를 마친 차채은이 있는 힘껏 기지개를 켰다. 기사를 쓰느라 굳어 있던 목과 어깨 근육이 비명을 질러댔다.

'조금 아쉽긴 하지만.'

차채은은 지난 몇 주간 준비한 원고를 마칠 수 있어 후련했다.

배도빈에 관한 이야기에 앞서 바이올리니스트 나윤희를 재조명하는 글을 완성한 것이다.

'늦진 않았지?'

시간을 확인하니 오후 5시.

오늘 배도빈의 가족이 잘츠부르크로 온다는 소식을 받았던 터라 차채은은 서둘러 채비했다.

이틀 내내 방에서 나오지 않았고 원고 작업을 하느라 세수조차 안 했기에 꼴이 말이 아니었다.

'오랜만에 뵙는데 그냥 갈 수 없잖아.'

시간이 촉박했지만 할 수 있는 한 최대한 단정하게 준비한 뒤 거리로 나온 차채은은 포근했던 날씨가 살짝 더워진 것을 느꼈다.

여름이 다가오고 있었다.

'더운 건 질색인데.'

그렇게 생각하며 배도빈이 머무는 호텔로 걸어가는 도중, 광장 한쪽에 모여 있는 한 무리의 사람들이 시야에 들어왔다.

무슨 일인지 궁금했지만 시간이 없는 터라 무시하고 가려던 차, 피아노를 연주하고 있는 최지훈을 볼 수 있었다.

'저기서 뭐 해?'

부르려고 다가가자 마침 연주를 마친 최지훈이 주변 사람들로부터 박수를 받으며 인사했다.

"요!"

"어? 듣고 있었어?"

차채은이 다가가 인기척을 내자 최지훈이 놀랐다는 듯 보았다.

"아니. 도빈 오빠 보러 가는 길이었어. 오빤 안 가?"

"지금 가려고. 잠깐만."

최지훈이 피아노를 덮고 일어섰다.

"이러고 가는 거야?"

"응. 광장 관리인 아저씨께서 빌려주신 거야. 덮고 가면 된다고 하셨어.”

“흐흥.”

두 사람은 함께 숙소로 향하기 시작했다.

“왜 그렇게 봐?”

“별일이잖아. 갑자기 왜 거리의 악사가 된 거야?”

“축제니까 좀 즐기고 싶어서. 많이 들어주셔서 혼자 연주하는 것보다 재밌기도 하고.”

“다른 생각인 거 같은데.”

차채은이 최지훈을 살폈다.

그 과장된 행동에 최지훈이 웃으며 반응했고 두 사람은 금방 약속장소에 이를 수 있었다.

따로 마련된 세미나실은 배도빈과 그 가족들 그리고 그와 관련한 사람으로 북적였다.

“이, 이모?”

“달래, 미쳤어?”

“아, 아니. 그러니까 도진이가……. 아니, 꼬집지 말아 봐아아아악! 잠깐! 설명! 설명할 수 있어! 아파!”

“해봐.”

“…….”

가장 먼저 당황한 나윤희와 화가 난 소소를 상대로 쭈그러진 진달래가 눈에 들어왔고.

"아황학학학!"

"하하하. 멋진데?"

"끄으윽."

나카무라가 딸 료코를 다룬 기사, '베를린의 카리스마'를 자랑하자 자지러지게 웃는 이승희와 히무라, 사카모토 료이치가 그 곁에 있었다.

"대머리 할아버지, 안 매워?"

"듬뿍 바르지 않으면 맛없어."

"그냥 먹어도 맛있는데."

배도진은 유진희와 배도빈으로부터 초장 맛을 알게 된 푸르트벵글러를 신기하게 보고 있었다.

그때 유진희가 최지훈과 차채은을 발견하곤 손을 흔들었다.

"아주머니!"

"어머니!"

최지훈과 차채은이 반갑게 달려가자 유진희도 아들의 친구를 반갑게 맞이했다.

"잘 지냈어, 아들?"

"네!"

최지훈은 열아홉 살이나 되었는데 엉덩이를 두드려주며 반갑게 인사해 주는 유진희가 좋았다. 어렸을 때부터 고정된 호칭도 전혀 부끄럽지 않았다.

"어머, 채은아. 너무 예쁘다. 어쩜 볼 때마다 예뻐져?"

"제가 또 얼굴 하난 기특하잖아요."

차채은의 농담에 사람들이 크게 웃자 배도빈이 하품을 하며 자리했다.

배도진이 쪼르르 달려와 그 옆에 앉아 재잘댔는데 피곤해 보이는 와중에도 동생을 챙겼다.

"형아, 저기 쟤는 누구야?"

"알베르트 페터. 너랑 같은 나이야."

"같이 놀아도 돼?"

"그럼. 프란츠, 알베르트."

배도빈이 부르자 두 눈을 휘둥그레 뜨고 구석에서 주변을 살피던 형제가 조심스레 다가왔다.

"어머. 귀엽네. 혹시 프란츠 군과 알베르트 군이니?"

유진희가 형제를 알아보아 배도빈이 의아하게 여겼다.

"어떻게 아세요?"

"지훈이가 알려줬지?"

정기적으로 안부 전화를 나누는 최지훈이 알려주었다고 하니 배도빈은 자신이 할 일을 빼앗긴 듯한 묘한 기분이 들었다.

"어머니께 연락 자주 드려."

최지훈이 방긋방긋 웃으며 말했다.

"알고 있어."

배도빈이 뚱해져 대답하곤 페터 형제를 보았다.

"인사해. 어머니셔. 이쪽은 동생 배도진."

"아, 안녕하세요! 프란츠 페터입니다! 도진 님도 안녕하세요!"

"아, 알베르트 페터입니다."

프란츠는 있는 힘껏 큰 목소리로 인사했고 알베르트는 형의 뒤에 숨어 다 죽어가는 목소리로 중얼거렸다.

"반가워. 괜찮으면 같이 앉자."

"가, 감히 제가 어떻게 도빈 님과 같은 테이블에……."

프란츠 페터는 그러지 않아도 눈이 돌아갈 지경이었다.

그에게 배도빈의 자택은 꿈에서도 꾸지 못할 환경이었다.

더군다나 존경해 마지않는 배도빈과 거장 중의 거장이라는 빌헬름 푸르트벵글러, 사카모토 료이치는 물론 음악계의 내로라하는 인물들이 잔뜩 모여 있었다.

배도빈의 기준으로는 소박한 모임일지라도 빈민가에서 나고 자란 페터 형제에게는 마치 다른 세상에 온 것만 같이 느껴졌다.

동생 알베르트 페터는 그러한 감정이 더욱 커 자칫 실수라도 했다가 평소처럼 얻어맞진 않을까 바들바들 떨 수밖에 없었다.

그러나 형제의 상황을 모르는 유진희와 배도진 눈을 깜빡일 수밖에 없었다.

배도빈이 귓속말로 상황을 대충 전해주자 유진희가 그제야 이해했다는 듯 부드럽게 웃으며 페터 형제에게 다가갔다.

"피아노 정말 잘 친다며? 나중에 꼭 한번 들려줘."

"네, 넵! 지금 당장."

"지금은 밥부터 먹자. 동생이 배고플 수 있잖아?"

유진희가 직접 의자를 빼주자 페터 형제는 얼떨떨하게 자리할 수밖에 없었다.

"이거 맛있어."

"고, 고맙습니다."

배도빈은 동생이 알베르트에게 달콤한 호박죽을 주는 걸 보고는 안심했다.

둘이 금방 친해질 수 있을 것 같았다.

유진희가 자신을 걱정했던 것처럼 배도진도 또래 친구가 없었는데, 배도빈이 자라면서 자연스레 또래 친구를 사귀는 것을 보고 안심한 유진희와 달리.

지금은 배도빈이 동생 주변에 또래가 없음을 걱정하고 있었다.

"여행은 어떠셨어요?"

"정말 너무 좋았던 거 있지. 아빠랑 도빈이도 같이 갔으면 좋았을 텐데."

"올해 말이나 내년에는 꼭 같이 가요. 아버지도 그때쯤이면 여유가 생기실 테니."

모자가 안부를 나누는 모습을 보고 있던 차채은이 나서서 물었다.

"오늘도 연습한 거야? 1차전 안 듣고?"

"이제 그럴 여유가 없으니까."

"역시 브라움 아저씨 때문이지?"

차채은의 질문에 배도빈의 눈썹이 꿈틀거렸다.

오케스트라 대전 참가를 결정했을 때부터 긴 시간을 들여 준비한 불새였기에 그간 참아왔을 뿐, 화가 나는 건 어쩔 수 없는 일이었다.

"아픈 사람한테 뭐라 할 수도 없고 퇴원하면 엉덩이를 걷어 차 줄 거야."

"……그건 너무 심하지 않아?"

최지훈의 말에 다들 또 한 번 웃었다.

"그래도 윤희 누나가 잘 준비해 줘서 다행이야. 4라운드도 어떻게 잘 풀어나갈 거 같아."

"어?"

배도빈의 말에 순간 최지훈과 차채은이 동시에 놀랐다.

그 요란한 반응에 음식이 코로 들어가는지 입으로 들어가는지 모르게 식사를 하고 있던 페터 형제는 딸꾹질까지 하게 되었다.

배도진이 알베르트의 등을 토닥토닥 두드려주는 와중에 차채은이 물었다.

"오빠가 하는 거 아니었어?"

"그러니까. 그럼 캐논은 왜 가져왔어?"

최지훈도 거들었다.

"윤희 누나가 연주할 거야."

배도빈은 대수롭지 않게 답하곤 구운 파프리카와 스테이크를 입에 넣었다.

잠시간 정지한 차채은이 후다닥 일어나 나윤희에게 달려갔고 최지훈은 얼굴을 조금 내밀었다.

"베를린 필하모닉한테 의미 있는 악기 아니었어?"

"어쩔 수 없잖아. 파이어버드를 대신할 악기를 당장 구할 수도 없고. 윤희 누나랑 어울리기도 하고."

"그렇긴 해도 지금까지 베를린 필하모닉의 후계자에게만 물려줬던 건데. 윤희 누나 엄청 부담스럽겠다."

"아."

최지훈의 지적에 배도빈이 잠시 포크를 멈추었다.

그녀가 캐논을 연주하는 게 가장 부담된다고 했지만, 단순히 비싼 물건을 다루기 때문으로 여겼다.

확실히 그런 점도 언론에서 멋대로 떠들어댈 수 있다고 생각하자, 나윤희가 더 걱정되었다.

배도빈은 조금 떨어진 곳에서 웃고 있는 나윤희를 보았다.

걱정도 잠시.

그녀가 어떤 연주를 하는지 누구보다도 잘 알았기에 잡념을 떨칠 수 있었다.

"괜찮아. 연주가 끝난 뒤에는 누구라도 인정할 수밖에 없을 테니까."

♪

시끌벅적하던 분위기가 다소 가라앉았다.

배도빈과 최지훈, 프란츠는 여전히 피아노를 주제로 열띤 대화를 이어나가고 있었고.

차채은, 배도진은 알베르트와 함께 진달래의 방으로 향했다.

소소와 나윤희, 료코는 각자의 방에서 피곤한 몸을 달랬으며.

유진희와 이승희는 차를 마시며 그간 나누지 못했던 이야기를 나누었다.

그런 도중 푸르트벵글러, 사카모토 료이치, 나카무라, 히무라는 조용히 술잔을 기울였다.

배도빈을 보고 있던 사카모토 료이치가 입을 뗐다.

"도빈 군이 또 멋진 친구를 사귄 모양일세."

"정말 깜짝 놀랐습니다."

히무라가 페터 형제를 데려오기까지의 이야기를 풀어내자 푸르트벵글러가 콧김을 뿜었다.

"욕심 많은 녀석이 착해서 문제지."

"그 덕을 본 사람이 꽤 많죠. 마르코라든지 니나라든지."

나카무라의 말에 다들 고개를 끄덕였다.

샛별 엔터테인먼트의 음악가는 대부분 배도빈의 후원을 통해 성장했고 지금은 한 사람의 음악가로 자립했으니 틀린 말도 아니었다.

"그나저나 자네는 이제 그만 쉬어야 하지 않나?"

"브랜디 한 잔에 취할 내가 아니지."

푸르트벵글러의 허세에 사카모토가 껄껄 웃었다.

"클리블랜드를 상대로 여유 부리는 사람은 자네뿐일 거야. 인터뷰를 보니 프란츠 미스트도 칼을 간 듯하네만."

"그 친구의 실력은 잘 알고 있어."

사카모토 료이치는 대수롭지 않게 술잔을 기울이는 푸르트벵글러를 보며 작게 웃었다.

고집스럽고 거만하지만 음악만큼은 누구보다도 철저한 그가 프란츠 미스트와 클리블랜드 오케스트라의 실력을 모를 리 없었다.

지금의 작은 여유도 그들을 무시해서가 아니라 자신과 베를린 필하모닉을 믿기에 가능한 일이었다.

"그나저나 이제는 이야기를 들어보고 싶구만."

"무엇을?"

"도빈 군에게 오케스트라 대전에서 우승하지 못하면 나가라고 하지 않았나."

너무나 궁금했지만 차마 직접 물어보지 못했던 이야기를 사카모토가 대신해 주자, 히무라와 나카무라가 관심을 보였다.

푸르트벵글러가 굳게 닫은 입을 내밀고 턱을 당겼다.

"어쩌겠나. 녀석이 그러고 싶어 하는데. 히무라, 자네는 알고 있겠지? 녀석이 지금 무슨 생각을 하고 있는지."

"그게……."

"됐네. 때가 되면 직접 말할 테지. ……료이치, 나는 베를린 필하모닉이 녀석의 걸림돌이 되는 걸 용납할 수 없어. 그뿐이야."

"껄껄. 하지만 베를린 필하모닉이 부족해서 나가는 것도 아님을 증명하고 싶겠지. 안 그런가?"

"흥."

사카모토 료이치의 말대로 푸르트벵글러는 배도빈도 베를린 필하모닉도 소중했다.

배도빈이 원하는 일이 있다면 무엇이든 밀어주고 싶었고 동시에 팬과 배도빈을 위해서라도 베를린 필하모닉이 건재함을 보여주고 싶었다.

"그나저나 자네와 도빈 군이 결승에서 만난다면 참으로 좋겠지만, 쉽지 않을 것 같네. 발터 그 친구도 그렇고 얀스를 상대해야 하는 도빈 군은 더더욱."

"그 정도도 넘어서지 못하면 남아서 더 배워야지."

"하핫. 도빈 군이 떠나는 건 역시 싫은가 보군?"

"자네는 말이 너무 많아."

정곡을 찔린 푸르트벵글러가 심술궂게 답했다.

"선생님은 도빈이가 암스테르담을 넘어서기 힘들다고 보시나요?"

나카무라가 사카모토에게 물었다.

"어렵지."

사카모토 료이치가 조금도 고민하지 않고 답했다.

"선생님은 도빈이를 응원하실 거라고 생각했는데 말이죠."

히무라의 질문에 사카모토가 이야기를 풀어냈다.

"물론이네. 처음 봤을 때부터 그랬지. 하지만 마리 얀스가 수십 년간 빚어낸 암스테르담을 넘어서기에 베를린 필하모닉 B는 이른 감이 있지 않은가."

"나와 녀석이 뽑은 단원들이다. 질 리가 없어."

푸르트벵글러가 불쾌하다는 듯 사카모토의 말을 끊어냈다.

"빌헬름 자네와 베를린 A조차 몇 년간 고생했던 그들일세."

"판세는 작년부터 바뀌었잖습니까?"

나카무라가 물었다.

그의 말대로 평단과 매출을 근거로 판단했을 때 2000년대는 암스테르담과 베를린, 빈의 삼파전이었다.

2010년대에 이르러서는 런던과 암스테르담, 베를린 순이었고 2021년까지만 해도 런던발 4대 오케스트라의 독주 무대였다.

베를린 필하모닉이 정상의 자리를 되찾은 건 고작해야 최근 1~2년뿐이었다.

"그렇지. 나도 베를린 필하모닉이 변화하면서 다시금 정상에 오른 걸 알고 있네. 모두 이 친구가 고집을 접고 변화를 택한 덕이고 또한."

"도빈이 덕이지."

푸르트벵글러가 사카모토의 말을 대신했다.

사카모토는 슬며시 미소 지은 고개를 끄덕였다.

"도빈 군이 열쇠라는 건 다들 알고 있는 사실이네만 오케스트라는 조화와 균형의 음악이라네. 홀로 뛰어나서는 완전한 악단이 될 수 없지."

푸르트벵글러가 빈 잔을 채웠다.

"그래서 아직은 힘들다고 생각하네. 얀스와 암스테르담이 오랜 세월 연마한 성을 넘어서기 쉽지 않을 거라고."

사카모토가 시선을 돌려 늦은 시간까지 열띤 토론을 하고 있는 배도빈과 최지훈, 프란츠 페터를 보았다.

배도빈은 독보적이었다.

단 한시도 그러지 않은 적이 없었다.

본인 또한 그러했기에 사카모토 료이치는 천재가 겪는 고독함을 너무나 잘 알고 있었다.

그래서 걱정했거늘.

배도빈은 어느새 베를린 필하모닉 B라는 젊은 음악가들을 이끄는 훌륭한 지휘자가 되어 있었고, 그 곁에는 최지훈처럼 재기발랄한 피아니스트를 비롯해 장래가 유망한 이들이 모여 있었다.

'다행이야.'

사카모토가 다시금 고개를 돌려 히무라와 나카무라를 보았다.

"그래서 더 응원하게 되지 않나?"

"보고 있으면 응원하게 되죠."

히무라는 진실로 사카모토 료이치의 말에 공감했다.

"듣자니 게르트 카리우스란 사람이 도빈이를 두고 새로운 시대의 선구자라 했다더군."

"라이든샤프트라 하죠."

나카무라가 독일의 문화평론가 게르트 카리우스가 명명한 새로운 세대, 라이든샤프트(Leidenschaft: 격정, 격앙)를 언급했다.

"이 시대를 대표하는 거장 마리 얀스를 넘어서는 격정의 세대. 무척 어려운 일이겠지만 어서 빨리 저 어린 음악가들이 도빈 군과 함께 걷는 모습을 보고 싶네."

가만히 이야기를 듣던 푸르트벵글러가 새로 채운 술을 쭉 들이켜곤 말했다.

"어쩌면 이미 함께하고 있는지도 모르지."

♪

클리블랜드 오케스트라와 베를린 필하모닉의 4라운드 2차전이 다가왔다.

지금까지 가장 많은 사람이 관람했던 어제, 4라운드 1차전의 기록이 무색해질 정도로 많은 사람이 주목하고 있었다.

프란츠 미스트가 이끄는 클리블랜드 오케스트라도 기대받았으나 폭군 빌헬름 푸르트벵글러가 없었더라면 이렇게까지 큰 관심을 받진 못했을 터였다.

공연을 앞두고 빌헬름 푸르트벵글러가 단원들을 둘러보았다.

의식처럼 해오던 말을 해주기 위함이었다.

"실수는 용납할 수 없다. 완벽하지 못한 것은 더더욱 용서할 수 없다."

푸르트벵글러의 목소리가 단원들의 가슴을 굳게 붙들었다.

"우리가 최고다."

악장 헨리 빈프스키를 비롯한 120명의 단원이 그 말을 당연하게 받아들였다.

흔들리지 않는 눈빛과 당당히 벌어진 가슴.

그 거만한 태도는 베를린 필하모닉의 일원이라는 자부심과 지휘자 빌헬름 푸르트벵글러를 향한 무한한 신뢰에서 비롯된 것이었다.

폭군 아래 세계 최고의 연주자들이 수십 년간 땀 흘려 이룩한 거대한 제국.

베를린 필하모닉의 기사들이 차례로 무대에 올라섰다.

타악기 수석 에인 레비오사를 따라 타악기 주자들이 당당히 걸어 나왔고 그 위풍 넘치는 모습 뒤에는 세계 최고의 첼리스트 이승희가 있었다.

검은 정장이 더없이 잘 어울리는 그녀 뒤에 첼로 주자들이 함께했다.

유독 크게 들리는 구두 소리가 그녀의 존재감을 더하는 듯했다.

관악부가 들어섰다.

이마와 그 아래 떨어지는 굵은 선 뒤로 피어오르는 카리스마.

바순 수석 마누엘 노이어와 튜바 수석 지오 마틴에게서는 스산함마저 느껴질 정도였다.

단원들이 무대에 올랐을 뿐인데 관객들이 압도되고 말았다.

베를린 필하모닉의 연주회는 항상 이러했다.

"정말 엄청난 카리스마네."

"한 명, 한 명이 정상급 연주자들이니까. 저런 이들이 한 악단에 머물러 있는 게 신기할 정도야."

"모두 폭군 때문이겠지."

비올라 수석 에리히 피크가 무대에 올라섰다.

그때까지 감탄하고 있던 관객들은 다시금 세계적 비올리스트 에리히 피크에 시선을 빼앗겼다.

마지막으로.

깊고 긴 눈을 가진 헨리 빈프스키 뒤로 한스 이안을 비롯한 제1바이올린 주자들이 함께했다.

마치 사자가 누워 있는 듯.

당장에라도 일어나 초원을 가로지를 듯한 분위기에 콘서트홀이 쥐죽은 듯 고요해졌다.

잠시 뒤.

20세기와 21세기를 통틀어 가장 위대한 지휘자가 모습을 드러냈다.

그의 기사들이 일어나 그들의 왕을 맞이했다.

빌헬름 푸르트벵글러.

30대 때 이미 유력 세 오케스트라를 동시에 지휘했던 그는 세계 최고의 베토벤, 브람스, 브루크너 권위자였다.

아홉 개의 교향곡과 다섯 개의 바이올린 협주곡을 성공시킨 천재적인 작곡가였으며, 열정적인 바이올리니스트이기도 하여 과거에는 야샤 하이페츠와 비견되기도 했다.

빌헬름 푸르트벵글러를 직접 접했던 이도 그의 공연을 처음 경험하는 이들도 모두 마음속 깊이 경의를 표했다.

지난 수십 년간 클래식 음악 팬들의 가슴을 뒤흔들었던 폭군은 관객을 향해 정중히 인사했다.

돌아서 단원들을 앞에 둔 그가 양팔을 크게 벌렸다.

숨 쉬는 것조차 두려워지는 긴장감이 콘서트홀을 가득 채운다.

거부할 수 없는 압도적인 힘.

폭군다운 위엄이었다.

푸르트벵글러가 천천히 지휘봉을 움직여 현악기를 이끌었다.

베토벤, 멘델스존과 함께 현재까지 가장 위대한 걸작으로 사랑받고 있는 곡.

요하네스 브람스 바이올린 협주곡 D단조.

은은한 서주 뒤에 분위기를 확장시키는 마누엘 노이어의 오보에.

창문을 활짝 열고 펼쳐진 찬란한 도시가 그려지는 듯했다.

이른 새벽 사람이 다니기 전의 거리에 이슬이 내려 있고 견고한 성벽을 넘어서는 웅대한 산이 자리한다.

그곳으로 향하는 모험가.

악장 헨리 빈프스키의 독주 바이올린이 관객들을 이끌고 여정에 나섰다.

관객들은 비장한 선율과 함께 시작된 기나긴 여정에 설레어 베를린 필하모닉이 펼친 세계에서 헤어날 수 없었다.

♪

여유로운 독주 바이올린을 따라 들판으로 나선 관객들은 은은하게 퍼지는 호른과 바순을 풍경으로 삼았다.

작은 소리가 어깨에 내려앉으니 마음이 들떠 발이 가벼워졌다.

가느다란 현악기의 인도에 따르자 어느덧 숲에 이르렀고 그 분위기에 도취되어 각자의 삶을 되돌아보았다.

때로는 고운 온천물처럼.

때로는 시린 계곡물처럼 이어지는 심상에 저마다의 방식으로 심상을 떠올렸다.

푸르트벵글러의 지휘봉이 하늘하늘 날아든다.

여정은 계속되고.

숲을 지나 웅대한 산 입구에 이르러서는 묘한 긴장감이 흐른다.

산을 오르는 관객들은 반복되는 다섯 박자의 음형 사이마다 포진된 세 박자의 돌출에 의해 그때마다 마치 높은 바위를 맞이한 듯했다.

그러나 하나의 봉우리에 올랐을 때 가려져 있던 시야가 트이고.

밀려드는 충족감.

가슴이 벅차오른다.

1악장 알레그로 논 트로포(Allegro non troppo: 빠르고 지나치지 않게)가 끝나고 잠시 적막.

산행 중 간신히 맞이한 휴식에 관객들이 숨을 골랐다.

'정말 대단한 친구야.'

객석에 앉아 있던 마리 얀스가 깊이 감동하며 감탄했다.

비록 걸어온 길은 달랐으나 추구하는 바는 두 거장 모두 같았다.

아름다운 음악.

감동을 주는 음악.

절제 속의 미를 탐구했던 마리 얀스는 감성 짙은 연주를 하진 않았지만, 푸르트벵글러와 같은 지휘라면 언제든 환영이었다.

'자네가 나오지 않다니. 암. 말이 안 되고말고.'

마리 얀스는 빌헬름 푸르트벵글러가 새로운 세대에게 자리를 양보하기 위해 준비하고 있음을 알고 있었다.

그 역시 배도빈을 데리고 있었더라면 푸르트벵글러와 같은 생각을 했을 거라고 인정하면서도.

역사에 길이 남을 위대한 지휘자 푸르트벵글러의 음악을 더 즐기고 싶었다.

그렇기에 오케스트라 대전에 참가하길 권했다.

아니나 다를까.

독일 출신의 고집스러운 지휘자는 최고의 무대에서 또다시 세계를 울리고 있었다.

‘참으로 닮았어.’

마리 얀스는 막 시작된 2악장에 몸을 맡기며 생각했다.

가슴에 새겨지는 깊은 서정성과 그것을 감추기 위한 웅장한 음량, 위엄 있는 음색 그리고 엄숙한 박자감은 누구도 부정할 수 없는 푸르트벵글러의 강점이었다.

‘마치 베토벤 같군.’

푸르트벵글러의 곡과 그의 지휘는 인류가 낳은 최고의 음악가를 떠올리게 했다.

불굴 끝에 불멸을 이룬 위대한 음악가의 정신을 이어받은 듯했다.

마리 얀스는 자신의 최대 라이벌이자 동료 음악가인 빌헬름 푸르트벵글러를 실로 가슴 깊이 존경했다.

그리고 부러워했다.

배도빈.

감히 저 완벽한 빌헬름 푸르트벵글러를 넘어서 마치 한계를 부정하듯 나아가는 천재 음악가를 후계자로 두고 있으니 부럽지 않을 리 없었다.

여태 남을 시기하거나 질투한 적이 없었던 라트비아의 고귀한 음악가 마리 얀스에겐 처음 있는 일이었다.

푸르트벵글러가 베토벤의 정신을 이어받았다면, 배도빈은 두 위대한 음악가의 장점을 한데 모아둔 것만 같았다.

그리 머지않은 미래.

마리 얀스는 본인과 빌헬름 푸르트벵글러, 아르투로 토스카니니, 브루노 발터에게 붙어 있는 최고라는 단어가 그에게 갈 것을 알고 있었다.

그러나 아직.

아직은 아니다.

지금 빌헬름 푸르트벵글러가 이처럼 큰 감동을 주는 것처럼 그들 세대의 음악이 여전하다는 것을 보여주고 싶었다.

자신의 음악을 더욱 발전시키고 싶었다.

마리 얀스는 그 평생의 호적수가 펼치는 음악을 온몸으로 느끼며.

아직 더 나아갈 수 있다고.

늙은 육신이 버티는 한 아름다운 음악에 더 근접할 수 있다고 여겼다.

♪

베를린과 클리블랜드의 경합은 멋진 대결이 될 거라는 세간의 기대와는 전혀 다른 결과로 마무리되었다.

317만 표.

폭군 빌헬름 푸르트벵글러는 98만 표를 획득한 클리블랜드 오케스트라를 압도적인 격차로 꺾고 OOTY 오케스트라 대전 세미파이널에 진출했다.

런던 심포니가 250만 표의 지지를 받아 최다 투표수 부문에서 신기록을 수립한 지 단 하루 만의 일이었다.

반응은 폭발적이었다.

ㄴ야, 이 개미쳤다 진짜.

ㄴ말 좀 곱게 쓰세요.

ㄴ아니 진짜 너무 좋은데 표현할 길이 없어서 그럼.

ㄴ듣다가 숨 쉬는 거 까먹었다.

ㄴ40분 동안 숨 안 쉬면 죽어ㅋㅋ

ㄴ이분이 취미로 지휘자하신다는 분인가요?

ㄴ???

ㄴ이건 또 신선하게 미친 자네.

ㄴㅋㅋㅋㅋ저거 드립임. 머리카락 없는 최강 캐릭터가 주인공인 만화가 있는데 그 캐릭터 대사가 '취미로 히어로를 하는 사람입니다'임ㅋㅋㅋ

ㄴㅇㅇ 걘 머리카락 대신 힘을 얻었고 푸벵옹은 머리카락을 잃고 음악을 얻었지.

팬들은 이 시대 최고의 지휘자 빌헬름 푸르트벵글러와 명문 베를린 필하모닉이 들려준 대여정에 깊이 감동했다.

가장 많은 표를 받은 연주였던 만큼 언론과 평단 그리고 팬들도 각자의 방법을 통해 그때의 감동을 되짚었다.

유력 음악 잡지에서는 빌헬름 푸르트벵글러가 또 한 번 세상을 놀라게 했다며 호평을 쏟아냈고.

언론에서는 빌헬름 푸르트벵글러와 베를린 필하모닉에 대한 짧은 영상을 올려, 그들을 더욱 깊이 이해하고 싶은 대중의 욕구를 충족시켜 주었다.

ㄴ인생 자체가 음악이네;;

ㄴ한 악단에서 41년간 재임 ㄷㄷ

ㄴ정확히는 48년임.

ㄴ기사에는 지휘자로 41년간 있었다고 하던데?

ㄴ7년간 악장으로 있었음. 당시 지휘자가 그 유명한 카라얀이고.

ㄴㅋㅋㅋㅋㅋ둘이 사이 진짜 더럽게 안 좋았는데 신기하지.

ㄴ푸르트벵글러가 베를린 필하모닉에 처음 입단한 게 70년대 후반이었는데 당시부터 주목받았음. 바이올리니스트로서는 10대 때부터 야샤 하이페츠의 재림으로 불렸으니까.

ㄴ여기 대체 나이대가 어떻게 되는 거야;; 70년대 이야기를 어태 아는 거임?

ㄴ아조씨 드립 치기에도 미안해질 연배시겠다.

ㄴㅎㅎ

ㄴ푸르트벵글러가 왜 최고의 지휘자인지 오늘에서야 알았다. 70대인 그는 지금도 발전하고 있다.

ㄴ준결승전 진짜 너무 기대된다.

ㄴ미쳤어 진짜.

ㄴ같은 생각.

깊은 밤이 되어서도 그러한 분위기는 사그라질 줄 몰랐다.

그러한 감정은 과연 이토록 멋진 경험을 선사해 준 베를린 필하모닉이 런던 심포니를 맞이해 세미파이널에서는 어떤 모습을 보여줄지에 대한 기대감으로 번졌다.

언론도 팬들의 이러한 생각을 눈치채고 곧장 런던과 베를린 두 도시의 스토리를 풀어내기 시작했다.

고전의 런던과 혁신의 베를린.

양쪽 모두 위대한 지휘자를 둔 정상급 오케스트라였기에 팬들의 관심은 끊어질 줄 몰랐다.

ㄴ아무튼 정말 세대를 넘어선 지휘자임.

ㄴ진짜 드라마틱하지 않냐? 30년간 정점을 유지했던 사람이 점차 쇠퇴기를 맞이했는데 근 10년 만에 부활했음.

ㄴ쇠퇴기?

ㄴ런던이랑 암스테르담에 밀렸던 건 사실이잖아.

ㄴ글쎄. 암스테르담은 몰라도 런던이랑은 비교하기 애매한 거 같은데.

ㄴ2010년부터 2021년까지의 관객 수를 보면 런던 심포니랑 런던 필하모닉이 베를린보다 훨씬 많았음.

ㄴ그거 인터플레이 덕분이잖아. 서비스 개판으로 해서 악단들이 인터플레이랑 계약 끊으니까 귀신같이 내려오던데?

ㄴ인터플레이가 망하고 런던 쪽 악단들 수입이 크게 준 건 사실인데, 그렇다고 베를린 필하모닉이 그 영향을 받은 건 아니지. 배도빈이 복귀하면서부터 진짜 악단 전체를 뜯어고쳤잖아.

ㄴ근데 그러고 보니 요즘 인터플레이 안 들어간 지 오래됐네.

ㄴ들어가고 싶어도 못 들어가. 서비스 종료됨.

ㄴ엥? 그렇게 큰 회사가? 이렇게 빨리?

ㄴJH에 시장 다 빼앗기고 거덜 났음. 그렇게 벌려 놓았던 사업들 원금 회수도 못 했다고 하던데. 하여튼 영국은 브렉시트 이후로 삽질만 해대는 듯..

그렇게 밤이 지나고.

음악 팬들은 피로조차 느끼지 못한 채 빌헬름 푸르트벵글러와 동등하게 평가받는 또 다른 거장, 마리 얀스의 지휘를 기대했다.

♪

배도빈과 베를린 필하모닉이 4차전을 준비하기 위해 연습에 몰두하고 있을 때, 배영준도 잘츠부르크에 도착했다.

크리크 국제 콩쿠르, OOTY 오케스트라 대전, 잘츠부르크 페스티벌로 이어지는 대규모 행사로 인해 수백만 관광객이 군집한 잘츠부르크는 더없이 북적였다.

"아빠!"

"어이구, 우리 아들. 그새 많이 컸네?"

배도진이 배영준을 보자마자 뛰어가 안겼다.

발굴 작업을 하느라 결혼기념일 이후로는 몇 달간 집에 돌아오지 않았기에 더 애틋했다.

"살 탄 것 좀 봐."

유진희가 배영준의 얼굴을 어루만졌다. 잔뜩 그을려 얼굴이고 목이고 팔이고 새까매진 남편을 보니 갑자기 화가 났다.

"그러니까 선크림 좀 바르라고 했잖아요."

"그게 아침에 바르긴 하는데."

"계속 바르래두."

"아하하. 그럴게."

그러나 드디어 하고 싶은 일을 마음껏 하게 되어 밝게 웃는 것을 보자 유진희도 마냥 화낼 수 없었다.

유적 탐사에 미친 남편과 음악에 미친 첫째.

엔지니어가 되겠다는 둘째도 기계만 보면 눈이 돌아가니 집

안 내력인가 싶기도 했다.

"여기."

배영준이 팔찌 하나를 내밀었다.

"이게 뭐예요?"

"자제 조달하려고 갔는데 당신 생각이 나서. 여기 보면 메디치 가문의 문양이 새겨져 있지? 진품이라구."

유진희는 어이가 없었다.

연애 시절 배영준에게 맞춰주기 위해 관심에도 없는 역사 이야기를 하다가 대학 시절 주워들은 메디치 가문 이야기를 꺼냈던 적이 있는데.

그걸 기억하고 이 낡은 팔찌를 사 왔다니.

"당신 진짜."

유진희가 뭐라 말하려다가 싱글벙글 웃고 있는 배영준을 보았다.

'그렇게 바빴으면서.'

작게 한숨을 쉬고 끌어안아 주었다.

"우읍읍!"

두 사람 사이에 낀 배도진은 한참이 지난 뒤에야 숨을 쉴 수 있었다.

차에 오른 가족은 못다 한 이야기를 차근히 풀어냈다.

"도빈이는?"

“내일이 공연이잖아요. 연습하느라 바쁜 모양이에요.”

“아들 녀석 얼굴 보기 힘들구만. 참, 브라움 씨 치질 수술을 받았다며?”

“네. 그래서 윤희가 대신하기로 했는데 여러모로 어려운가 봐요. 도진아, 초콜릿 그만 먹어. 당신은 올 때 괜찮았어요?”

“밀릴 것 같아서 일찍 왔지. 우리 왕비님이랑 왕자님들도 보고 싶고.”

“말은 잘해.”

“하하하.”

“아빠, 아빠. 집에 갈 때는 헬리콥터 타고 가면 안 돼?”

“헬리콥터?”

“올 때 보고서는 계속 그 이야기하는 거예요. 도진아, 아빠는 헬리콥터 싫어해.”

“왜요?”

기계라면 사족을 못 쓰는 배도진은 헬리콥터를 싫어한다는 아빠를 이해할 수 없었다.

아들의 질문을 받은 배영준은 멋쩍게 웃으며 말했다.

“정확히는 기관총이 달린 헬리콥터를 싫어하지…….”

“기관총?”

배도진은 안 좋은 기억을 떠올리는 배영준을 보다가 이내 관심을 끊고 초콜릿에 손을 뻗었다.

♪

"오늘은 여기까지 하겠습니다. 모두 푹 쉬고 내일 아침에 보죠."

"감사합니다!"

"저, 저…… 조금만 더."

"네. 같이 있어요."

연습을 마친 뒤, 베를린 필하모닉 B 단원들은 배도빈과 나윤희를 안쓰럽게 보았다.

내일 당장 4차전을 치러야 하는데도 자발적으로 연습을 더 하겠다는 나윤희와 갑작스럽게 곡을 수정해야 했던 배도빈.

그들이 보기에도 무리하고 있었다.

매일 10시간 이상 자신을 갈고닦는 단원들이었지만 배도빈과 나윤희만큼 독할 수 없었다.

"저러다 쓰러질 것 같아."

"나윤희 수석 손 봤어? 어떻게 그렇게 되고도 계속하는지."

"브라움 악장을 대신하는 거잖아. 부담스러울 수밖에. 난이도는 말할 것도 없고."

"조금 더 쉽게 해도 괜찮을 텐데."

"두 사람 다 그럴 사람이 아니니까."

"그러게. ……나 가끔 나윤희 수석 보면 부끄러워져."

“나도. 매일 하는 연습만으로도 벅찬데 저러는 거 보면 뭐랄까. 내가 게으른 것 같다고 해야 하나.”

“대단하지. 솔직히 나 수석 아니었으면 누가 브라움 악장 대신했겠어? 저렇게 노력하니까 가능한 거겠지.”

“……안 되겠다. 나 좀 더 할래.”

“나도.”

단 한 번의 연주를 위해 필사적으로 매달리는 배도빈, 나윤희에게 단원들도 자극을 받았다.

한편 연습실에 남은 배도빈은 나윤희의 연주를 듣고 자신이 직접 연주해 보며 완성도를 높여 나가고 있었다.

‘집념이야.’

배도빈은 무엇이 나윤희를 이렇게까지 몰아붙이는지 알 수 없었지만 손가락이 다 터져 나가면서도 포기하지 않는 그 집념이 고마웠다.

그 역시 그러했기에.

아름다운 연주를 위해 노력하는 길을 함께할 수 있기에 며칠 밤낮을 새워도 즐거웠다.

‘대단해.’

그러한 마음은 나윤희도 마찬가지였다.

독주 파트를 수정하는 것도 일이었지만 모든 일에 완벽을 기하는 배도빈이 그것으로 그칠 리 없었다.

카덴차 앞뒤는 물론, 그로 인해 곡 전체를 손보면서도 단원들이 조금이라도 쉽고 빠르게 적응할 수 있도록 기호와 지시문을 안배했다.

그럼과 동시에 연주에만 매달렸던 나윤희의 바이올린을 직접 교정해 주었다.

시간이 지날수록 부담은 커졌지만 그래서 바이올린을 놓을 수 없었지만 배도빈이 함께해 줌으로써 두렵거나 외롭지 않았다.

"잠깐 쉬어요."

"아, 응."

배도빈이 물을 마셨다.

나윤희도 몇 시간째 연달아 연습했기에 목이 타 물병을 집으려 했다.

그러나 무심코 뻗은 왼손에 통증이 밀려 들어와 병을 놓치고 말았다.

긴장하고 있을 때는 느끼지 못했던 것이 한꺼번에 몰려들었다.

"아."

나윤희가 허겁지겁 닦을 것을 찾고자 주변을 둘러보았다.

그때 배도빈이 나서서 나윤희를 앉히고 직접 휴지를 가져다 바닥을 닦기 시작했다.

"내, 내가 할게."

"앉아 있어요."

나윤희가 휴지를 빼앗으려 했지만 배도빈은 이미 한계에 이르러 몸이 망가지고 있는 바이올리니스트가 그런 행동을 하도록 허용치 않았다.

연주를 위해서라면 어쩔 수 없지만 다른 일로 나윤희가 고통받는 건 조금도 용납할 수 없었다.

바닥을 닦은 배도빈이 손을 씻으러 나간 뒤.

연습실에 홀로 남은 나윤희는 엉망이 된 손을 내려다보았다.

찢어질 듯한 통증이 밀려들고 있었다. 이제 더 연주했다간 정말 끊어질 것만 같았다.

활을 쥐는 오른손이 왼손의 고통을 나눠 받을 수 있다면 얼마나 좋을까 생각하던 중 배도빈이 돌아왔다.

"이만 돌아가요."

"아, 아직."

"내일 무대에 오르지 못하면 모든 게 소용없어져요."

"……응."

잠시 고개를 숙인 나윤희가 자리에서 일어났다.

배도빈이 그녀를 대신해 악기를 정리했고 나윤희는 더 잘하지 못하는 자신을 탓했다.

만약 처음부터 불새를 완벽히 연주할 수 있었다면 누구도 고생하지 않았을 거란 멍청한 생각이 아직 그녀를 괴롭히고 있었다.

그때 배도빈이 입을 열었다.

"아까 보니 오늘 암스테르담이 올라갔대요."

악보를 챙긴 뒤 그것을 품에 안고서 나윤희를 보았다.

"대단했나 봐요. 사카모토가 칭찬을 잘하는 편이긴 하지만 그렇게 말하는 건 처음 봤어요."

"들었으면 좋았을 텐데."

"그러게요."

두 사람이 연습실을 나섰고 배도빈이 입을 열었다.

"4라운드 뒤에는 쉬어요."

"어?"

"반드시 결승 무대에 서게 해줄 테니까."

나윤희는 놀랐다.

'이길 거라 생각하고 있어.'

그녀는 아직 본인의 연주에 만족하지 못했다.

지난 연습을 통해 찰스 브라움이 연주하는 불새를 들어왔던 것이 가장 큰 요인이었다.

그의 연주는 신성하게 느껴질 정도로 고상했고 나윤희는 그 연주를 좀처럼 잊을 수 없었다.

더군다나 상대는 북미 최고의 악단 시카고 심포니 오케스트라.

2라운드 전체 4위를 차지할 정도로 뛰어난 기량을 자랑하며 지휘자 제르바 루빈스타인은 거장 중의 거장이었다.

그럼에도 배도빈은 승리를 확신하고 있었다.

"내가…… 잘할 수 있을까?"

"네."

조금의 망설임도 없는 대답에 나윤희가 고개를 돌렸다.

배도빈은 그 시선을 올곧이 대했다.

"바이올린 소리가 예뻐서 힘껏 연주할 수 있다고 했죠?"

"……응."

"저는 다르게 생각해요."

"뭐, 뭘?"

"바이올린 소리가 예쁜 건 그걸 연주하는 사람이 아름답기 때문이에요. 악기는 악기일 뿐 연주자를 대신할 순 없어요."

배도빈이 연습실 주변을 둘러싼 경비에게 캐논을 넘기며 말했다.

나윤희는 아무 말도 할 수 없었다.

아무도 알아주지 않았던 그녀 평생에 있어, 단호한 목소리와 곧은 눈빛으로 틀리지 않았다고, 아름답다고 해준 사람은 그가 처음이었다.

'너는 애가 왜 이렇게 굼뜨니?'

'밥을 대체 언제까지 먹을 거야? 그럴 거면 먹지 마!'

유치원에서도.

'쟤 좀 음침하지 않아?'

'저번에 말 걸었는데 대답도 안 하던데.'

'말더듬이잖아. 킥킥.'

중학교에서도.

'야, 이번 콩쿠르 진짜 중요해서 그런데 나 좀 도와주면 안 될까? 넌 3년이나 남았잖아.'

'그래. 내년에 1등 하면 되잖아. 양보 좀 해.'

대학에서도.

'언니, 대체 공연할 생각이 있긴 해? 요즘 누가 모차르트를 들어. 자극적이고 센 걸 해도 시원찮을 판에 왜 자꾸 그래?'

'윤희 너 의상 컨셉 좀 바꿔야겠다. 치마에 슬릿 좀 넣고 머리도 올려보고. 응?'

'아, 답답해. 할 말이 있으면 똑바로 좀 해. 더듬지 말고. 그래서 뭐, 계약 조건이 이상하다고? 야, 너 무대에 서게 해준 나한테 그게 할 소리냐?'

첫 직장에서도 소심하고 순하게 생긴 나윤희는 쉬운 사람 취급을 받았다.

부당한 대우를 받으면서도 어린 나윤희는 그것을 차마 부모님께 말할 수 없었다.

착하고 자랑스러운 딸이고 싶었다.

힘들게 일하는 부모에게 딸이 멍청이 취급을 받고 있는 걸 알릴 수 없었다.

구박은 계속되었고 그럴수록 나윤희는 말수가 적어졌다.

말을 더 심하게 더듬었고 혼나는 게 무서워 생각이 많아졌고 행동은 더 느려졌다.

착한 아이에서 이용하기 쉬운 사람으로. 편한 사람에서 막 대해도 되는 사람이 되면서 편히 있을 수 있는 공간을 잃었다.

오직 바이올린과 작은 연습실이 그녀의 유일한 안식처였다.

무대에서 연주할 수만 있다면 어떤 것도 참아낼 수 있었다.

그러나 그것은 착각이었다.

아무리 많이 연습하고 작은 무대에 올라도 채워지지 않는 것이 있었다.

'나 이거 조금 좋아진 거 같은데.'

'오늘은 연주 잘한 거 같아.'

'이거 연습했는데. 눈치 못 챈 걸까?'

평생을 무시당하고 살아온 탓에 타인에게 기대를 거는 일은 없을 거라 생각했거늘.

그렇지 않았다.

조금씩 발전하고 있는 바이올린만큼은 누군가 알아주길 바랐다.

아버지는 누구보다도 든든한 버팀목이었지만 그녀의 바이올린을 이해할 순 없었다.

다른 이들은 애초에 말 더듬고 굼뜬 나윤희에게 관심이 없었다.

그러나 지금.

베를린 필하모닉에 들어와서는 누구보다도 진짜 자신의 모습을 알아주는 사람이 생겼다.

오디션 때부터.

부수석, 수석 임명 모두 배도빈이 나섰던 걸 모를 리 없었다.

홀로 연습할 때도.

작은 의견이 있을 때도.

언제나 알아봐 주었던 배도빈은 지금도 흔들림 없이 확신하고 있었다.

자신을 알아봐 준 유일한 사람이 한 말이라면, 믿어도 될 것 같았다.

나윤희가 입을 앙다물었다.

♪

OOTY 오케스트라 대전 4라운드 4차전 당일, 오전 9시 30분.

베를린 필하모닉과 시카고 심포니 오케스트라의 프로그램이 발표되었다.

시카고 심포니는 악장 다니엘 이반을 독주자로 내세워 차이코프스키의 바이올린 협주곡 D단조를 연주한다고 밝혔고.

베를린 필하모닉은 제2바이올린 수석 나윤희를 독주자로, 배도빈이 편곡한 이고르 스트라빈스키의 발레곡 불새를 연주한다고 밝혔다.

그간 배도빈이 파가니니의 캐논을 연주한다고 알려졌던 만큼 팬들의 반응은 거셌다.

ㄴ뭐야. 배도빈이 연주하는 거 아니었어?

ㄴ나윤희가 누구야;;

ㄴ바이올린 켜면서 지휘한다던 건 뭔데?

ㄴ캐논이 아무나 연주하는 악기냐? 푸르트벵글러랑 니아 발그레이, 배도빈까지 이어진 전통성은 어쩌고?

ㄴ아 진짜 암 걸릴 것 같다.

ㄴ입단한 지 2년밖에 안 되는 색깔 없는 바이올리니스트가 캐논을, 그것도 오케스트라 대전에서 연주한다고?

ㄴ제발 사이다 좀;;

ㄴ이거 배도빈이 한 결정이면 단단히 잘못 생각한 듯. 무리수야.

국가, 지역을 가릴 것 없이 배도빈의 연주를 기대했던 이들은 크게 실망했다.

그나마 베를린 필하모닉의 팬이었던 이들도 캐논이 가지는 역사적, 전통적 의미를 근거로 베를린 필하모닉의 선택을 맹비난하였다.

한편, 사무실에 남아 오케스트라 대전을 시청하고 있던 네이즈의 이재은은 코웃음을 쳤다.

“하? 미쳤나 봐. 진짜.”

그때 옆 테이블에서 네이즈 기획운영3팀장이 모니터 너머로 고개를 들었다.

“이 대리, 오케스트라 대전 발표 봤어?”

“네, 팀장님.”

“내가 잡으라고 했어, 안 했어? 베를린 필하모닉에서 수석이 되질 않나, 이젠 독주까지 하잖아. 어쩔 거야?”

“아이참. 그 정도 인간 아니라니까요? 아마 떨어서 연주도 제대로 못 할걸요?”

대수롭지 않게 여긴 이재은은 다시 한번 모니터를 보고 웃었다.

‘찰스 브라움이랑 배도빈을 대신해서 나윤희라고? 진짜 어이가 없네. 아니, 대체 어떻게 자리를 얻었대? 얹혀산다더니 배도빈이랑 무슨 사이인 거 아냐?’

이재은은 입술을 씰룩이고선 자신의 제안을 거절한 나윤희를 떠올렸다.

당시 네이즈에서 나윤희에게 제안한 맥시멈은 재계약비 2억 원에 4년 계약, 2:8의 비율(아티스트:네이즈)이었다.

천천히 높게 부를 생각에 1억을 불렀던 이재은은 당시 나윤희의 말을 똑똑히 기억하고 있었다.

'나, 나. 마, 말 더듬고 그래도 바보는 아니야. ……갈게.'

그녀를 답답하고 멍청하게 여겼던 이재은은 자신을 두고 자리를 박차고 나간 나윤희를, 그 뒷모습을 잊을 수 없었다.

이재은은 옥상으로 올라가 담배에 불을 붙이며 몇 시간 뒤, 자신에게 물을 먹인 나윤희가 전 세계적으로 망신당할 것을 떠올렸다.

'안 봐도 뻔하지. 지금쯤 토하고 난리도 아닐 텐데 독주는 뭔 독주야.'

기가 찰 일이었다.

그녀는 담배 연기를 깊게 마시고 내뱉은 뒤 밀린 일을 처리하기 위해 사무실로 복귀했다.

62악장

백아절현

베를린 필하모닉은 밀려드는 기자들을 피해 무사히 대기실로 들어올 수 있었다.

프로그램과 독주자가 발표되었을 때의 상황을 예측한 멀핀 과장이 단원들을 다른 길로 안내한 덕이었다.

단원들은 별 탈 없이 연주를 준비할 수 있었지만, 마음만은 나윤희에 대한 걱정으로 가득했다.

여러 커뮤니티와 디지털 스트리밍 사이트에 올라오는 글을 본 탓이었다.

"나윤희 수석 괜찮을까?"

"그러게. 반응이 생각보다도 더 안 좋던데."

지휘자 대기실 옆, 개인 대기실에 있던 소소도 나윤희가 걱정되긴 마찬가지라 복도로 나섰다.

때마침 나윤희가 걱정되어 찾아온 이승희가 소소를 불렀다.

"윤희 좀 어때?"

"이제 가보려고. 같이 갈래?"

"응."

두 사람은 나윤희가 있을 대기실로 향하여 문을 두드렸다.

"드, 들어오세요!"

이승희와 소소가 서로를 본 뒤 조심스레 문을 여니 나윤희가 덩그러니 앉아 있었다.

표정이 잔뜩 굳어 있었는데 두 사람을 확인하자 그제야 안도한 듯했다.

'아직 반응을 안 봤을 수도 있는데 괜히 티 낼 필요 없잖아.'

이승희는 우선 최대한 평상시처럼 행동했다.

"놀러 왔지롱."

이승희가 웃으며 앉았다.

소소는 손을 들어 인사하고 자리에 앉았다. 그러고는 멀뚱멀뚱 나윤희를 바라보았다.

손가락을 꼼지락대고 있었다.

"긴장돼?"

이승희가 퍼뜩 고개를 돌려 소소를 보았다.

그러지 않아도 부담스러울 텐데 굳이 물어봐 상기시키는 것보단 자연스럽게 긴장을 풀어주고 싶었다.

"으, 응. 개, 개인 대기실을 쓰는 건 처음이라서."

소소에게 향했던 이승희의 고개가 나윤희에게로 향했다. 예상했던 대답과 달랐기 때문이었다.

"아하하. 넓고 조용한 게 좋지 않아?"

"응. 조용해서 좋은데, 단원들이랑 같이 있는 게 더 좋은 것 같기도……. 너무 넓어서."

"그럼 단체 대기실로 가도 돼. 응. 네 마음이야. 시간도 많이 남았고."

다행히 대화가 진행되어 이승희가 안도하고 있을 때 소소가 입을 열었다.

"댓글 봤어?"

"야! 왕소소!"

간신히 긴장을 풀 수 있게 일상적인 대화를 하고 있었는데 소소가 초를 쳐버렸다.

소소는 무슨 문제라는 듯 이승희를 보았고 이승희는 나윤희 앞에서 설명할 수 없는 말을 삼키느라 속이 터졌다.

그때 나윤희가 웃기 시작했다.

이승희와 소소가 그것을 의아하게 보았다.

시선을 느낀 나윤희가 미소를 띤 채 말했다.

"응. 봤어."

"괘, 괜찮아?"

이승희의 질문에 나윤희가 고개를 끄덕였다.

"브라움 악장님도 도빈이도 대단하니까 다들 그럴 거라 생각했어. 언니도 알잖아. 나 쓸데없는 걱정 많은 거."

"아니야. 생각이 깊은 거지."

"언니가 나 거, 걱정해 주느라 와준 것만으로도 기뻐. 소소도."

"토는…… 안 했어?"

나윤희가 다시 한번 고개를 끄덕였다.

이승희는 코끝이 찡했다.

한국인이 유럽에서 살기 얼마나 어려운지 너무나 잘 알고 있었다.

전혀 다른 문화와 환경에 적응하는 것조차 버거운데 지독하게 깊이 깔린 동양인을 향한 차별과 국내와는 비교도 할 수 없는 경쟁.

본인도 충분히 겪은 일이었기에 이승희는 마음 여린 나윤희가 항상 마음 쓰였다.

특히나 오늘은 이승희 본인이라도 그 부담감을 짊어질 수 있을까, 싶을 정도로 중요한 무대.

배도빈과 찰스 브라움을 대신하는 일은 세계 최고의 연주자들이 모여 있다는 베를린 필하모닉의 악장들도 망설일 수밖에 없었다.

그것을 큰 공연 때마다 긴장해 토를 해대던 나윤희가 맡았으니 걱정이 이만저만 아니었는데.

무엇이 그녀를 강하게 했는지.

지금은 너무나 의연해 보였다.

"왜, 왜 울어."

"끄흐응윽. 끅. 기특해. 기특흡해."

"오늘 언니 좀 이상해. 상한 거 먹었어?"

"넌 좀 끄으읍. 가만있어. 흑."

이승희가 진정하고 소소와 함께 나가자 나윤희는 숨을 길게 내쉬었다.

조심스레 배려하려던 이승희도.

와서 과자만 먹고 간 소소도 모두 힘을 주려고 왔다는 걸 잘 알았기에 두 사람이 찾아오기 전까지 떨리던 몸이 조금은 안정되었다.

나윤희에게 이승희와 왕소소는 친구라고 할 수 있는 첫 번째 사람이었던 만큼 더 위로되었다.

"하, 하나 더 먹을까."

나윤희가 가방에서 청심환을 꺼냈다. 포장지를 벗겨 입안에 넣고 꼭꼭 씹는데 예전에는 그렇게 썼던 그것도 이제는 쓴지 몰랐다.

대기실 모니터를 트니 무대 위에 오른 시카고 심포니 오케스트라를 볼 수 있었다.

'멋있다.'

청심환을 반쯤 씹자 지휘자 제르바 루빈스타인이 모습을 드러냈다.

하관을 전부 가린 턱수염과 강렬한 눈빛이 카메라에 잡혔고 TV와 벽 너머 복도를 통해 관객들의 환호가 전해졌다.

'차이코프스키 D장조 협주곡이었지.'

나윤희가 직원이 챙겨준 팸플릿을 열었다.

'아, 다니엘 이반 씨가 하시는구나. 재밌겠다.'

기왕이면 대회 참가자들에게 따로 마련된 객석에서 직접 듣고 싶다고 생각했지만, 오늘만큼은 밖이 부담스러워 그럴 수 없었다.

시카고 심포니의 연주가 시작되었다.

나윤희는 눈을 감고 아름다운 선율을 들으며 가슴을 달랬다.

♪

단원들이 무대 위에서 마지막 조율을 마치고 기다리고 있다.

객석에서 웅성거리는 소리가 전해져 온다.

아직 시카고 심포니가 남긴 여운을 잊지 못한다는 뜻이다.

내 생각에도 정말 멋진 공연이었다.

'제르바 루빈스타인.'

칼 에케르트와 함께 푸르트벵글러가 인정하는 몇 안 되는 지휘자가 지휘한 차이코프스키 바이올린 협주곡 D단조.

차이코프스키는 단 한 곡의 바이올린 협주곡을 만들었을 뿐인데, 그 뛰어난 작품성이 당시에는 인정받지 못했던 것 같다.

대학에서 듣자니 한 멍청한 비평가가 '악취가 난다'라는 말을 했다던데 예나 지금이나 비평가란 인간들은 믿을 것이 못 된다.

제르바 루빈스타인과 시카고 심포니의 연주는 내가 들었던 그 어떤 바이올린 협주곡보다 훌륭했다.

그러나.

"주, 준비됐어."

이 바이올리니스트를 데리고 이기지 못할 리 없다.

불필요한 말은 하지 않았다.

이미 며칠간 함께 밤을 지새웠던 시간이 모든 것을 말해준다.

단지 조금 전부터 떨기 시작한 나윤희의 손을 잡아주었다.

아프지 않도록 조심스럽게 쥐었다.

이것으로도 내 신뢰가 충분히 전해질 것이다.

"도, 도빈아 놔줘……."

아닌가 보다.

멀쩡했던 나윤희의 얼굴이 순식간에 빨갛게 달아올랐고 몸은 더 떨기 시작했다.

손을 놓자 한두 번 크게 숨을 쉬더니 허탈하게 한 번 웃는다. 그러고는 입을 앙다물고 고개를 끄덕였다.

계단에 올라섰다.

평소보다 천천히 올라서 무대에 오르자 언제나와 같이 환호와 박수가 전신을 때렸다.

돌아보지 않았다.

소소가 단원들을 일으켰고 나윤희와 나란히 서 관객들에게 인사했다.

저들 대부분이 이 무대에 의구심을 품고 있다는 것쯤은 알고 있다.

그러나 에로이카와 함께 이번 대회를 위해 가장 많은 준비를 했던 바이올린 협주곡 D장조 불새다.

현대 음악에 가장 많은 영향을 미쳤다는 러시아 출신의 음악가 이고르 스트라빈스키.

특유의 대담한 화성과 강렬한 리듬은 가히 충격적이었고 초기 그의 음악은 내게 새로운 영감을 안겨주어 덩케르크 철수 작전의 오리지널 스코어를 작업할 때 반영되었다.

오늘은 위대한 후배를 기리며 그의 음악을 더욱 발전시킨 연주를 펼치는 날이다.

고개를 돌렸다.

나윤희가 고개를 끄덕였다.

두 팔을 높이 들자.

캐논이 비상했다.

창공을 향해 날아오른 불새가 날개를 펼쳤고, 캐논의 노래는 타오르는 불꽃을 연상케 했다.

지휘를 받은 목관 악기들이 따라붙어 지면을 깔고.

소소와 제1바이올린이 세찬 바람을 연주해대나, 불새의 위용은 흔들림 없다.

창공에 이르러 곧게 뻗어 나오는 캐논의 청명한 연주가 콘서트홀을 가득 메우고.

마음껏 날갯짓하여 아름다움을 과시한다.

두 손을 앞으로 내밀어 오케스트라의 연주를 멈춘다.

이제 온전히 캐논의 독무대다.

♪

빌헬름 푸르트벵글러는 그 어느 때보다도 날카로운 눈빛으로 무대를 지켜보았다.

배도빈과 단원들을 믿긴 해도 분명 어려운 상황이었다.

특히나 소심한 나윤희가 캐논이 가진 무게를 짊어질 수 있을지에 대해서는 푸르트벵글러조차 확신할 수 없었다.

그러나 카밀라로부터 저들이 4라운드를 어떻게 준비했는지 전해 듣고 나서는 그러한 불안도 가라앉힐 수 있었다.

최고의 연주를 한다.

무대 위에 오른 이상, 어떠한 조건에서도 최고의 연주를 한다는 베를린 필하모닉의 고귀한 정신이 저 젊은이들을 이끌 거라고 믿었다.

그리고.

나윤희가 연주를 시작한 순간 푸르트벵글러의 입에 미소가 걸렸다.

거침없이 뿜어내는 강렬한 열기.

찰스 브라움의 불새와는 달랐으나 태양을 집어삼킨 듯이 터져 나오는 맑디맑은 소리에 나윤희가 자신을 이겨냈음을 알 수 있었다.

'성장했구나.'

악장 오디션 때만 해도 벌벌 떨었고 부수석이 되고 나서도 공연마다 구토를 해대던 녀석이 저렇게 열정적인 연주를 할 수 있다니.

푸르트벵글러는 진심으로 나윤희를 기특하게 여겼다.

그러나 그것도 잠시.

그녀가 카덴차를 시작했을 때.

푸르트벵글러는 무심코 입을 벌릴 수밖에 없었다.

♪

OOTY 오케스트라 대전을 시청하는 음악 팬들은 베를린 필하모닉의 무대를 여전히 우려했다.

ㄴ진짜냐고ㅠㅠㅠ

ㄴ도빈이 지금이라도 바이올린 잡았으면 좋겠다.

배도빈과 나윤희가 무대 위로 오르자 채팅창이 올라가는 속도가 더욱 빨라졌다.

1,800만 명이 시청 중인만큼 방금 입력된 글조차 읽을 수 없을 정도로 요란스러웠으나, 그 내용은 모두 배도빈이 나서지 않음에 대한 슬픔 또는 분노였다.

그러나 그것도 잠시.

시작을 알린 캐논의 힘찬 날갯짓에 깜짝 놀라고 말았다.

글이 올라오는 속도가 현저히 줄어 이제는 어느 정도 읽을 수도 있었다.

ㄴ뭐야. 좋잖아?

ㄴ박력 봐. 시작부터 치고나오는구나.

ㄴ빼액! 배도빈 연주 들려주라!

ㄴ배도빈은 배도빈이네. 원래 첼로랑 콘트라베이스가 나오고 바이올린이 나오는데, 바이올린 협주곡으로 바꾸면서 구조 자체가 바뀌었는데?

ㄴ진짜 과감한 편곡이다. 배도빈 아니면 욕먹을까 봐 이런 거 못 하지.

ㄴ나윤희? 연주 좋은데? 힘차고.

ㄴ생각보다 좋긴 한데.

ㄴ그래도 배도빈 연주 듣고 싶은 거야 여기 있는 사람 모두 같은 생각이지. 근데 확실히 캐논이라 그런지 음량이 엄청나네. 다른 악기를 뚫고 들림.

ㄴ진짜 악기 때문인가? 저렇게 고음역대를 빠르게 연주하는데 소리가 안 찢어진다고?

과감한 편곡으로 문을 연 배도빈과 의외의 실력을 보여주는 나윤희를 향한 팬들의 반응이 점차 호전되었다.

그 전까지의 아쉬움을 잊게 할 정도로 흡입력 있는 연주가 이어졌다.

한계 수준의 빠르기로 연주되면서도 비브라토가 유지되었을 때는 현장의 관객도, 스트리밍으로 관람하는 시청자도 눈을 휘둥그레 떴다.

ㄴ와씨ㅋㅋㅋㅋ 뭐냐ㅋㅋㅋ

ㄴ소름 돋는닭ㅋㅋㅋㅋㅋ

ㄴ내가 방금 뭘 들은 거야?

그러한 반응이 올라오던 채팅창은 나윤희의 카덴차가 시작된 순간 멈추고 말았다.

가슴을 관통해 숨이 멎을 것만 같은 연주에.

객석과 모니터 앞에 앉은 수많은 이들이 넋을 잃고 말았다.

♪

가슴 한가득 채워내는 정열의 하모니.

활을 켜는 나윤희의 팔은 더욱 힘차게 움직였다.

빠르게 그어 낼수록 캐논의 폭발적인 음량이 더욱 부각되었다.

'더. 더. 더!'

젊은 바이올리니스트는 캐논의 노랫소리가 찢어지거나 뭉개지지 않도록, 한계를 넘어선 감각으로 힘을 조절했다.

격렬하고 화려하게 배치된 음표를 따라, 배도빈이 사력을 다해 준비한 불새가 비로소 진면목을 보인 순간.

망가질 대로 망가진 왼손이 현을 튕겼다.

'아파.'

찰스 브라움과 배도빈마저 완벽하게 숙달하기 어려웠던 바이올린 협주곡 불새.

활로 주 멜로디를 연주함과 동시에 왼손의 남은 손가락을 활용해 현을 튕기니, 마치 두 대의 바이올린이 연주하는 것만 같았다.

한 쌍의 날개처럼.

불꽃처럼 타오르는 음표들이 인지조차 할 수 없을 정도로 빠르게 날아들었다.

함께 노래하던 오케스트라가 연주를 멈추자 마치 대지를 박차고 떠나 찬란한 하늘에 이른 것만 같았다.

연주는 계속되고.

이윽고 불새는 저 높은 창공에서 자유로이 날개를 펴 순백으로 타오른다.

현이 마찰될 때마다 튀어 오르는 불꽃과 곧게 뻗어 폐부를 관통하는 빛은 단 한 줌의 그림자마저 허용치 않았다.

관객들은 찬란한 빛 속에 놓였다.

시야가 새하얗게 되어 무엇 하나 볼 수 없게 된 듯, 캐논의 강렬하고 치열한 노랫소리만이 청중들을 감쌌다.

밤하늘을 밝히는 유일하고 완전한 불꽃의 날개.

배도빈과 나윤희의 카덴차가 불새의 성스러운 날개를 그렸다.

'맙소사.'

'지금 내가 뭘 듣고 있는 거지?'

오케스트라 대전에 참가했던 내로라하는 거장들마저 캐논으로 전해지는 압도적 심상에 기함했다.

디지털 스트리밍 서비스를 통해 베를린 필하모닉의 공연을 관람하고 있던 1,800만 명 모두 넋을 잃고 말았다.

채팅창에는 어떠한 글도 올라오지 않았다.

현장의 객석도 마찬가지였다.

세계의 모든 소리가 사라진 가운데 오직 단 하나의 바이올린만이 노래하고 있었다.

하얀 불꽃처럼 찬란히.

사카모토 료이치와 빌헬름 푸르트벵글러는 지금의 이 연주가 그들이 그토록 기다렸던 새 시대의 음악이라는 것을 온몸과 영혼으로 느낄 수 있었다.

'이것이 네가 말했던 음악이냐.'

빌헬름 푸르트벵글러는 생전 처음 느끼는 충격에서 벗어날 수 없었다.

확실히 지금까지 감히 넘보지 않았던 영역의 일이었다.

나윤희가 연주하는 카덴차는 배도빈의 천재성이 집약된 곡으로 감히 그러한 연주가 가능하다고 상상조차 할 수 없는 곡이었다.

가당치도 않은 초절기교.

만일 직접 듣지 못했다면 푸르트벵글러는 연주가 가능한지를 먼저 의심했을 터였다.

캐논은 그 폭발적인 음량으로 날갯짓하는 와중에도 중간중간 다른 소리를 내었다.

불새의 날갯짓을 연상시키는 주 멜로디 주변에서 불꽃이 피어올랐다.

믿을 수 없는 연주였다.

한계 수준의 빠른 템포로 높은 음역대를 깔끔하게 연주하는 것마저 대단하게 느껴지는데, 바이올리니스트 나윤희는 하나의 바이올린으로 두 개의 멜로디를 완벽히 연주하고 있었다.

푸르트벵글러가 팔걸이를 꾹 쥐었다.

이 놀라운 연주가 어디로 향하는지 단 한 순간도 놓칠 수 없었다.

그와 마찬가지로 사카모토 료이치는 카덴차를 듣는 순간부터 사고를 그만두었다.

잡다한 생각을 하기에는 너무도 뛰어난 곡이었고 연주였다.

배도빈과 나윤희가 전달하는 감동을 있는 그대로 온전히 받아들이기 위해 가슴과 영혼을 열고 가슴 깊은 곳에서부터 고양되는 환희에 몸을 맡겼다.

두 거장과 마찬가지로.

베를린 필하모닉의 연주를 듣고 있던 사람들은 다른 어떠한 행동도 생각도 잊은 채 그저 느낄 뿐이었다.

나윤희가 현에서 활을 떼어냈다.

1악장 프레스티시모(Prestissimo: 매우 빠르게)가 끝나고 잠시간의 정적.

관객들은 진정할 수 없었다.

터질 듯이 뛰는 가슴이 벅차오르는 환희를 증명하고 있었다.

배도빈은 환희와 기쁨으로 가득한 단원들의 얼굴을 확인할 수 있었다.

잠시 고개를 돌렸다.

나윤희는 그 어떤 때보다도 밝게 미소 짓고 있었다.

'해, 해냈어.'

'멋졌어요.'

두 사람이 시선을 교환했다.

그것만으로도 서로의 감정을 이해할 수 있었다.

그러나 연주는 이제 1악장을 마쳤을 뿐.

나윤희가 고개를 끄덕였고.

배도빈이 호른 주자들에게 신호를 주고선 두 팔을 힘차게 내렸다.

호른이 부드럽고도 묵직한 소리로 노래했다.

영웅의 등장이었다.

호른에 뒤이어, 오보에와 바순이 영웅의 당당한 걸음 소리를 표현한 순간.

불새가 날아든다.

목관 악기의 노래가 잦아든다.

아름답고 성스러운 불새를 본 영웅은 자신도 모르게 발을 옮긴다. 아주 조심스럽게, 아주 작은 소리만 낼 뿐이다.

배도빈이 나카무라 료코를 향해 지휘봉을 휘둘렀다.

비올라가 수풀처럼 노래했고.

오보에와 바순이 다시금 모습을 드러낸 순간.

캐논이 나섰다.

걷어낸 수풀 너머로 고고하게 서 있는 불새는 황금빛으로 빛나는 사과를 보고 있다.

다시 한번 호른이 당당히 나선다.

영웅은 그 아름다움에 저도 모르게 이끌려 황금사과에 눈이 먼 불새를 잡아내고 만다.

캐논이 비명을 지른다.

깜짝 놀란 불새가 영웅에게 살려달라고 간절히 애원한다.

나윤희의 카덴차가 다시금 시작되었다.

또다시 시작된 한계를 넘어선 연주는 1악장 때와는 달리 애절하고 서정성이 짙었다.

갑작스레 잡혀 당황한 불새의 감정이 그대로 전달되었다.

주 멜로디와 동시에 진행되는 가냘픈 울음.

나윤희가 왼손으로 현을 튕길 때는 마치 불새의 눈에서 눈물이 떨어지는 것만 같은 착각이 일었다.

'신이시여.'

마리 얀스는 신을 찾았다.

이토록 아름다운 멜로디는 생전 처음이었다.

완벽한 불협화음 활용이 불새의 불안을 표현했고 바람보다 도 부드러운 전개는 그의 감수성을 자극했다.

그것을 연주하는 바이올리니스트의 기량에도 놀라지 않을 수 없었다.

'올라섰구나.'

병실에 있는 찰스 브라움도 주먹을 꽉 쥐었다.

저 무대에 오르지 못해 분했으나 자신과는 또 다른 모습으로 불새를 연주하는 후배에게 감탄하지 않을 수 없었다.

인정하지 않을 수 없었다.

나윤희라는 바이올리니스트가 이제 자신과 동등한 위치에 올라섰다고, 유수의 거장들과 어깨를 나란히 하고 있다고 생각했다.

모든 이가 배도빈이 만들어낸 아름다운 세계에서 노래하는 캐논에 매료되었다.

그 순간.

배도빈의 눈썹이 꿈틀했다.

'소리가 달라졌어.'

아주 작은 차이였으나 캐논의 소리가 연습 때와 달라졌다.

단순한 실수인가.

아니면 한계를 맞이한 것인가.

배도빈이 나윤희를 살피기 위해 고개를 돌렸고, 그의 시야에 눈을 질끈 감고 괴로워하는 바이올리니스트가 들어왔다.

'아파.'

나윤희는 손가락이 끊어질 것만 같은 고통을 필사적으로 참아내며 연주를 이어나갔다.

짧은 시간 혹사당한 그녀의 몸은 더 이상 버틸 수 없었다.

고통이 한계에 치닫고.

'아.'

끝내 손끝이 찢어지고 말았다.

손가락 끝에서 피가 흘러 현을 타고 내렸다.

캐논의 소리가 바뀌었다.

벌어진 상처를 파고든 바이올린 현이 그녀의 손가락 끝을 헤집어 놓았다.

그러나 연주를 그만둘 순 없었다.

'안 돼.'

나윤희는 피가 더 이상 현을 타고 연주를 방해하지 않도록 왼팔을 내렸다.

자연스레 몸을 웅크리게 되었다.

애절함이 점층될 때마다.

불새가 눈물을 떨어뜨릴 때마다 핏방울이 무대 위로 뚝뚝 떨어졌다.

뒤늦게 그 광경을 눈치챈 관객과 시청자들이 입을 막았다.

'윤희야.'

객석에서 두 손을 모으고 가슴 졸이며 연주를 듣던 이승희는 이를 꽉 물었다. 손으로 입을 막았다.

그렇게라도 하지 않으면 터져 나오는 울음을 참을 수 없을 것 같았다.

단 한 번의 연주를 위해 몸과 영혼을 불사르는 바이올리니스트의 연주를 방해할 순 없었다.

'그만……. 그만.'

연주가 격렬해질 때마다 작은 핏방울들이 부서져 내렸다.

강렬한 조명에 반짝이며 떨어졌다.

이승희와 마찬가지로.

관객들은 자신들의 이중성을 저주했다.

애절한 연주와 함께 무대 위에서 피 흘리는 연주자를 보고 있으니, 그 열정과 처절함에 눈물을 흘렸으나 이 아름다운 연주를 계속 듣고 싶다는 생각을 함께했다.

그러는 사이 2악장 알레그로 논 몰토(Allegro non molto: 너무 빠르지 않게)가 끝났다.

객석이 웅성거렸다.

베를린 필하모닉 단원들은 무대 위의 법을 지키느라 필사적으로 인내해야만 했다.

당장에라도 그들의 수석 연주자에게 달려가고 싶은 마음을 필사적으로 억눌렀다.

배도빈이 몸을 웅그린 채 간신히 서 있는 나윤희에게 다가갔다.

'도빈 군…….'

사카모토 료이치는 그의 오랜 친구를 안타깝게 보았다.

만일 충분한 여유가 주어졌다면 베를린 필하모닉 B는 역사상 가장 충격적인 연주를 해냈을 터였다.

그러나 시간이 너무도 부족했다.

바이올리니스트가 연주를 하다 손에서 피를 흘리는 경우는 노련한 그도 처음 겪는 일이었다.

저 지경이 될 때까지 자신을 몰아붙이고 피부가 찢어지고도 5분 이상 연주를 이어간 정신력을 감히 넘겨짚을 수 없었다.

배도빈에게 선택의 시간이 온 것이다.

이대로 연주를 포기할지.

강행할지.

'괴로울 테지.'

사카모토 료이치는 선택의 기로에 선 오랜 친구가 부디 후회 없는 길을 택하길 바랐다.

빌헬름 푸르트벵글러 역시 같은 마음으로 입을 굳게 다문 채 그저 지켜볼 뿐이었다.

모든 사람이 안타까워했다.

이미 1분 이상 경과했다.

마지막 3악장을 앞두고 긴 간격이 이어지고 있을 때, 나윤희의 상태를 확인한 배도빈이 앞으로 나섰다.

그의 입이 막 떨어진 순간.

배도빈의 목소리 대신 잔뜩 떨리는 목소리가 적막함을 꿰뚫었다.

"하, 할 거야!"

한국말을 이해하는 사람은 많지 않았지만 그 필사적인 목소리에, 표정에 놀라운 연주를 들려준 바이올리니스트가 어떤 심정인지 넘겨짚을 수 있었다.

이승희가 자리에서 일어나려 했으나 푸르트벵글러가 그녀를 붙잡았다.

푸르트벵글러는 눈물이 가득한 이승희를 보고서 천천히 고개를 저었다.

"할 거야……."

나윤희가 그녀의 지휘자에게 다시 한번 청했다.

배도빈은 잠시 눈을 감았다가 돌아섰다. 나윤희와 단원들을 둘러본 뒤 입을 열었다.

"멋진 연주였어요. 다들 고마워요."

그리고 나윤희의 손등에 손을 포개었다.

"정말 고마워요."

"싫어!"

나윤희가 고개를 퍼뜩 들었다. 눈과 입이 파르르 떨리고 있었다.

다른 모든 이야기를 차치하고.

연주를 강행하는 것은 미련한 짓이었다.

폭력이었다.

무리해서 손에 이상이라도 생겼다가는 바이올리니스트로서의 생명을 잃을 수도 있었다.

배도빈은 이제 막 꽃을 피워 자신을 드러낸 아름다운 바이올리니스트의 생명을 저버릴 수 없었다.

그에 비하면 오케스트라 대전의 즐거움과 우승의 영광 따위 조금도 중요치 않았다.

"우승보다 누나가 더."

"우승이 아니야."

나윤희가 배도빈의 말을 가로막았다.

"가, 가르쳐 줬잖아."

배도빈은 아무 말도 할 수 없었다.

소심하여 일상에서 말조차 제대로 못 했고 무대 위의 압박에 못 이겨 매번 구토했던 젊은 바이올리니스트가 처음으로 자신을 드러내고 있었다.

세계가 지켜보는 가운데 나윤희의 목소리가 분명히 전달되었다.

"내 바이올린 예쁘다고, 내 덕분이라고 했잖아!"

나윤희는 연주하는 도중에도 자신과 베를린 필하모닉이 함께 만드는 아름다운 하모니에 취했다.

이 아름다움을 완성하고 싶었다.

그것으로 비로소 인정받는 듯했다.

완성해야만 했다.

그것이 자신을 알아준 위대한 음악가에게 할 수 있는 보답이었다.

더 이상 우승은 중요치 않았다.

두 사람은 한참을 서로 마주했다.

나윤희가 고개를 돌려 본래 자기가 있던 자리로 향했다.

당장에라도 다시 연주를 시작할 것처럼 자세를 잡았다.

'하게 해줘. 제발.'

단 한 번의 연주를 위해 며칠 밤낮을 새우며 준비하는 배도빈은 나윤희에게 있어 스승이자 지침이었다.

나이 차이가 10살 가까이 났지만 나윤희는 천재라고 불리는 배도빈이 그 어떤 사람보다도 노력하고 있단 사실을 알고 있었다.

진심으로 본받고 싶었다.

배도빈이 직접 사사한 적은 없었지만 음악을 대하는 자세만으로도 그것을 지켜보는 것만으로도 변할 수 있었다.

무대를 너무나 간절히 바랐기에.

이대로 그만둘 수 없었다.

그때까지 잠잠했던 객석에서.

박수 소리가 들려오기 시작했다.

배도빈이 눈을 감고 생각을 정리하다 지휘대에 올랐다.

단원들이 다시금 자세를 잡았다.

소소는 자신을 향한 지휘봉의 움직임을 보고는 고개를 끄덕였다.

배도빈이 무엇을 의도하고 있는지 이해했다.

본래 3악장과 달리.

매우 느린 템포로 연주가 시작되었다.

배도빈이 지휘 아래 악기들이 기교보다는 서정적인 멜로디를 강조하는 데 힘썼고 그에 따라 음색은 더욱 풍부해졌다.

나윤희가 눈을 질끈 감고 연주를 시작했다.

그러나 통증은 앞선 연주는커녕 일반적인 연주조차 허용치 않았다.

'튕겨야 하는데.'

찾아올 고통을 알기에 나윤희가 손을 벌벌 떨었다. 잘될 리가 없었다.

충분한 힘이 들어가지 않았다.

아랫입술을 꽉 깨물어 손가락을 튕겼지만 실패했음을 깨달았다.

그러나 소리만은 분명히 콘서트홀에 남았다.

'아.'

악장 왕소소가 불새의 눈물을 표현했다.

왼손의 부담을 덜어준 것이었다.

나윤희가 배도빈을 보았다.

그 뒷모습이 무척이나 크게 느껴졌다.

베를린 필하모닉의 연주는 차분히 이어져 대단원의 끝에 이르렀고.

배도빈이 주먹을 꽉 쥐어 연주를 마치자.

"브라보!"

객석으로부터 감사와 경의를 표하는 환호와 박수가 해일처럼 밀려들었다.

♪

콘서트홀을 찾은 관객 모두가 일어났다.

그들의 가슴은 벅찬 감동과 음악가로서의 고결한 정신을 보여준 바이올리니스트를 향한 경의로 가득했다.

박수 소리는 끝날 줄 몰랐다.

빌헬름 푸르트벵글러.

마리 얀스.

사카모토 료이치.

브루노 발터.

아르투로 토스카니니.

그 외 수많은 음악가들을 비롯해.

세계는 지금까지 그들이 겪어보지 못한 감동을 선사한 위대한 음악가와 그것을 연주해낸 베를린 필하모닉에 감사를 표했다.

눈물과 박수, 환호로 전달되는 그 커다란 성원이 빈 무대로 향했다.

너무도 훌륭한 공연을 해냈으나 정작 주인공은 무대 위에 없었다.

연주를 끝내자마자 독주 바이올리니스트를 데리고 사라진 지휘자와 그를 따라 뛰쳐나간 단원들이 들을 수 있도록.

관객들은 빈 무대를 향해 더욱더 환호했다.

♪

OOTY 오케스트라 대전 4라운드는 매회 기록을 경신을 이어나갔다.

런던 심포니가 250만 표로 대회 사상 가장 많은 지지를 받은 지 얼마 안 되어 베를린 필하모닉 A가 67만 표의 큰 차이로 기록을 경신.

4라운드 마지막 날에는 배도빈의 베를린 필하모닉 B가 511만 785표의 진기록을 수립하였다.

총 투표수 561만 1,833표 중 91퍼센트에 해당하는 믿을 수 없는 수치였다.

'감히 판단할 수 없다'라는 총평을 남긴 심사 위원단이 만장일치로 만점을 주며, 베를린 필하모닉 B가 4라운드 4차전에서 획득한 점수는 93.8점.

대회 시작 전만 하더라도 총점 80점 전후를 최대치라 예상했던 전문가들을 한순간에 비전문가로 만들어버리고 말았다.

세계는 불새를 새롭게 만든 천재 배도빈과 그것을 연주한 베를린 필하모닉 B, 그중에서도 무대 위에서 피 흘리면서 연주했던 독주자 나윤희에게 주목하였다.

언론은 큰 충격을 준 그들의 연주에 호응하듯 대대적으로 기사를 내기 시작했다.

대회 결과가 발표되기도 전의 일이었다.

[베를린의 마왕, 또다시 폭력 행사]

[이고르 스트라빈스키와 배도빈의 차이점]

[세기의 천재가 세상을 놀라게 하다]

[배도빈에겐 한계란 없는 것인가!]

[사카모토 료이치, "클래식 음악의 역사는 바이올린 협주곡 불새 이후로 나뉠 것이다."]

[마리 얀스, "놀라운 발상력. 배도빈은 기적을 가능하게 한다."]

[인류의 희망이 새 역사를 쓰다]

[불새를 연주한 바이올리니스트는 누구?]

[극한의 기교를 선보인 대한민국 출신의 젊은 바이올리니스트]

[한국이 낳은 천재 바이올리니스트 나윤희]

팬들의 반응은 쏟아지는 기사도 감당하지 못할 만큼 뜨거웠다.

ㄴ오졌고 지렸죠.

ㄴ나 정말 음악이 이렇게까지 치열할 수 있구나 싶었음. 어떻게 듣는 것만으로 이렇게 설레지?

ㄴ진짜 역대급 무대였으니까.

ㄴ배도빈 리얼 소름 돋았다.

ㄴ진짜 놀란 게 다들 배도빈 대단하다 생각하잖아. 10년 이상 음악 하면서 작곡가로서는 이미 과거 명장들과 비교되고 있고.

ㄴ살아 있는 사람이 그런 평가 받기 힘들지 ㅇㅇ

ㄴ응. 그래서 더 이상 뭘 보여줄 수 있을까 싶었는데 그걸 해내네.

ㄴ사카모토 료이치 인터뷰 봐봐. 바이올린 협주곡 불새 이후로 음악사가 다시 쓰일 거라잖아.

ㄴ공연 끝나자마자 배도빈이 뭐라 소리치면서 나윤희 데리고 뛰쳐 나갈 때 눈물 나더라.

ㄴ나도 나도ㅠㅠ

ㄴ얼핏 들었는데 의료진 부르라는 소리였음.

ㄴ연주 끝나자마자 다들 울면서 따라가는데 진짜 친한가 봐ㅠ

ㄴ카메라맨이 진짜 구도 개쩔게 잡았음. 2악장 카덴차 연주할 때 현 떨릴 때마다 피가 흩날리는데 어우. 뭐라고 설명해야 하지.

ㄴ나 솔직히 나윤희란 사람 몰랐는데 그 모습은 반할 수밖에 없더라. 안쓰럽기보다는 되게 반짝반짝했음.

ㄴ신성하다맨이야.

ㄴ알려지지 않은 사람이긴 하지. 나윤희 기사 중에 한국이 낳은 천재라는 제목도 있던데 언제부터 관심 줬다고 그러는지 몰라.

ㄴ유럽에서도 아는 사람만 아는 바이올리니스트였음. 한국에는 베를린 필에 입단하고 조금씩 알려졌지.

ㄴ그래서 정보가 이렇게 적나? 더 알고 싶은데 ㅠㅠ

ㄴ[링크] 여기 차채은 개인 블로그인데 나윤희 칼럼 기사 봐봐. 어제 올라왔음. 잘 정리되어 있더라.

ㄴ나 이거 올라오자마자 봤는데 어제랑 조회 수 왤케 차이 나냐ㅋㅋ 미친 수준인데?

ㄴ진짜 잘 썼더라. 인터뷰도 했던데 좀 부끄러움 많은 듯.

ㄴ사람이 진짜 착하고 순하다는 느낌임. 그러면서도 연주는 그렇게 화려하고 당차니 신기하네.

ㄴ아니, 차채은 대체 정체가 뭐야? 배도빈이랑 최지훈에 관련된 글 쓰던 사람 아님? 링크 타고 가보니까 니나 케베리히랑 툭타미셰바 같은

사람 글도 있네. 얼마나 오래 일했기에 발이 이렇게 넓어?

ㄴ중학생인데?

ㄴ?

한편.

연주가 끝나자마자 네이즈 엔터테인먼트 사무실에는 전화 벨소리가 끊임없이 울렸다.

나윤희라는 인물에 대한 정보가 지극히 적었기 때문에 그녀의 전 소속사였던 네이즈 엔터테인먼트로부터 작은 정보라도 얻고자 하는 기자들 때문이었다.

그러나 그 벨소리는 네이즈 엔터테인먼트의 대표와 팀장의 속을 박박 긁어낼 뿐이었다.

“어쩔 거야, 이 새끼야!”

이재은은 아무 말도 할 수 없었다.

“뭐? 그럴 인간이 못돼? 너 시발 6년 동안 뭐 했어? 대리 직급은 왜 달고 있냐고!”

그렇지 않아도 네이즈 엔터테인먼트는 사운을 맡기고 장기 계약을 한 인터플레이가 망하면서 실적 압박을 받고 있었다.

그런 상황에서 이재은 대리의 무능함 때문에 연장 계약에 실패한 바이올리니스트가 세계를 놀라게 했고.

계약할 가치가 없었다는 말까지 놀리니 기획운영3팀 정재식 팀장으로서는 흥분하지 않을 수 없었다.

"내가 어지간하면 잡으라고 했지! 인기는 없어도 평이 좋으니까 언젠가 터질 거라고. 그때 너 뭐라 했어! 어?"

"……쓸모없다고."

"닥쳐, 이 새끼야! 뭘 잘했다고 대답질이야!"

"정재식."

그때 회사에 남아 있던 네이즈 엔터테인먼트의 대표가 3팀 사무실에 들어섰다.

"예, 대표님."

"무슨 일인지 알지? 나윤희 계약 연장 안 된 이유 제대로 설명 못 할 거면 그만둘 생각으로 들어와. 알아들어?"

"……예."

정재식 팀장이 고개 숙여 대답했다.

대표가 문을 닫고 나갔고 야근 중이었던 팀원들은 고개를 숙여 팀장의 시선을 피했다.

"너, 내가 다녀올 때까지 시말서 작성해 놔."

"네."

"멍청하면 말이라도 조심하든가. 별 거지 같은 게 직급 달아서는."

정재식 팀장이 문을 닫고 나간 뒤.

팀원들 앞에서 모욕적인 언사를 들은 이재은 대리는 사고가 멈춰 무엇부터 해야 할지 몰랐다.

♪

공연을 마치자마자 배도빈에게 이끌려 병원을 찾은 나윤희는 의사로부터 심하게 질책받았다.

악기를 연주하는 사람이 어떻게 손가락을 이 지경이 될 때까지 혹사시켰냐는 질문에 배도빈과 나윤희 모두 할 말이 없었다.

최소 한 달.

절대적으로 안정해야 한다는 말과 함께 치료를 받은 나윤희는 사실상 오케스트라 대전 무대에 오를 수 없게 되었다.

그러나 숙소로 돌아온 나윤희는 한여름 밤의 꿈을 꾸는 듯했다.

배도빈과 소소, 이승희는 물론이고.

베를린 필하모닉의 모든 이와 유진희, 배도진, 진달래가 콘서트홀에서 병원까지 함께하니 부담스러우면서도 사랑받고 있다는 느낌에 더없이 행복했다.

또한 그들이 돌아가고 뒤늦게 접한 기사와 그에 딸린 댓글들은 그녀의 오랜 무명 시절을 한순간에 위로해 주었다.

TV에서 베를린 필하모닉 B를 주제로 한 뉴스가 이어지고 있었다.

계속해 새로운 글을 확인할 수밖에 없었고 생전 처음 받는 관심에 자꾸만 입꼬리가 올라갔다.

"히히."

"……그렇게 좋냐?"

"응."

이승희는 너덜너덜한 나윤희의 왼손을 보곤 작게 한숨을 내쉬었다.

그때 소소가 차와 과자를 들고 병실에 들어섰다.

"진희 언니가 줬어."

소소가 테이블에 다과를 놓았다.

나윤희가 평소 좋아하는 차와 달지 않은 과자였다.

"아, 인사 못 드렸는데."

"내일 하면 되지."

"달래 엄청 울었어. 누가 손 막 쓰라고 했냐고."

"……어, 어떻게 달래주지?"

나윤희가 진달래 걱정을 했다.

소소가 나윤희의 볼을 꼬집었다.

마음 같아서는 콱 쥐어박고 싶었지만 나윤희가 환자라는 것을 감안한 행동이었다.

"아, 아아."

"멍청이."

"놔, 놔줘."

"지금은 그런 생각하지 마."

"아, 아파."

그 누구도 장담할 수 없었던 일을 기어이 해내고야 말았다.

왕소소는 저항조차 하지 않는 친구가 너무도 자랑스러웠다.

멍청하고 바보 같기는커녕 세상 그 어떤 사람보다 자랑스러웠다.

"……많이 아팠지."

그러고는 나윤희를 꽉 안아주었는데 소소의 마음이 전해져 나윤희는 밝게 웃었다.

그 모습을 훈훈하게 바라보던 이승희가 입을 열었다.

"진짜 이 정도라 다행이지. 크게 다쳤으면 어쩔 뻔했어."

"흐."

나윤희가 멋쩍게 웃었다.

때마침 TV에서 공연 장면이 편집되어 나오고 있었다.

배도빈이 지휘하는 모습과 연주에 집중하고 있는 단원들이 보이다가 나윤희와 배도빈의 투샷이 나왔다.

2악장과 3악장 사이의 일이었다.

-가르쳐 줬잖아. 내 바이올린에 예쁘다고, 내 덕분에 그런 거라고 했잖아!

TV를 통해 몇 시간 전의 자신을 본 나윤희의 얼굴이 시뻘겋게 달아올랐다.

저렇게까지 했었나 싶을 정도로 처절하고 절실한 표정이 마치 자신이 아닌 듯했다.

나윤희가 서둘러 리모컨을 찾았다.

"이거 찾아?"

"빠, 빨리."

"왜? 소리 높여줄까?"

이승희의 장난에 나윤희의 얼굴이 더욱 빨개졌다. 고개를 세차게 흔들어 부정했다.

"그럼 딴 거 보려고? 다른 데도 마찬가질걸?"

이승희가 채널을 돌리자 시간 차이만 있을 뿐 거의 모든 채널에서 베를린 필하모닉과 오늘의 주인공을 보여주고 있었다.

그때까지 기사나 댓글로 행복해하던 나윤희는 참을 수 없이 부끄러워 고개를 푹 숙였다.

"좋겠다. 한국에서도 너랑 도빈이 얼굴만 나오고 있대."

"완전 슈퍼스타."

이승희에 더해 소소까지 가세했다.

"그, 그런 말 하지 마……."

"빨리 익숙해지는 게 좋을걸? 그런 연주를 해댔으니 당장 내일부터 기자들이 가만두지 않을 텐데."

"아아아으."

"꼬맹이들이 막 존경하고."

"으으으으."

"그러게. 저의 꿈은 나윤희 바이올리니스트 같은 연주자가 되는 겁니다. 불새를 듣고 바이올린을 시작했어요. 같은 팬레터도 받을걸?"

"우우욱으."

"한 번도 본 적 없는 사람들한테 고백받고."

"으우웩."

"……미안. 장난이 심했지? 그래. 미안해."

두 사람은 급하게 휴지통을 들고 토하기 시작한 나윤희의 등을 토닥여 주었다.

63악장

범죄자들

"꺼어어엉헙."

"지, 진정해. 달래야."

"끄허억꾸읍학."

다음 날.

병원 앞에서 기다리고 있던 진달래가 막 퇴원한 나윤희에게 달려들었다.

눈물과 콧물, 침까지 흘리며 얼굴을 파묻었는데 당황하던 나윤희도 갑자기 눈물이 나와 두 사람은 서로를 꼭 껴안았다.

한참을 그러고 있은 뒤에야 떨어진 진달래가 코를 들이마시고는 나윤희의 왼손을 살폈다.

"킁! 붙어 있어? 끄으읍. 움직여?"

나윤희가 웃으며 고개를 끄덕였다.

그토록 아름다운 연주를 하는 나윤희가, 바이올린을 누구보다도 사랑하는 그녀가 다시는 연주할 수 없게 되진 않을까.

밤새 가슴 졸였던 진달래는 그제야 안심했다.

마중 나온 다른 이들은 오열하는 진달래를 안타깝게 바라보았다.

배도진이 울먹이며 나윤희의 허리를 안았고 차채은도 가세하자 나윤희는 옴짝달싹 못 했다.

"끄읍. 이모 아파? 많이 아파?"

"괜찮아."

"정말?"

"응. 의사 선생님도 퇴원하라 하셨잖아."

나윤희가 배도진을 달래는 한편 차채은의 등을 쓸어내렸다.

"돌아가자. 다들 기다리고 있어."

서로를 위하는 모습을 따뜻하게 바라보던 유진희가 입을 열었다.

유진희의 목소리를 따라 고개를 돌리자 그 옆에 서 있는 배도빈을 볼 수 있었다.

나윤희는 반가워 인사하려다가 문득 어제 일을 떠올렸다.

연주를 끝내자마자 달려왔던 배도빈은 무척이나 절박해 보였다.

2년간 함께했지만 좀처럼 볼 수 없었던 표정이었다.

그만큼 걱정을 끼쳤다는 생각에 조심스러워졌다.

"미, 미안해. 놀랐지……."

배도빈의 눈썹이 꿈틀거렸다.

도대체 어떻게 되먹은 신경이기에 이 지경이 되고서도 사과하는지.

새 삶을 살면서 많이 나아졌지만.

과거 가혹했던 환경으로 인해 스스로 보호해야 했던, 그러했기에 평생을 안하무인으로 살았던 그로서는 이해할 수 없었다.

특히나.

소리를 잃었던 그는 어제 일을 쉽게 넘길 수 없었다.

상실로부터 오는 절망감을 심히 알기에, 바이올리니스트에게서 바이올린을 빼앗았을 수도 있었던 상황을 용납할 수 없었다.

"용서할 수 없었을 거예요."

"어?"

"연주를 못 하게 되었더라면."

배도빈이 말 사이에 잠시 간격을 두었다.

"그런 곡을 만든 날 용서할 수 없었을 거예요."

나윤희는 뭐라 말해야 좋을지 알 수 없었다.

바이올린 협주곡 불새는 발표 하루 만에 배도빈이 만들었던 수많은 곡 중에서도 가장 높은 평가를 받고 있었다.

단 하룻밤 사이에 음악사가 새로 적히기 시작했다는 평을 받을 정도로 위대한 업적이었다.

이고르 스트라빈스키의 원곡을 변형시켰다고 하지만 모티프를 따왔을 뿐, 멜로디와 전개는 전혀 달랐다.

완벽하게 배치된 불협화음과 화성 그리고 밀도 높은 멜로디와 그를 이끄는 개성 넘치는 리듬은 나윤희에게 새로운 세계를 보여주었다.

그런 곡을 연주할 수 있어 너무도 기뻤다.

그런 것을 자랑스레 여기기는커녕 용서할 수 없었을 거라니.

배도빈이 그녀의 사과를 황당하게 받아들인 만큼이나 나윤희 역시 배도빈의 생각을 받아들일 수 없었다.

"그러니까."

"그, 그러면 못써."

나윤희가 배도빈의 말을 잘라냈다.

눈을 깜빡이는 배도빈을 향해 나윤희가 단호히 말했다.

"앞으로도 계속 멋진 곡 만들어야 해. 나 열심히 할 테니까. 어떤 곡이든 연주할 수 있도록 될 테니까 그런 생각 하, 하지 마."

나윤희는 배도빈에게 음악이 어떤 존재인지 잘 알았다.

그의 입에서는 언제나 음악 이야기가 흘러나왔고 그의 손은 항상 음표를 그렸다.

본인 이상으로 노력하는 배도빈이 음악을 얼마나 사랑하는지 알 수 있었다. 아니, 음악이 없으면 살 수 없을 거라고 확신했다.

그런 그가 곡을 못 쓰게 된다니.

음악가 배도빈의 열렬한 팬으로서 받아들일 수 없는 일이었다.

그리고.

"난 네 바이올린이니까."

악기가 연주자를 따라가지 못하는 일 또한 어불성설.

오케스트라는 지휘자의 악기.

지휘자가 추구하는 미학을 향해 나아가는 일은 연주자의 역할이었다.

나윤희가 무엇을 말하는지 충분히 이해할 수 있었기에 이승희와 소소는 그들의 동료가 더없이 자랑스러웠다.

지난날 소극적인 성격 탓에 드러나지 않았던 아름다운 바이올린이 이제는 정녕 베를린 필하모닉의 수석 바이올리니스트로서 정체성을 확립한 듯했다.

또한 나윤희의 말은 배도빈에게 있어서도 소중한 시작이었다.

"고마워요."

위대한 악성은 크게 기뻐하여 얼굴 가득 미소를 지었다.

"자, 자! 다들 기다리고 있으니까 빨리 가자구!"

방금까지 오열하던 진달래가 어느새 회복해 나윤희를 차 안으로 밀어 넣었다.

밖에서는 안을 조금도 들여다볼 수 없게 선팅 처리된 대형

RV 차량이었다.

일행이 탄 차는 도시 외곽을 한 바퀴 돈 뒤에 숙소 뒤쪽으로 향했다.

평소랑 다른 동선에 나윤희가 의아해했다. 그녀가 고개를 돌리며 양쪽 창밖을 확인하자 배도빈이 입을 뗐다.

"기자들 피하는 거예요."

"아."

처음 겪는 일이라 나윤희는 잠시 놀라다가 흐 하고 웃었다. 마치 영화에 나오는 스타가 된 것만 같아 자꾸만 웃음이 나왔다.

"멀핀 과장이 이것저것 신경 써주더라. 퇴원 시간도 2시간 뒤로 알리고 숙소 주변에도 기자나 파파라치 안 붙게 하더라고."

"어, 어떻게?"

"어떻게는 뭐 어떻게겠어. 가드 붙이는 거지 뭐."

"그, 그렇게까지 안 해도 괜찮은데."

"모르는 소리 마. 너 내가 얼마나 시달리는지 알면서 그래? 세프랑 도빈이가 젤 심하긴 해도 저렇게 무신경한 둘하고 너랑 같니?"

이승희가 투덜대며 자신이 겪었던 일들을 늘어놓았다.

잠시 황홀했던 나윤희는 괜한 수고를 더 하게 된 악단에 대한 미안함과 이승희에게 들은 이야기로 잔뜩 긴장하고 말았다.

"아무튼. 이제 인터뷰도 막 들이댈 테니 조심해야 한단 말이야. 무조건 멀핀 과장 통해서 접하라 그래."

"으, 응."

상당히 불안한 상태로 숙소에 돌아온 그녀는 일행들에게 이끌려 곧장 지하 세미나실로 향했다.

그리고 자신을 향해 달려드는 200명이 넘는 단원들에게 격려와 축하를 받아 어안이 벙벙했다.

누구의 말에 먼저 대답해야 할지 알 수 없었기에 나윤희는 오뚜기처럼 고개를 숙였다 들었다를 반복할 뿐이었다.

"크흠."

적당히 인사를 나누자 푸르트벵글러가 나섰다.

단원들이 자리를 비켜주었고 푸르트벵글러는 잔을 채운 뒤 나윤희에게 주었다.

"아, 술은……."

"술이면 얼마나 좋을까."

푸르트벵글러가 멀찍이 벽에 기대어 포도 주스를 마시는 카밀라 앤더슨의 눈치를 보곤 목을 가다듬었다.

나윤희가 잔에 코를 대자 확실히 와인이 아니었다.

베를린 필하모닉의 모든 사람이 잔을 준비한 듯하자 푸르트벵글러가 입을 뗐다.

"오늘은 축하할 일이 많으니 한마디 하지. 모두 잔을 들어주게."

다들 푸르트벵글러가 연설을 짧게 끝내지 않을 거라 생각했지만 차마 말을 꺼내지는 못했다.

"길게 할 거면 말 끝내고 들어요."

"……그럼 이따 듣지."

단원 모두 배도빈을 보며 작고 빠르게 고개를 끄덕였다.

다시 분위기를 잡은 푸르트벵글러가 입을 열었다.

"지난 몇 주간 우리는 많은 일을 겪었다. 부담 속에서 새로운 무대를 준비했고 우리의 음악을 지켜냈다."

푸르트벵글러의 말에 단원들은 각자 오케스트라 대전을 돌이켜보았다.

사실 베를린 필하모닉을 포함한 명문 악단들에게 오케스트라 대전은 부담스러운 무대였다.

그간 쌓아온 명성이 있기에 대회라는 한정된 규격 안에서 경쟁으로 얻을 수 있는 것이 적었다.

패하기라도 했다가는 잃는 것이 더 많을 수밖에 없었다.

실제로 빌헬름 푸르트벵글러, 마리 얀스, 브루노 발터와 함께 가장 위대한 지휘자 중 한 명으로 손꼽히던 아르투로 토스카니니와 그가 이끌던 런던 필하모닉은 조기에 탈락하고 말았다.

그럼에도 베를린 필하모닉은 그들이 해오던 연주가 아닌, 새로운 도전을 통해 앞으로 나아갔다.

그 과정에서 겪을 압박과 무게가 결코 가벼울 리 없었다.

"묻어두었던 과거로 흔들리기도 했다."

푸르트벵글러의 말에 단원들은 옛 동료 레몽 도네크를 떠올렸다.

사실 배도빈과 베를린 필하모닉 B 단원들은 그에 대한 추억이라고 할 것까지는 없었지만 사명감과 소속감이 투철한 베를린 필하모닉 A가 겪은 상실감은 이루 말할 수 없었다.

푸르트벵글러가 공식적으로 침묵하였기에 차마 꺼내지 못하고 그저 가슴에 담아둘 수밖에 없었거늘.

오케스트라 대전에서 보인 그의 행동에 베를린 필하모닉은 당황할 수밖에 없었다.

푸르트벵글러가 그가 가장 아끼는 악장에게 시선을 주었다.

배도빈은 고개를 끄덕여 보였다. 그러고는 곁에 있던 나윤희의 등을 떠밀었다.

나윤희가 깜짝 놀라 돌아보자 배도빈이 입을 열었다.

"저한테 했던 말 그대로 하면 돼요."

"여, 여기서?"

나윤희는 잔뜩 원망하는 듯 울상이 되었지만 푸르트벵글러와 배도빈 그리고 모든 단원이 기다리고 있어서 어쩔 수 없이 숨을 크게 들이쉬었다.

"모두……."

눈을 꼭 감고 외쳤다.

"다, 답답해요!"

나윤희가 무슨 말을 할까 생각하던 베를린 필하모닉 A의 단원들은 갑작스러운 일침에 눈만 깜빡였다.

"마, 말도 없이 떠난 사람 잊지 못하고. 그런 거, 그런 거 베를린 필하모닉답지 않아요."

그녀의 뜻을 이해한 A팀 단원 중 한 명이 나섰다.

"우리가 걱정을 끼친 모양이네. 하지만 우리에게 레몽은."

"아니. 그 말이 맞다."

빌헬름 푸르트벵글러가 나섰다.

"지금까지 녀석의 명예를 지켜주기 위해 함구했지만 너희가 얼마나 마음 아파할지 고려하지 못한 내 잘못이다."

"세프?"

"녀석은 내 뒤를 이어 베를린 필하모닉을 지휘하고 싶어 했고 발그레이가 은퇴한 뒤 나를 찾았다."

푸르트벵글러의 말에 단원들은 놀랐다.

공식적으로 니아 발그레이 이후 베를린 필하모닉, 아니, 빌헬름 푸르트벵글러의 후계자는 정해지지 않은 상태였다.

배도빈조차 뉘앙스를 풍겼을 뿐이었다.

니아 발그레이가 후계자로 발표된 이후 20년이 넘도록 침묵했던 레몽 도네크가 그런 생각을 가지고 있을 줄은 몰랐다.

"녀석은 책임감이라고 하지만 나는 발그레이의 빈자리를 노린 녀석이 마음에 들지 않았다. 녀석이 진정 베를린 필하모닉의 지휘자가 되고 싶었다면 발그레이와 당당히 경쟁해야 했다고 생각했다."

자신이 가장 아끼던 악장 중 한 명의 치부를 공개하는 푸르트벵글러의 얼굴은 담담했다.

"그런 녀석에게 베를린을 맡길 수 없었다. 더욱이 나와 발그레이가 함께 생각했던 후계자는 따로 있었으니까."

푸르트벵글러가 고개를 돌렸다.

모두 푸르트벵글러를 따라 그들의 희망을 보았다.

"배도빈 악장, A와 B가 결승에서 만나기 전에 할 말이 있지 않나?"

♪

배도빈이 앞으로 나섰다.

모든 이가 지켜보는 가운데 그가 입을 열었다.

"세미파이널에서 떨어지면 어쩌려고 이런 말을 꺼내요?"

"훙. 자신 없느냐?"

"B팀이야 당연히 올라가죠."

배도빈의 말을 이해하느라 잠시간 고민하던 푸르트벵글러와 A팀 단원들이 발끈했다.

"뭐야?"

"저 꼬맹이가!"

레몽 도네크의 이야기로 심각해졌던 분위기가 풀어졌다.

다 같이 한 번 웃은 뒤 배도빈이 하나의 이야기를 마무리하기 시작했다.

"레몽 도네크에 관한 일은 저도 세프와 같은 생각이에요. 추구하는 방향이 다르기도 했고 니아가 은퇴한 뒤 나선 그가 결코 좋게 보이진 않아요. 인정받지 못하니 말도 없이 떠난 것도 마음에 안 들고요."

모두 같은 생각이었다.

푸르트벵글러의 폭로로 그와의 좋은 추억마저 변질되고 말았다.

그 감정이 배신감을 넘어서 수치심이 되어갈 때, 배도빈이 다시 한번 입을 열었다.

"윤희 누나가 전에 제게 말했어요. 재수 없다고. 그런 사람에게 마음을 주느라 힘들어하는 A팀이 안쓰럽다고."

"말 한번 잘했다."

케르바 슈타인이 나섰고.

"거참 엿 같네."

마누엘 노이어가 마침표를 찍었다.

다들 그의 말에 웃고 말았다.

쉽게 잊을 순 없겠지만 적어도 그들을 구속하는 유일했던 일이 신경 쓰지 않아도 될 하찮은 것이었다고 여길 수 있었다.

"네. 게다가 우리에겐 그보다 훨씬 뛰어난 악장이 있으니까요."

배도빈의 말에 다들 고개를 갸웃하다가 그의 시선이 한 사람에게 향해 있는 것을 눈치채고는 두 팔을 번쩍 들었다.

"뭐야! 취임 발표식이었어?"

"지금? 지금?"

갑작스러운 진행에 나윤희는 눈이 튀어나올 지경이었다.

"앞으로 나와 주세요, 나윤희 악장."

이승희와 소소가 당황해서 사고가 정지된 나윤희의 등을 떠밀어 주었다.

멍하니 서 있던 나윤희의 몸이 앞으로 쏠렸다.

"아!"

설마 그 정도 밀었다고 넘어질 줄은 몰랐던 두 사람이 황급히 손을 뻗어 나윤희가 넘어지기 전에 붙잡았다.

"……심장 멎을 뻔했네."

이승희와 소소가 놀란 가슴을 진정했고 손을 다친 나윤희가 넘어지는 모습을 보던 단원들도 겨우 안도했다.

나윤희는 잔뜩 헝클어진 머리를 정리하지도 않은 채 배도빈 옆에 섰다.

어쩔 줄 몰라 하는 그녀를 향해 배도빈이 고개를 끄덕였고 나윤희는 어렵사리 한 마디 꺼냈다.

"모, 모쪼록 잘 부탁드립니다."

나윤희가 더 이상 말을 잇지 않아 가만히 있던 단원들은 뒤늦게 박수를 보내주어 새로운 악장을 축복했다.

"좋은 일이 하나 더 있어요. 멀핀, 준비됐죠?"

"네. 모셔 오겠습니다."

멀핀 과장이 잠시 세미나실을 벗어났다.

"무슨 일이지?"

"오늘 무슨 날이야?"

"난 또 세프 말 때문에 도빈이가 정식 지휘자로 취임하는 줄 알았는데."

"나도."

단원들이 잠시간 대화를 나누고 있을 때 문 근처에서 환호가 났다.

"니아!"

"악장!"

멀핀 과장과 함께 니아 발그레이가 아내 제인 에스터와 함께 세미나실로 들어섰고 단원들은 반가워 소리쳤다.

"뭐야! 복귀하는 거야?"

"진짜? 진짜 복귀해?"

"몸은! 몸은 괜찮아요?"

"하하하. 다들 여전하네."

니아 발그레이는 여전히 자신을 악장으로 불러주는 단원들과 이 광경을 묵묵히 지켜보는 스승, 푸르트벵글러를 보며 마치 고향에 돌아온 듯했다.

그가 악장으로 재임하고 있던 시절과 현재의 베를린 필하모닉은 여러모로 달랐지만, 니아 발그레이는 은퇴 후에도 베를린의 정신을 이어나가고 있는 후배들을 자랑스레 지켜보고 있었다.

그리고 오늘은 마침내.

의학의 도움을 받아 청력을 회복한 그가 복귀하는 날이었다.

니아 발그레이가 단상으로 오르자 배도빈이 입을 열었다.

"니아 발그레이 악장이 베를린 필하모닉에 고문으로 취임할 예정이에요. 또, 나윤희 악장이 악장으로서 역할을 수행할 수 있도록 도와줄 거고요."

배도빈의 말에 나윤희가 황급히 니아 발그레이에게 허리 숙여 인사했다.

직각을 넘어서 거의 접힌 수준이라 니아 발그레이가 그녀를 일으키려 할 때 단원들이 소리쳤다.

"그래야지!"

"진짜? 진짜?"

"우오오오!"

마누엘 노이어와 한스 이안, 피셔 디스카우를 중심으로 단원들이 포효했다.

그 사이에 억지로 낀 나카무라 료코는 질색을 하다 어쩔 수 없이 분위기에 휩쓸려 두 팔을 들었다.

한 번 두 팔을 드니 소리도 함께 질렀다.

니아 발그레이가 배도빈에게서 마이크를 넘겨받았다.

환호하던 단원들은 베를린 필하모닉의 영원한 악장을 벅찬 가슴으로 대했다.

"우선 그간 베를린 필하모닉을 더 멋진 악단으로 만들어준 여러분께 진심으로 감사드립니다."

니아 발그레이가 단원들과 사무직원들을 향해 깊이 고개 숙였다.

"이제 몸은 괜찮은 거예요?"

한스 이안이 물었다.

다들 고개를 끄덕였고 니아 발그레이가 긍정하자 세미나실이 기쁨으로 가득 찼다.

"몇 달 전에 도빈이가 좋은 의료진을 소개해 주었는데 덕분에 지금은 마비가 왔던 손도 괜찮아졌어. 제약이 많지만."

니아 발그레이가 편하게 말을 이어나갔다.

"그때 도빈이가 복귀하라고 제안해 줬는데 그게 용기가 되었던 것 같아. 악장으로서는 힘들겠지만 나도 아직 베를린과 함께하고 싶었으니까. 앞으로는 세프와 단원들 사이에서 악장들을 도울 수 있을 것 같아. 잘 부탁해."

니아 발그레이가 말을 마치자 아내 제인 에스터가 감격해 눈물을 훔쳤다.

몸의 마비가 오면서 청력을 잃어가는 니아 발그레이를 곁에서 지켜보는 일은 그 어떤 고문보다 잔인한 일이었다.

베를린 필하모닉의 악장으로 활동하는 것에 누구보다도 자부심을 가지고 있었던 남편의 고통을 너무도 잘 알고 있었기에 오늘의 기적에 그저 감사할 뿐이었다.

또한 단원들은 이 기쁜 소식에 흥분을 감출 수 없었다.

"우! 우! 우! 우!"

분위기가 진정되지 않을 듯했다.

그럴 생각도 없는지 다들 있는 대로 기쁨을 표현하며 시끄럽게 떠들었다.

그때 니아 발그레이가 입을 열었다.

"이렇게 아쉬운 소식과 함께해 안타까울 뿐이야."

니아 발그레이의 심상치 않은 말에 단원들은 어리둥절한 상태로 아직 단상 위에 있는 배도빈을 보았다.

"뭔데?"

"무슨 일인데?"

두 번의 좋은 소식 뒤에 닥친 불안감에 단원들의 표정이 점점 굳어갔다.

그들은 잠시 눈을 감고 무엇인가를 생각하는 악장에게서 눈을 뗄 수 없었다.

배도빈이 눈을 뜨고 니아 발그레이에게서 마이크를 건네받았다.

"악장직을 내려놓으려 해요."

정적이 흘렀다.

"아하하하! 이제야 지휘자로 취임한다는 말이네!"

한스 이안이 과장해 웃었다.

그러나 다들 푸르트벵글러의 심상치 않은 태도와 니아 발그레이의 발언 그리고 배도빈의 표정을 통해 조금도 웃을 수 없었다.

"아뇨. 베를린 필하모닉을 떠나려 해요."

배도빈이 자신의 뜻을 분명히 밝혔고 베를린 필하모닉은 단 한 번도 생각지 않았던 일에 큰 충격을 받았다.

당시 공식적으로는 객원 연주자였지만, 만 다섯 살에 제2바이올린 부수석으로 입단한 그는 지난 13년간 베를린 필하모닉의 자랑이자 희망이었다.

베를린 필하모닉은 어린 배도빈이 장성해 돌아오기만을 기다리며 그가 남긴 씨앗을 가꿔 스스로 변화했다.

그러면서도 정상의 자리를 내놓지 않았다.

세기의 천재가 돌아오려 할 때 그에 어울리는 모습을 보여주고자 했다.

그에 호응하듯 배도빈은 일절의 망설임 없이 베를린의 품으로 돌아왔다.

세계 최고의 오케스트라와 더욱 성장한 천재의 재결합.

십 년간의 공백이 단지 이를 위한 준비 기간이었을 뿐이라고 주장하듯 대단한 시너지를 보여주었다.

다소 경직되어가던 베를린 필하모닉의 활력소였고 B팀에 있어서는 빌헬름 푸르트벵글러보다 의지했던 인물이었다.

그런 배도빈이 베를린 필하모닉을 떠나다니.

믿을 수 없었다.

너무도 큰 충격에 아무도 입을 열지 못하고 있는데 배도빈이 담담하게 말을 이어나갔다.

"베를린 필하모닉은 제게 무엇과도 비교할 수 없이 소중한 곳이에요. 새로운 세계를 보여주었고 함께해 주었어요."

배도빈은 실로 그렇게 생각했다.

다시 태어난 뒤 그가 자신의 음악을 아낌없이 펼칠 수 있었던 유일한 곳이었고 그런 만큼 사랑할 수밖에 없었다.

엑스톤이 사라지고 음악을 할 기반을 잃었던 배도빈에게 이승희의 제안은 너무도 기쁜 일이었다.

모든 것이 변화한 현대에서.

베를린 필하모닉은 그에게 과거의 향수와 미래를 향한 진취적 가능성을 동시에 느끼게 해준 보물이었다.

"하지만 역시 욕심이 나요. 오케스트라 대전을 겪으면서 세상에 아직 제가 모르던 음악이 많다는 걸 느꼈어요."

그러나 아무리 노력한다 한들 한자리에 머무르면 안주할 수밖에 없었다.

배도빈은 오케스트라 대전에 참가한 여러 오케스트라와 피아니스트, 바이올리니스트를 접하며 충족할 수 없는 갈증을 느꼈다.

더욱 아름다운 음악을 향한 의지.

그 오래된 욕구를 더는 참아낼 수 없었다.

"그래서 이곳저곳 다니며 공부하려 해요."

"그러고 돌아오는 거야?"

파울 리히터가 물었다.

그러나 그와 단원들의 바람과 달리 배도빈은 고개를 저었다.

"그런 뒤에는 오케스트라를 만들 거예요. 세계를 여행하며 음악이 필요한 곳으로 향하는 악단을 만들고 싶어요."

배도빈이 말을 마쳤다.

이해를 바라지는 않았다.

베를린 필하모닉의 단원들도 차마 반대할 순 없었다.

한 음악가의 미래를, 향상심을 막아설 권리는 그 누구에게도 없었다.

음악을 향한 배도빈의 순수한 욕구를 잘 알고 있었기 때문이었다.

깊은 슬픔 속에 연회가 마무리되었다.

♪

연회 뒤에 푸르트벵글러와 단둘이 오렌지 주스를 마셨다.

내가 그런 것처럼 푸르트벵글러도 알코올을 향한 그리움을 당분으로 채우는 듯하다.

"못된 놈."

"알고 있었잖아요."

사실 니아 발그레이의 복귀는 푸르트벵글러와 함께 올해 초부터 준비했던 일이었지만 나윤희는 즉흥적이었다.

루트비히 오케스트라를 준비하는 도중.

오케스트라 대전을 통해 아직 내가 모르는 음악이 많다는 것을 깨닫기도 했고 동시에 나윤희의 부상으로 리더로서 부족함을 절감했기에 푸르트벵글러에게 이야기를 꺼냈더니.

푸르트벵글러는 의외로 담담히 받아들였다.

최근 들어 칼 에케르트를 자주 언급했던 것도 내가 떠나려는 걸 알고 있었기에 했던 행동이었다고 한다.

나로서는 푸르트벵글러의 사려 깊음에 감사할 뿐이었다.

그리고 머리를 맞대어 내 빈자리를 니아 발그레이와 나윤희로 대체하자는 말이 나왔다.

두 사람이라면 악단 내에서의 신임도 탁월하니 어떻게든 잘 풀어낼 수 있을 거라 여겼다.

"네 입으로 구체적인 말은 안 했잖느냐!"

"그래서 대체자도 빨리 구했잖아요."

"지휘자가 아니라 고문이야! 윤희는 악장으로 제 몫 하려면 몇 년은 걸릴 테고!"

그럼에도 푸르트벵글러가 이렇게 성을 내는 건 섭섭하기 때문일 것이다.

욕심에 따라 결정한 일이라 뭐라 위로해 줘야 할지 알 수 없다.

♪

푸르트벵글러는 한동안 애꿎은 차만 들이켰다.

"어쩔 수 없지. 그래. 오케스트라를 만들 생각이라고?"

"기존 형태랑은 많이 다를 거예요. 인원도 적을 테고."

"유동적일 수는 있어도 인원이 적으면 그만큼 제한되는 일도 많지 않느냐."

"실내관현악단이긴 해도 그렇게까지 적게 가진 않을 거예요. 그럼 푸르트벵글러 생각처럼 대단위 곡은 못 하게 되니까. 허용 범위 내에서 다양한 음악을 할 수 있게 구성하려고요."

"……그편이 네게 좋겠지. 하지만 해상 오케스트라라니, 해결해야 할 일이 한두 개가 아니야."

"알고 있어요."

"끄응."

푸르트벵글러가 한숨을 내쉬었다.

"베를린 필하모닉에 남아서 할 수도 있다. 기간을 정해 운영하면 돼. 어차피 1년 내내 크루즈 위에서 생활할 수도 없는 일이지 않느냐."

"그 생각도 했었어요. 하지만."

"하지만?"

"제가 바라는 일을 단원 모두가 원하길 바라는 것도 무리잖아요."

단순히 배를 싫어하는 단원이 있을 수도 있고 고전적 형태의 오케스트라를 벗어나는 걸 꺼릴 수도 있다.

또 클래식만 연주하고 싶은 사람도 있을 테니 말이다.

"베를린 필하모닉이 제 마음대로 바뀌는 게 싫을 뿐이에요. 푸르트벵글러와 단원들의 베를린 필하모닉은 그대로 남아주었으면 해요."

"흥. 말은 잘하는구나."

♪

배도빈과 푸르트벵글러가 따로 자리를 갖은 시각.

베를린 필하모닉의 일부 단원이 잘츠부르크의 조용한 바를 빌려서 모였다.

그들은 모두 적당히 취한 상태였는데 사랑해 마지않는 베를린의 마왕이 떠난다는 소식으로 잔뜩 우울해하고 있었다.

"망할 꼬맹이."

"성질 더러운 꼬맹이."

"못된 꼬맹이."

서운한 마음에 푸념을 늘어놓고 있자니 배도빈과 함께했던 일들이 하나씩 떠올랐다.

이미 이승희라는 세계적 첼리스트로 인해 보수적이었던 베를린 필하모닉도 동양인에 대한 선입견을 버렸지만, 만 다섯 살의 소년이 폭군에게서 완벽하다는 평을 받아 입단했을 때만 해도 그들은 의아해했다.

그러나 단 한 번의 연주로 배도빈은 베를린 필하모닉이 가장 아끼는 보물이 되었다.

짧지만 많은 일이 있었다.

특히나 배도빈이 한국으로 떠나기 전 푸르트벵글러의 배려로 신세계로부터를 지휘했을 때는 모든 단원이 직감했다.

언젠가 이 어린 음악가를 앞에 두고 연주하게 될 거라고.

결국 배도빈은 고향으로 돌아갔고.

베를린 필하모닉은 그때부터 긴 시간을 기다려왔다.

10년간의 세월이 순탄치 않았다.

니아 발그레이의 은퇴는 그가 복귀하기 전까지 베를린 필하모닉에 크나큰 상처로 남았고 런던과 빈 그리고 암스테르담에 치여 제국은 전에 없던 암흑기를 맞이했었다.

그럼에도 그들은 언젠가 돌아올 희망을 위해 자신들의 자리를 지켰으며 그러기 위해 스스로 변화하기 시작했다.

그러지 않고서는 정상의 자리에서 버틸 수 없었기 때문이었다.

'베를린 필하모닉이 박물관으로 남지 않도록 하겠다.'

빌헬름 푸르트벵글러의 발언으로 베를린 필은 2010년대 후반부터 개혁을 시도했다.

가장 먼저 바뀐 것은 총감독이자 베를린의 폭군 빌헬름 푸르트벵글러였다.

철저하게 고전음악을 연주했던 베를린 필하모닉은 뉴에이지를 비롯, 레퍼토리를 늘려나갔으며 아이들을 위한 공연 등 프로그램의 다양화를 시도했다.

예전의 빌헬름 푸르트벵글러로서는 감히 상상할 수도 없는 변화였다.

다행히.

그러한 시도는 베를린 필하모닉의 팬층을 넓히는 데 큰 역할이 되어주었다.

또한 그들의 희망이 돌아와 음악을 하기에 부족함이 없는 악단으로 남을 수 있는 요인이었다.

당연하다는 듯 배도빈은 다시 한번 베를린 필하모닉을 선택했다.

그리고 빌헬름 푸르트벵글러를 도와 베를린 필하모닉을 다시 한번 세계 정상의 자리에 올려두었다.

오케스트라 대전 4강에 베를린 필하모닉 A와 B가 나란히 오른 것이 단적인 증거였다.

그 과정에서 느꼈던 충족감과 향상심 그리고 행복은 무엇과도 바꿀 수 없는 소중한 기억이었다.

비록 몸은 떨어져 있었지만 배도빈을 만난 뒤로 12년 동안의 시간이 베를린 필하모닉의 보물이었다.

그러하니 단원들의 아쉬움은 이루 말할 수 없었다.

한스 이안이 자리를 박차고 일어섰다.

"다들 이러고 가만있을 겁니까?"

"그럼 어떡해."

"지금이라도 가서 설득해야죠."

단원들은 서로를 보다가 한숨을 내쉬었다.

"도빈이가 그러고 싶다는데 어쩌겠어. 다른 이유도 아니고 더 배우고 싶은 게 있다는데."

"자기 악단을 만들어 돌아다니면서 공연하고 싶다잖아. 그런 걸 어떻게 말려."

케르바 슈타인과 마누엘 노이어의 말에 다들 공감했다.

"누가 반대하자 했어요? 베를린 필만의 장점도 있잖아요. 새 악단 만드는 게 어디 쉬운 일이에요? 있는 인프라를 활용하는 게 훨씬 편하지. 남아 있으라고 말은 할 수 있잖아요."

"그건 그러네."

"근데 너 도빈이 싫어하는 거 아니었어?"

"아무튼! 그게 중요한 게 아니잖습니까!"

사족이 붙긴 했지만 한스 이안의 발언은 단원들의 반응을 이끌어 내기에 충분했다.

그들이 생각하기에도 확실히 새 악단을 만드는 것보다 베를린 필하모닉을 활용하는 게 나은 부분이 있었다.

연주자의 질은 그 어떤 악단보다도 우수했고 베를린 필하모닉 이상의 구조적 인프라를 갖춘 악단은 전 세계를 둘러보아도 흔치 않았다.

"거봐요! 어느 악단이 전용기를 가지고 있어요?"

"그치."

"세계 어디든 최고 등급 호텔에 머물 수 있고."

"맞아."

"3,500석이 넘는 콘서트홀을 두 개나 가지고 있잖아요."

"확장 공사할 때는 참 좋았지."

"게다가 우리 같은 연주자들 어디 쉽게 구해요? 있어도 돈이 한두 푼 나가냐고요."

"근데 도빈이 돈 많잖아."

"……."

"게다가 지금이야 괜찮지만 도빈이 들어오기 전에는 자금 사정도 빠듯해서 연봉 챙겨주는 것도 어려웠잖아. 세프도 도빈이도 받아야 할 만큼은 못 받고 있을걸?"

한스 이안의 말문이 막혔다.

"끄으으윽."

이내 한 단원이 울기 시작했고 잠시 희망적이었던 분위기는 다시 침체되었다.

그때 이승희가 술잔을 쾅 하고 내려놓았다. 얼굴이 벌겋게 달아오르고 눈은 게슴츠레 뜨고 있었다.

"아니. 한스 말이 맞아."

이승희가 단원들을 둘러보았다.

"난 도빈이 못 보내. 안 보내. 왜 보내? 다른 데 못 줘."

이성적으로 판단해 말을 아꼈던 이승희가 술의 힘을 빌려 솔직하게 털어놓았다.

설득하자는 말에는 조심스러웠던 이들도 그 마음만큼은 한스 이안, 이승희와 마찬가지였기에 고개를 끄덕였다.

"그래. 난 그 빌어먹을 꼬맹이가 나가면 슬플 거라고. 지금도 이렇게 먹먹한데 상상도 하기 싫어."

마누엘 노이어가 거들었다.

그 뒤로 단원들이 고개를 끄덕이며 배도빈을 보내고 싶지 않다고 밝혀 모두 그를 얼마나 아끼는지 확인할 수 있었지만 이렇다 할 방도가 없었다.

"맞아. 우리가 더 노력해서 도빈이가 만족할 수 있게 하면 되지."

"이승희, 네가 좀 말려봐. 너 도빈이랑 친하잖아."

"내가 무슨 수로 막아? 소소, 넌 방법 없어?"

"……도빈 치사해."

소소는 이승희의 질문에 답하는 대신 입을 잔뜩 내밀었다.

솔로 얼후 연주자였던 그녀가 아무런 연고도 없었던 베를린 필하모닉에 입단한 이유는 순전히 배도빈 때문이었다.

지금은 베를린 필하모닉에 애착을 느끼고 있지만 배도빈이 없는 베를린 필하모닉은 개인 활동을 포기하면서까지 남아 있을 이유가 없었다.

"도빈이 나가면 나도 나갈 거야."

"뭐!"

단원들이 깜짝 놀랐다.

배도빈이 나간다는 소식만으로도 감당할 수 없는데 악단에서 가장 인기 있는 사람 중 한 명이 나간다고 하니 패닉에 빠져버렸다.

"그러고 보니 그렇군. ……나도 실은 도빈이 때문에 들어온 거니까."

피셔 디스카우와.

"그러네요. 도빈이가 없으면……."

진 마르코.

그리고 말은 하지 않고 있지만 어렸을 적부터 배도빈과 함께 악단 생활을 꿈꿔 마침내 꿈을 이루었던 나카무라 료코.

그리고 베를린 필하모닉 B의 대부분이 같은 생각이었다.

이제 막 프로 연주자로서 그들이 세계무대에 설 수 있었던 것은 모두 배도빈이란 위대한 지휘자가 있었던 덕이었다.

그것을 너무나도 절실히 알고 있는 단원들로서는 배도빈과 헤어져야 한다는 사실을 받아들일 수 없었다.

무엇보다 배도빈을 만족시킬 수 없는 본인을 자책하기 시작했다.

"내가 못 해서 그래."

"……아니야. 내가 칠칠치 못해서 도빈이가 매번 봐줬어야 했는데 그거 때문일 거야."

"끄으윽. 생각해 보니 도빈이 너무 고생만 했잖아. 내가 더 잘했으면 그렇게 고생하지 않았을 텐데. 흐으응읍끅."

B팀 단원들은 좀 더 완벽하지 못했음을 탓했다.

매일 10시간 이상 연습하면서 2020년대 상업적으로 가장 성공한 오케스트라를 이뤘으면서도 그들이 그런 생각을 하게 된 이유는 그만큼 배도빈이 얼마나 많은 일을 처리해 왔는지 알고 있던 탓이었다.

"이거 큰일인데."

케르바 슈타인이 담배에 불을 붙이며 중얼거렸다.

베를린 필하모닉이 배도빈에게 의지하고 있는 것쯤은 알고 있었지만 후배들의 반응을 보니 이미 구심점이나 다름이 없어 보였다.

특히나 배도빈이 도맡아 관리한 베를린 필하모닉 B는 상황이 심각해 보였다.

아쉬움을 넘어서 자책까지 이어지니 이대로라면 B팀이 해산될 위기까지 겪을 수 있다는 생각이 들었다.

"파울, 이거 아쉬워하고 있을 만한 일이 아닌 것 같은데."

"그러게. 의존하고 있다는 건 알았지만 이렇게 되면……. 헨리, 좋은 방법 없을까?"

"우선 한스 말처럼 대화는 해봐야겠지. 어떻게 합의점을 찾을 수도 있으니까."

"일단 너도 도빈이가 나가는 건 반대인 거네?"

"물론이지."

베를린 필하모닉 A의 악장들 케르바 슈타인, 파울 리히터, 헨리 빈프스키가 대화하던 도중 문득 공통된 생각이 떠올랐다.

"윤희, 혹시 좋은 생각 없어?"

"맞아! 이럴 땐 윤희지."

갑자기 주목을 받은 나윤희는 고개를 저었다.

"저, 저는……."

"응. 응."

"아쉽긴 하지만 도, 도빈이가 그러길 바란다면 응원하고 싶어요."

"안 돼. 안 돼!"

"누가 응원하고 싶지 않대?"

"공부하고 싶으면 기다릴 수 있고 돌아다니면서 연주회 하고 싶으면 따라갈 거야. 세프든 악단주든 누가 반대해도 난 도빈이 편이야. 떠나는 건 싫어."

"맞아. 맞아. B팀이 왜 있는데? 애초에 돌아다니면서 공연하려고 만든 거잖아. 도빈이 하고 싶은 거 다 해! 나도 도울 거야. 근데 나가는 건 안 돼. 못 보내."

다 큰 어른들의 고집은 논리가 먹히지 않았다.

그러나 그 마음만큼은 나윤희도 모두와 같았다.

"그, 그럼 대화해 보는 걸로."

"설득할 방법이 있는 거야?"

"……아뇨."

배도빈의 소고집은 폭군으로 불리는 빌헬름 푸르트벵글러도 고개를 저을 정도였다.

"일단 시간을 버는 게 우선이겠네."

"그래. 이대로면 오케스트라 대전 끝나고 바로 떠날 거라고."

다들 고심에 빠졌다.

'도빈이가 떠나면.'

나윤희 역시 상황을 정리하기 시작했다.

바이올린 협주곡 불새를 통해 새로운 세계를 경험한 나윤희는 다시 태어난 듯했다.

앞으로도 그런 연주를 할 수 있을 거란 생각에 더할 수 없이 행복했다.

그러나 배도빈이 없이 그러한 연주를 할 수 없었다.

'도빈이가 새 오케스트라를 만들면 역시 그쪽으로 가야겠지?'

그러나 어떤 곳에서도 알아주지 않았던 본인을 받아들여 준 베를린 필하모닉을 떠나고 싶진 않았다.

결국 그녀도 천사의 설득과 악마의 유혹 사이에서 솔직해질 수밖에 없었다.

"저……."

나윤희가 입을 떼자 단원들이 새로운 악장을 향해 시선을 모았다.

"시, 시간을 끄는 정도라면 바, 방법이 전혀 없는 건 아닌데……."

"진짜?"

"뭔데! 뭔데!"

"빨리 말해봐!"

나윤희의 말에 단원들이 눈을 화등잔만 하게 뜨고 달려들었다.

"아……. 이러면 안 되는데."

"안 되긴 뭐가 안 돼. 다 돼!"

"그래. 그래."

모차르트 초콜릿처럼 달콤한 말들이 나윤희를 유혹했다.

그녀는 눈을 꽉 감은 채 갈등하다 개미만 한 목소리를 냈다.

"실은…… 지, 지금 상임 지휘자 자리가 공석이잖아요."

"어?"

"그랬나?"

나윤희의 말에 다들 잊고 있던 사실이 떠올랐다.

공식적으로 현재 베를린 필하모닉은 상임 지휘자가 없는 상태였다.

가장 최근 선출되었던 케르바 슈타인은 빌헬름 푸르트벵글러가 복귀하면서 사실상 지휘자 역할을 중단하였다.

때문에 공식 상임 지휘자였으나 의무를 다하지 않은 기간이 1달을 넘겼으므로 강제 해임된 상태였다.

그 외에도 규정상의 문제가 많았지만 푸르트벵글러의 복귀 후 곧장 오케스트라 대전에 돌입했기에 따로 선거를 진행할 여유가 없었다.

"그러고 보니 그러네."

"근데 그게 뭐 어떻다는 거야?"

나윤희가 안절부절못하다가 내질렀다.

"가, 강제로 선임해 버리면 나, 나가고 싶어도 못 나가요!"

순간 모든 단원이 행동을 멈췄고 바 안에는 정적만이 남았다.

"자, 잠깐. 그럼 세프는?"

파울 리히터가 나서서 물었다.

"사, 상임 지휘자가 두 명이면 안 될 이유는 없어요. 세, 세프가 전처럼 총감독으로 있고 도빈이가 예, 예술 감독으로 취임하면……."

나윤희의 설명을 듣고 있던 단원들은 각자 옆 사람을 쳐다보다가 이내 소리쳤다.

"그거다!"

"완전 똑똑해!"

단원들이 흥분하고 있을 때 마누엘 노이어가 눈썹을 좁히며 케르바 슈타인에게 물었다.

"괜찮은 거야?"

"어……. 문제없을 거 같은데. 어차피 B팀은 도빈이한테 넘긴 상태잖아. 지휘자가 둘인 경우가 없는 것도 아니고."

"베를린에서 정기 연주회를 하면서 출장 다닐 곳이 필요해 만든 곳이니 도빈이가 원하는 형태를 갖추고 있네."

케르바 슈타인의 대답을 헨리 빈프스키가 거들었다.

"그럼. 뭐, 하는 거야?"

파울 리히터가 물었고.

그 순간 단원들이 악장들이 모인 테이블로 달려들면서 한목소리로 외쳤다.

"당장 하자!"

과거 선거관리법을 위반했던 범죄자들이 다시 한번 작당질을 시작했다.

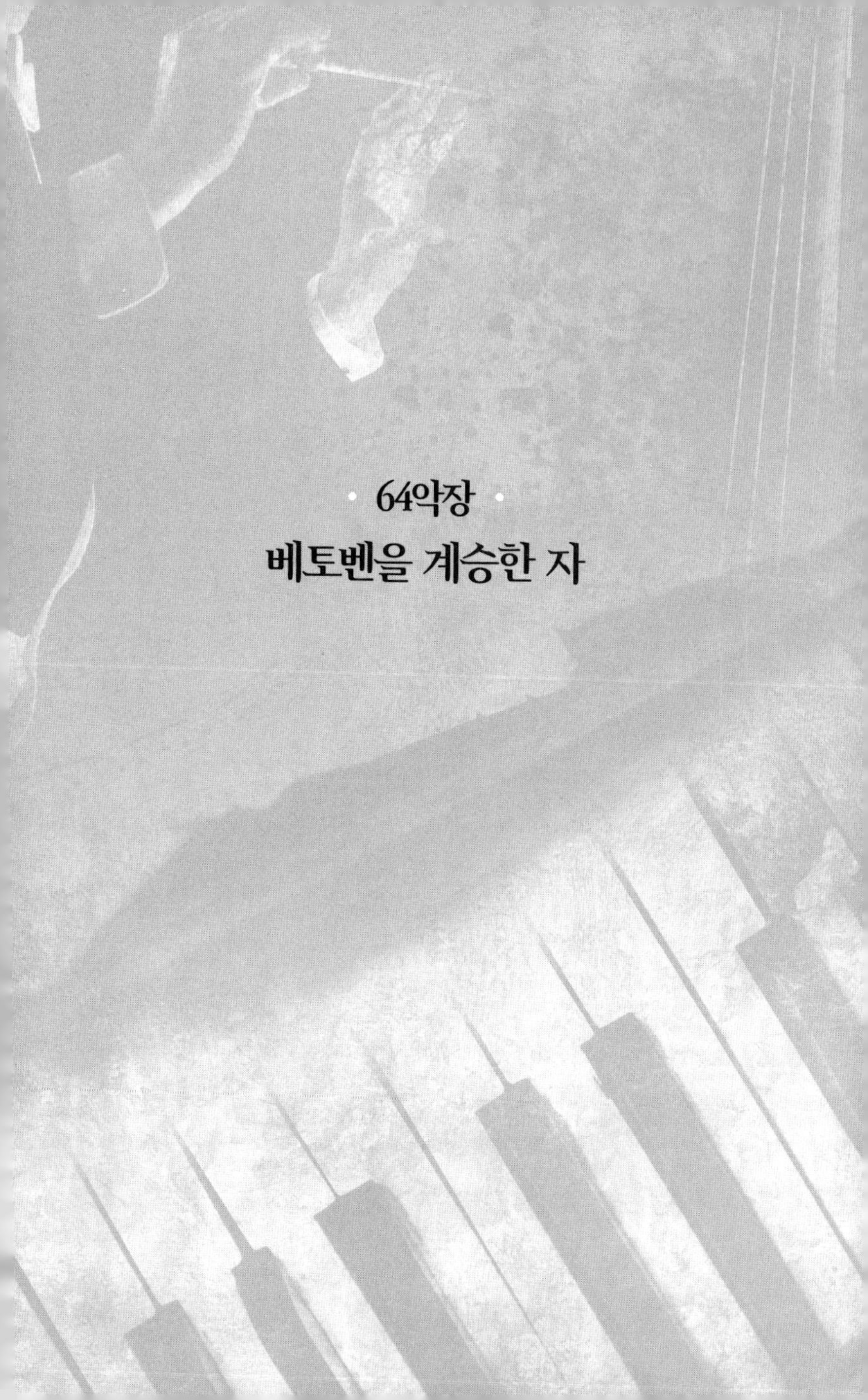

· 64악장 ·

베토벤을 계승한 자

세미파이널을 맞이한 OOTY 오케스트라 대전은 배도빈-나윤희의 불새로 인해 그 분위기가 한껏 달아올랐다.

더욱이 세계 최고로 불리는 유력 악단 중에서도 손꼽히는 오케스트라들의 경합에 팬들은 열광할 수밖에 없었다.

특히나 절묘하게 구성된 대진표로 인해 파생되는 스토리는 오케스트라 대전을 즐기는 큰 즐거움이었다.

세미파이널 1차전.

런던 심포니 대 베를린 필하모닉 A는 2010년대부터 라이벌 구도를 가져왔던 두 악단의 자존심 대결임과 동시에.

한 시대를 풍미한 것을 넘어서 음악사에 길이 남을 두 거장의 만남이기도 했다.

ㄴ1차전은 진짜 브루노 발터고 푸르트벵글러고 칼 갈고 나오겠는데?

ㄴ둘이 사이 안 좋음?

ㄴ안 좋기보다는 라이벌이라고 봐야지. 애초에 둘이 고등학교 동창임.

ㄴ엌ㅋㅋㅋㅋㅋ 뭐라고?

ㄴ둘 다 베를린 출신이고 같은 학교 나왔음.

ㄴ브루노 발터가 영국에 간 뒤에도 욕 안 먹은 이유가 런던 필하모닉이나 다른 데처럼 헛소리 안 해서임.

ㄴ해먼 쇼익한테 입 좀 닫으라 했었음 ㅇㅇ

ㄴ그럼 사이좋겠네.

ㄴㅋㅋㅋㅋ넌 친구랑 게임 점수로 티격태격하면서 저 사람들은 안 그럴 거 같냐?

ㄴ둘 다 대단한 만큼 자존심도 셈.

ㄴ추구하는 음악도 다르지. 푸르트벵글러가 베토벤, 브람스, 브루크너에 있어서 탑인 반면 브루노 발터는 모차르트, 말러 음악의 권위자임. 오케스트라 대전에서는 멘델스존도 훌륭했고.

ㄴ브루노 발터는 꽤 여기저기 다녔네? 빈이랑 뮌헨, 뉴욕에서도 오래 있었고.

ㄴ같은 도시 출신의 동갑이 이렇게 다르네.

ㄴ그러니까 더 질 수 없지. 모르긴 몰라도 두 사람 다 엄청 신경 쓰고 있을걸?

ㄴ내 생각도 그럼. 브루노 발터는 중도성향이었지만 애초에 2010년대 후반부터 런던이랑 베를린은 거의 원수지간이었으니까. 단원들부터 이를 갈고 있을 거임.

2010년대 후반은 런던의 승.

2020년대 초반은 베를린이 압도했던 만큼 이번 대진은 양국을 대표하는 오케스트라 중 어느 쪽이 우위에 있는지 확실시하는 자리였다.

또한.

2차전에서 맞붙게 된 암스테르담 로얄 콘세르트허바우와 베를린 필하모닉 B는 과거와 미래의 경합으로 여겨졌다.

수십 년간 세계 최고의 오케스트라로 손꼽혔던 암스테르담과 최근 1년 사이 가장 많은 인기를 끈 베를린 B는 앞으로의 음악사를 결정 짓는 무대가 될 거라는 평을 받을 정도로 주목받았다.

그러나 오케스트라 대전의 최대 관심사는 과연 베를린 필하모닉 A와 B가 결승전에서 만날 수 있는가에 대해서였다.

그에 따라 세미파이널을 나흘 앞둔 저녁, 오케스트라 대전 뉴스가 관련 내용을 다루고 있었다.

-세계인의 사랑 속에 오케스트라 대전도 막바지에 접어들고 있습니다. 오늘은 OOTY 오케스트라 대전을 주최한 세계 클래식 협회 이사, 미카엘 블레하츠 씨를 모셨습니다. 반갑습니

다, 블레하츠.

-반갑습니다.

-여러 이야기가 나오는데 역시 베를린 필하모닉의 두 악단이 결승에서 만날 수 있을지가 최근 가장 큰 이슈로 오르고 있죠. 블레하츠 씨는 세미파이널이 어떻게 진행될 거라 보고 계십니까?

-하하. 그 질문만큼은 받기 싫었는데 처음부터 꺼내시네요.

-시청자분들의 시간은 소중하니까요. 하지만 곤란해하시니 질문을 바꿔보도록 하겠습니다.

-감사합니다.

-블레하츠 씨는 세미파이널에 오른 4개 악단 중 3곳과 협연을 하셨죠?

-네. 암스테르담과의 협연이 가장 최근이었습니다.

-정말 멋진 무대였죠. 그래서 어떤 곳이 가장 마음에 드셨습니까?

-출연이 후회되네요.

-짓궂다는 말은 종종 듣습니다.

-하하. 음……. 베를린 필하모닉의 경우에는 관객과 소통하는 느낌이 좋았습니다. 마에스트로 빌헬름 푸르트벵글러는 관객에게 어떻게 다가가야 하는지 누구보다도 잘 아는 지휘자죠.

-그럼 1차전의 승자는 베를린 필하모닉에 손을 들어주시는 거네요.

-하하. 성급하게 생각하지 말죠. 마에스트로 브루노 발터는 또 다른 면에서 관객을 감동시키죠. 푸르트벵글러가 중후함과 격정을 가졌다면 발터는 서정성과 낭만이 무기입니다. 저로서는 어느 쪽이 더 낫다고 판단하기 어렵네요.

뚝-

그러지 않아도 배도빈이 떠나기로 마음먹었음을 확인해 심기가 불편했던 푸르트벵글러가 신경질적으로 리모컨을 던졌다.

"괘씸한 놈. 어느 쪽이 낫다고 판단할 수 없어?"

푸르트벵글러가 미카엘 블레하츠의 말을 반복했다.

그의 기준에 부합하는 몇 안 되는 피아니스트라 아꼈거늘.

푸르트벵글러는 이번 기회에 일찍 은퇴한 것까지 더해 블레하츠를 잔뜩 혼내 줘야겠다고 생각했다.

"빌, 나예요."

차를 쭉 들이켜자 카밀라 앤더슨이 문을 두드렸다.

푸르트벵글러는 다른 사람들의 시선을 신경 써 각자 다른 방을 사용하는 게 영 불편하다고 느끼며 문을 열었다.

두 사람이 입을 맞추었다.

카밀라가 저녁 식사를 테이블에 펼치고는 서류 하나를 꺼냈다.

"먹으면서 들어요."

"식사는 여유롭게 하지."

"밥 먹으면 또 악보 볼 거잖아요. 급한 일이니 빨리 처리해야 해요."

"급한 일?"

푸르트벵글러가 카밀라 앞에 포크와 냅킨을 두며 물었다.

"상임 지휘자직이 공석이에요."

"음? 일단은 케르바가 맡고 있는 거 아니었나?"

"당신이 돌아온 뒤로 지휘자 일을 안 했잖아요. 규정상으로는 해임된 지 오래라고요. 오케스트라 대전 준비로 바빠서 체크하지 못했는데 일단은 현재 공석이에요."

"이런."

"단원들이 알려줘서 알게 되었는데 아무튼 그와 같이 들어온 건의사항이 있어요."

카밀라가 푸르트벵글러에게 서류를 넘겨주었다.

푸르트벵글러가 그것을 받아 들어 읽고는 눈썹을 좁혔다.

"임시 선거를 하자는 말은 그렇다 치고 이건 뭐야?"

"뭐가요?"

"상임 지휘자로서의 자격이 있는 인물이 악단 내에 있을 경우 만장일치에 한해 즉시 선임할 수 있게 하자는 말 말이야."

푸르트벵글러의 말에 카밀라는 고기를 썰며 당연하다는 듯 대꾸했다.

"당신의 경우도 있으니까요. 다들 하루라도 빨리 당신이 재취임하길 바라는 거 아니겠어요?"

그러면서 푸르트벵글러의 입에 스테이크를 가져다 댔는데 그가 고기와 카밀라를 번갈아 보며 눈썹을 더욱 좁혔다.

"수상한데."

"뭐가요?"

"저번 일로 투표 관련된 일은 믿을 수가 있어야지. 운영국이나 사무국에 맡기면 될 일을 녀석들이 나선 것도 이상하고."

"다들 빌을 사랑하니까요. 빨리 먹어요. 팔 떨어져요."

푸르트벵글러가 카밀라의 말에 의심을 거두고 고기를 받아먹었다.

그 순간 육즙이 혀를 감았고 실로 오랜만에 느끼는 육고기의 풍미에 감동하고 말았다.

"맛있어요?"

그러나 카밀라의 질문으로 인해 정신을 차린 푸르트벵글러는 확신하고 말았다.

"왜 오늘은 콩고기가 아니라 소고기지?"

"그야 그간 고생했으니까요. 도빈이 일로 상심도 했을 테고. 그, 그러고 보니 완전 채식이 도리어 몸에 안 좋대요. 이제 종종 먹어요. 담배는 안 되지만 와인 정도라면 괜찮고."

푸르트벵글러는 갑자기 친절해지고 말이 많아진 연인을 뚫어지게 관찰했다.

한 번 당한 실각의 상처가 그의 촉을 날카롭게 벼린 덕이었다.

"무슨 일이야?"

"……후."

카밀라 앤더슨이 어쩔 수 없다는 듯 털어놓았다.

"단원들이 이번 기회에 도빈이까지 상임 지휘자로 올리고 싶대요."

"뭐?"

"당신이 총감독으로 있고 도빈이가 예술 감독으로 있으면 되지 않겠냐고 하더라고요. 그럼 정이든 언론이든 팬들이든 여러 이유로 도빈이도 다시 생각해 보지 않겠냐고."

카밀라 앤더슨은 당장 폭발할 푸르트벵글러를 어떻게 달랠지 걱정할 수밖에 없었다.

'제정신이야!'라며 단원들을 이 잡듯이 잡아 날뛸 그를 상상하며 잔뜩 움츠렸는데.

"……계속해 봐."

"네?"

"계속해 보라고."

예상 밖의 반응이었다.

카밀라는 묘하게 얌전한 푸르트벵글러의 태도를 이상히 여기면서도 설명을 이어나갔다.

"단원들은 B팀이 애초에 이벤트랑 순회공연을 염두에 두고 만들어졌으니 도빈이가 바라는 걸 이뤄줄 수도 있지 않냐고 하더라고요.”

“그래서 녀석의 발을 묶자고?”

“그건 아니에요. 단지 도빈이가 베를린 필하모닉에서도 바라는 걸 이룰 수 있다는 걸 알려주고 싶어 해요. 또 그러고 싶어 하고요.”

“……”

푸르트벵글러는 포크를 내려놓고 잠시 생각에 빠졌다. 그러더니 창가로 향했다.

해가 저문 잘츠부르크의 야경은 낮과 달리 차분했다.

“고집 센 녀석이 받아들일 리 없어. 명분도 부족하고. 게다가 상임 지휘자직을 바라지도 않은 이에게 준다니. 베를린 필하모닉의 명예를 위해서라도 당치 않은 일이야.”

푸르트벵글러의 말에 카밀라는 아무 말도 할 수 없었다.

“하지만 못 할 것도 없지.”

“……네?”

“얘기해 봐야겠어.”

♪

‘무슨 일이지?’

푸르트벵글러의 호출을 받아 A팀이 머무는 호텔을 찾았다.

알릴 이야기는 어제 모두 했다고 생각했는데 케르바 슈타인이나 다른 악장들에게 물어도 이유를 모르는 눈치다.

'묘하게 피하는 것 같고.'

나윤희는 특히 내 눈을 마주하지 못했는데 무슨 일인가 싶다.

"오늘 상임 지휘자직이 공석인 것을 이유로 임시 선거를 서두르자는 건의를 받았다."

단원들이 눈을 크게 뜨며 놀란 눈치다.

몇몇은 덜덜 떨기까지 했는데 누군가 옷을 잡아 돌아보니 나윤희가 고개를 숙이고 있다.

'울어?'

"너희가 도빈이를 얼마나 아끼는지 알기에 이번 일은 넘어가겠다. 그러나 다시는 상임 지휘자를 선출하는 일을 퇴색시키지 않았으면 한다. 할 말이 있으면 이 자리에서 모두 풀어내도록."

상갓집이 따로 없다.

단원들이 하나둘 끅끅 곡을 해대더니 갑자기 달려들었다.

"가지 마아아."

"연습 열심히 할게. 잘할게. 이젠 안 틀릴게."

"끄으으윽."

"여기서도 할 수 있잖아. 가고 싶은 데 가면 되잖아."

이들의 반응을 보고 나서야 상황이 어떻게 돌아가는지 대충 짐작할 수 있었다.

아마 푸르트벵글러를 강제로 쉬게 했던 것처럼 날 선임해 베를린 필하모닉에 남도록 하려고 했던 모양이다.

"잠깐만요. 잠깐."

일단 진정시키기 위해 달랬지만 막무가내로 달려드는 통에 어쩔 수 없이 한동안 그들의 눈물과 반성을 받아줘야 했다.

간신히 떼어낸 뒤에야 제대로 대화할 수 있었다.

"우선 오해부터 풀고 가요. 베를린 필하모닉이 부족하단 생각 단 한 번도 한 적 없어요. 그러니 그런 생각은 하지 마요. 진짜 화낼 거예요."

다들 착하게도 고개를 끄덕인다.

"떠나는 건 정말 더 넓은 세상을 알고 싶기 때문이에요. 이기기는 했지만 우리가 상대했던 악단들 모두 그만의 장점을 가지고 있었잖아요. 그렇게 다양한 오케스트라가 있는데, 다른 음악은 더 많을 텐데 안주하고 싶지 않아요."

다 큰 녀석들이 또 운다.

하지만 그 얼굴들을 보니 나도 모르게 목 아래가 묵직해졌다.

"또 베를린 필하모닉의 정체성을 바꾸고 싶진 않아요. 푸르트벵글러와 여러분이 쌓아온 걸 제 손으로 바꿀 순 없어요."

"아니."

푸르트벵글러가 다가왔다.

"네가 나와 단원들을 위하는 마음은 안다. 하지만 그것이

네가 떠나려는 이유라면 우리 모두를 기만하는 일이다."

그의 강직한 눈이 나를 온전히 바라보고 있다.

"난 베를린 필하모닉이 박물관으로 남길 바라지 않는다. 그것은 나뿐만이 아니라 단원 모두가 그러하다. 네가 베를린 필하모닉에 들어온 순간부터 우리는 변하고 있었다."

푸르트벵글러가 단원들을 둘러보았다.

그를 따라 시선을 옮기자 눈시울이 붉어진 단원들이 눈에 들어왔다.

케르바 슈타인과 마누엘 노이어는 이제 머리가 조금도 남아 있지 않고 특히 노이어는 잔주름도 많다.

부활을 녹음할 때만 해도 정신 사납던 이승희는 이제 단원들이 가장 의지하는 사람 중 한 명이 되었다.

철딱서니 없었던 한스 이안은 수염이 제법 어울려졌고.

그 외 단원들 모두 세월의 흔적을 찾아볼 수 있었다.

그러나 푸르트벵글러의 말대로 이러한 겉모습만이 아니다.

선 굵은 음악, 나를 닮았던 베를린 필하모닉은 내가 이 세계에 적응해나가며 변화한 것처럼 달라져왔다.

내가 남겼던 곡을 비롯해 브람스, 바그너, 부르크너 등의 곡을 주로 연주하던 예전과 다르게 지금은 여러 방면의 곡을 다양하게 접근하고 있었다.

인지하지 못하고 있었을 뿐이다.

"위대한 베토벤이 말했지. 음악이 아름답기 위해."

"범하지 못할 규칙 따윈 없다."

"그래."

푸르트벵글러가 내 어깨에 손을 얹었다.

"베를린 필하모닉은 변화할 준비가 되어 있다. 그럴 용기가 없는 건 네가 아니더냐."

내가 남긴 말을 인용하는 푸르트벵글러의 모습에 웃음이 나왔다.

그의 말대로.

나는 멍청하게도 이 세상에서 가장 사랑하는 오케스트라가 바뀌는 걸 두려워하고 있었던 것이다.

단원들을 둘러보니 다들 입을 앙다물고 고개를 끄덕였다.

그 모습이 지금까지 해왔던 것처럼 나를 따른다고 말하는 듯했다.

♪

오케스트라 대전 세미파이널을 이틀 앞두고 베를린 필하모닉은 경건한 마음으로 선거에 임했다.

단 두 시간 만에 치러졌으나 지금까지와는 사뭇 그 느낌이 달랐다.

베를린 필하모닉은 만장일치로 폭군 빌헬름 푸르트벵글러의 복귀를 환영했으며 동시에 배도빈을 정식 후계자로서 인정하였다.

빌헬름 푸르트벵글러의 취임식 뒤에 사회를 맡은 멀핀 과장이 배도빈을 단상 위로 안내했다.

새로운 지도자가 단상 위에 올라서자 단원들은 앞서 푸르트벵글러에게 보냈던 환호만큼 열렬히 기뻐했다.

멀핀이 진행을 계속했다.

"배도빈 상임 지휘자 및 예술 감독의 인사가 있겠습니다."

배도빈이 마이크에 입을 댔다.

"감사합니다."

단원들은 첫 마디를 들은 순간부터 가슴이 벅차올랐다.

당장 어제까지만 해도 그들의 보물을 떠나보낼 생각에 먹먹했거늘.

미래를 함께할 수 있게 된 지금, 기쁘지 않을 수 없었다.

멋진 연설을 시작으로 더욱 아름다운 음악을 이어갈 준비가 되어 있었다.

"이제 정리하고 연습하러 가죠."

"……?"

"뭐 해요. 뜸 들이지 말고 움직여요. 이틀밖에 없잖아요."

배도빈이 손짓으로 단원들을 재촉했다. 오케스트라 대전 준결승이 코앞인데 이런 일로 준비를 게을리할 순 없다는 생각이었다.

그러나 단원들이 그냥 넘어갈 리 없었다.

"이건 아니지! 오늘 같은 날을 그냥 넘긴다고?"

"맞다. 맞아!"

"빨리 한마디 해라!"

항의가 거세게 빗발치자 배도빈의 얼굴에 조금씩 짜증이 드러났다.

그때 사회를 맡은 멀핀 과장이 나섰다.

"다들 정숙해 주시기 바랍니다. 소감 발표는 모든 식순이 처리된 후에 가지도록 하겠습니다."

그녀의 말에 배도빈도 단원들도 의아해했다.

중요한 자리긴 했지만 오케스트라 대전에 참가 중이었기에 식순은 최대한 간략히 공지되어 있었다.

푸르트벵글러의 취임식도 임명장 수여와 소감 발표 등 약식으로 처리했고 배도빈의 취임식도 그와 같은 구성이었다.

그들이 의아해하고 있을 때 두 남자가 박스 하나를 무대 위로 옮겼다.

"임명장 수여는 빌헬름 푸르트벵글러 총감독께서 맡아주시겠습니다. 박수로 맞이해 주세요."

푸르트벵글러가 단상으로 올라가는 도중에 단원들은 뭔가 다른 일이 진행되고 있다는 걸 눈치챘다.

"세프가 준비한 게 있나 본데?"

"그러게. 뭐지?"

한편 배도빈도 미리 전달받은 말이 없었기에 능글맞게 웃고 있는 푸르트벵글러를 의심스럽게 보았다.

"배도빈 지휘자, 한 걸음 앞으로 나와 주세요."

배도빈이 떨떠름하게 앞으로 나서자 멀핀 과장이 식을 이어 나갔다.

"임명 1417호. 위 사람은 베를린 환상곡, 찰스 브라움 등을 발표해 베를린 필하모닉의 명예를 드높였음에 예술 감독 외 상임 작곡가에 임명한다. 2023년 7월 12일. 악단주 귄터 부르비츠."

멀핀 과장의 말이 끝나자 한 남자가 상자 안에서 임명장을 꺼내 푸르트벵글러에게 넘겼고.

"앞으로도 잘 부탁하지."

그것이 다시 푸르트벵글러에 의해 배도빈에게 전달되었다.

'굳이 이렇게까지 할 필요가 있나.'

배도빈은 속으로 불필요한 절차를 탓했지만 기분이 나쁘지만은 않았다.

어차피 본래 상임 작곡가의 직무를 다하고 있었고 베를린 필하모닉이 그에게 고마움을 표현하는 방법으로 느꼈기 때문이었다.

단원들이 아낌없이 박수를 보내주었다.

"그러게. 처음부터 이렇게 했어야지."

"이번 일로 입지를 더 확고히 해주려는 생각이겠지. 세프도 신경 많이 썼는데?"

박수 소리가 잦아들었다.

배도빈이 단상에서 내려가려 했고 단원들은 배도빈이 멋들어진 한마디를 할 때까지 버티려는 도중.

멀핀 과장이 다시금 입을 열었다.

"임명 1418호. 위 사람은 베를린 필하모닉의 객원 연주자, 제2바이올린 부수석, 악장직을 역임하며 타의 모범을 보였고 뛰어난 기량을 발휘하였기에 고문으로 임명, 책임과 권한을 부여하며 전속 연주자의 책무를 더한다. 2023년 7월 12일. 악단주 권터 부르비츠."

'뭐야?'

배도빈이 멀핀 과장에게 눈길을 주었고 그녀는 황급히 그의 시선을 피했다.

그때 빌헬름 푸르트벵글러가 입을 열었다.

"앞으로 니아 발그레이와 함께 악단을 잘 이끌어 주길 바란다."

"와아아아!"

"그럼 연주도 같이할 수 있는 거네?"

"그치. 난 완전 찬성이야."

단원들이 새로운 소식에 더욱 반가워했다.

베를린 필하모닉의 악장들이야 워낙 유명하고 최근에 합류한 찰스 브라움은 누가 뭐라 해도 세계 최고의 바이올리니스트였다.

며칠 전 임명된 나윤희도 근사한 연주자였지만 그들이 있다고 해서 바이올리니스트로서의 배도빈을 더 이상 만나지 못하는 사실이 아쉽지 않을 리 없었다.

팬들에게도 단원들에게도 너무나 반가운 일이었다.

배도빈이 임명장을 받자 더욱 큰 환호가 그를 축복했다.

"이제 됐죠?"

"임명 1419호."

'또?'

"위 사람의 피아노 연주회에 관하여 청원이 계속됨에 따라 베를린 필하모닉에 피아노 섹션을 정식 개설, 퍼스트 피아니스트로 임명하여 전권과 책임을 부여한다. 2023년 7월 12일. 악단주 권터 부르비츠."

푸르트벵글러가 또다시 임명장을 넘기자 배도빈이 눈썹을 좁히곤 물었다.

"지금 뭐 해요?"

"피아노 연주도 하고 싶어 하지 않았느냐?"

"맞아. 맞아!"

"우리도 듣고 싶어!"

"……."

배도빈이 떨떠름하게 임명장을 받으니 단원들이 더욱 환호하였고 그것은 멀핀 과장의 말과 함께 잠잠해졌다.

"임명 1420호."

그녀의 말에 배도빈이 고개를 팩 하고 돌렸다.

그러나 이미 쪼그려 앉아 숨어버린 멀핀 과장을 찾아볼 순 없었다.

"위, 위 사람은 지난 2년간 베를린 필하모닉의 서포터로부터 가장 많은 지지를 받았고 베를린 B의 지휘자로서 베를린 필하모닉을 알린 바, 감독으로서 이후 대외 업무에 총책임과 권한을 부여해 홍보와 대변을 함께할 것을 명한다."

배도빈의 얼굴이 심히 험악해졌다.

"악단을 지키기 위해 때론 앞에 나서야 한다고 가르쳐 주지 않았더냐."

푸르트벵글러는 능글맞게 웃으면서 그런 배도빈을 놀려댔다.

그때까지 좋아하던 단원들도 분위기가 조금 이상하다는 걸 느끼고는 어리둥절하며 박수를 보냈다.

"도빈이 일 너무 많은 거 같지 않아?"

"원래 하던 일이긴 한데……."

그때 멀핀 과장의 목소리가 세미나실에 울렸다.

"이, 임명 1421호. 위 사람은 베를린 필하모닉을 알리고 공공의 이익을 위해 자선 공연, 오페라 협연 등을 진행, 실적을 보였기에 베를린 필하모닉의 공연기획 권한을 수여, 무대연출가로서 권한을 확장한다."

배도빈의 심기가 불편해질 때마다 멀핀 과장의 말이 조금씩 빨라지기 시작했다.

배도빈을 향했던 축복의 시선이 변해버렸다.

그들의 어린 지휘자가 향후 해상 오케스트라 사업의 총책임자가 되어버렸을 때는 안쓰럽기까지 했다.

'이 영감탱이가.'

단원들이 걱정하는 이상으로 배도빈은 단단히 화가 났다.

푸르트벵글러가 더 오래, 건강히 베를린 필하모닉을 이끌어 주길 바랐거늘.

새로운 직책과 직무를 만들어 임명하는 것을 넘어서 본인이 해오던 일까지 넘겨버리니 짜증이 났다.

"권한은 다 주었다. 이제 널 막을 건 어디에도 없으니 마음껏 펼쳐보아라."

"자기가 할 일 다 줘놓고 생색내지 마요."

"나는 이제 늙어서 못 해."

"거짓말 마요. 카밀라랑 놀고 싶어서 이러는 거 누가 모를 줄 알아요?"

"뭐, 뭣!"

배도빈의 폭탄 발언에 푸르트벵글러와 카밀라가 얼굴을 잔뜩 붉혔다.

"무, 무슨 말을 하는 거니?"

"사람들 다 있는 데서 그런 말을 하면 어쩌자는 게야!"

"푸르트벵글러야말로 치사하게 이럴 거예요? 음악 관련된 일 빼고 임명장 당장 취소해요!"

"이 녀석아, 다 널 생각해서 한 일이잖느냐!"

"그러니까 난 당신이 일선에서 물러나는 게 싫다니까!"

"뭐! 당신? 이 녀석이 스승한테 무슨 말버릇이야! 네가 하고 싶은 대로 할 수 있게 돕잖아!"

"그런 도움 없어도 알아서 하고 있었어요! 당장 취소해요! 그깐 일 하면서 어떻게 음악을 하라고!"

"난 그렇게 했다!"

"난 달라요!"

난장판이었다.

단상 위에서 소리치며 싸우는 두 상임 지휘자와 어색하게 웃으며 그런 사이 아니라고 해명하는 카밀라.

그런 카밀라에게 이미 다들 알고 있었다고 말해주는 사무국 직원들과 푸르트벵글러와 배도빈 중 누가 이길지 내기를 시작한 단원들은 한 시간이 넘도록 진정할 줄 몰랐다.

그러는 한편.

잘츠부르크에 머물고 있었던 베를린 필하모닉 악단주 귄터 부르비츠는 귀빈을 맞이하고 있었다.

"오랜만에 인사드립니다, 회장님."

"껄껄. 우리가 언제 만난 적 있었던가?"

"20년 전 모나코에 잠깐 같이 있었습니다."

"음. 아무튼 반갑네."

권터 부르비츠는 세계 최고의 사업가이자 대부호, 유장혁 회장을 두고 내심 불안했다.

재력과 권력이라면 남부럽지 않은 그로서도 유장혁은 부담스러운 존재였다.

거물 중의 거물. 그런 이가 갑작스럽게 방문하니 긴장하지 않을 수 없었다.

"거두절미하고 이야기하지. 베를린 필하모닉을 인수하고 싶네."

유장혁의 말에 노련한 권터 부르비츠도 표정을 관리하기 어려웠다.

단원들이 그러한 것처럼 권터 부르비츠에게 베를린 필하모닉은 자부심이자 일생의 명예였기 때문.

재정이 어려웠던 지난 10년도 악착같이 버텼던 그는 베를린 필하모닉을 누군가에게 넘길 생각이 조금도 없었다.

"하하. 무슨 일이신지. 갑자기 말씀 들으니 당황스럽습니다."

그러나 유장혁 회장의 심사를 거스를 이유는 없었기에 시간을 벌고자 말을 돌렸다.

"모든 일은 갑작스럽지."

"그래도 절차라는 게 있지 않습니까. 경영진과도 이야기해

봐야 하고 부디 헤아려 주시길 바랍니다."

"내가 뭐 때문에 직접 왔다고 생각하는가."

불필요한 과정을 생략하기 위해 방문했다는 유장혁 회장의 뜻을 권터 부르비츠가 못 알아들을 리 없었다.

그는 말을 돌리는 것으로는 유장혁을 상대할 수 없다고 판단하고 진정성 있게 다가갔다.

"베를린 필하모닉은 제게 무엇과도 비교할 수 없는 곳입니다. 직원들은 제 가족이나 다름없고요. 말씀 거둬주시길 바랍니다."

"걱정 말게. 직원이나 단원들은 더 나은 대우를 받게 될 테니."

유장혁 회장이 손짓하자 그의 비서실장이 서류 하나를 테이블 위에 올려두었다.

"자네도 베를린 필하모닉에게도 좋은 일이야."

권터 부르비츠는 당장에 거절하고 싶었지만 유장혁 회장의 체면을 위해서라도 그것을 살펴보았다.

그리고 자신이 얻을 수 있는 액수를 보고선 손을 떨었다.

유장혁 회장을 볼 수밖에 없었다.

"이건……."

"빨리 결정하게. 손자 보러 가야 해."

유장혁 회장의 비서 김재식 실장이 권터 부르비츠 앞에 펜을 놓았고.

어떻게 거절할지 고민하던 권터 부르비츠는 무엇에 홀린 듯 그것을 집어 들었다.

♪

[베를린 필하모닉 전격 발표!]

[빌헬름 푸르트벵글러 정식 복귀!]

[2인 체제를 갖춘 제국!]

[마왕, 폭군의 정식 후계자로!]

[배도빈, 입단 2년 만에 베를린 필하모닉 상임 지휘자로 선임!]

[아시아 최초!]

[베를린 필하모닉 40년 만에 새 상임 지휘자를 선임하다]

베를린 필하모닉에 새 상임 지휘자가 선임되었다는 소식은 순식간에 전 세계에 알려졌다.

각 언론은 베를린 필하모닉 사무국이 전달한 보도 자료를 대서특필하기 바빴다.

인류의 희망, 세기의 천재, 베를린의 마왕 그리고 최근에는 라이든샤프트로 불리는 새로운 세대의 선구자 또는 새벽의 별이라 불리는 배도빈이 마침내 베를린 필하모닉의 적통자로 인정받은 탓이었다.

배도빈의 개인 팬과 베를린 필하모닉의 팬들은 물론 음악계

전체가 들썩일 만한 소식이었다.

ㄴ드디어ㅋㅋㅋㅋㅋ

ㄴ쩐다 진짝ㅋㅋㅋ 우리나라에서 베를린 필하모닉의 상임 지휘자가 나오다닠ㅋㅋㅋ

ㄴ와 나 바지를 못 갈아입겠어. 1분마다 지리는 중이다.

ㄴ어차피 예견된 일 아니었나?

ㄴ푸벵이 최근에 자꾸 칼 에케르트 언급해서 아는 사람들 사이에선 배도빈이 베를린 떠나는 게 아닌가 하는 말도 나왔었음.

ㄴ근데 총감독은 뭐고 예술 감독은 뭐야?

ㄴ푸르트벵글러가 전권을 가지고 있긴 한데, 사실상 공연에 대해서는 배도빈이 실권자라고 보면 됨. 프로그램부터 무대 연출, 악단 운영까지 예술 감독에게 권한이 있음.

ㄴ근데 보도 자료 보니까 직책이 한두 개가 아닌데? 지휘자, 작곡가, 프로듀서, 총책임자, 퍼스트 피아니스트, 바이올린 고문, 홍보모델에 대변인까지. 이 정도면 학대 아니냐?

ㄴ아닠ㅋㅋ진짜실화냐곸ㅋㅋㅋㅋㅋ

ㄴㅋㅋㅋㅋㅋㅋ일 개많앜ㅋㅋㅋ

ㄴ배도빈 인터뷰 딱 하나 올라왔는데 표정 진짜 완전 썩어 있음ㅋㅋㅋ

ㄴ푸르트벵글러 인터뷰가 더 웃김ㅋㅋㅋㅋ 자기 마음대로 하라고 권한 다 준 거램ㅋㅋㅋㅋ

ㄴ사랑하는 방식이 틀렸습니다ㅠㅠ

ㄴ근데 진짜 이제 푸르트벵글러 은퇴하면 베를린 필하모닉은 배도빈 것이나 마찬가지네.

ㄴ그런 듯.

ㄴ아님. 이미 배도빈 거임.

ㄴ그치. 사실상 실권은 모두 배도빈에게 가 있으니까.

ㄴ아니. 그게 아니라 진짜 배도빈 거라고.

ㄴ**[링크]** 귄터 부르비츠, 베를린 필하모닉 소유권 매각.

ㄴ이게 뭐냐???

ㄴ어제부로 배도빈이 베를린 필하모닉 악단주가 되어버림.

ㄴ?

ㄴ아니……. 가능해?

ㄴ범지구적 대부호에게 불가능이란 없다.

ㄴ황태자로 인정받자마자 인수해 버린 거야? 너무 무섭잖아;;

♪

이번 일로 꽤 시끄러워진 듯하다.

베를린 필하모닉 공식 홈페이지라든가 팬 카페, 히무라가 예전에 만들어 둔 SNS 계정 등에 너무 많은 글이 올라와 핸드폰을 켜놓을 수가 없었다.

따로 하나 장만해 두길 다행이다.

그러지 않았다면 차명운, 이시하라 린, 블레하츠, 노먼, 한스 짐 같은 이들에게 온 반가운 연락을 받지 못했을 테니 말이다.

특히 노먼은 또 한 번 함께 작업하길 바라는 눈치였는데 이번 일로 적잖이 놀란 모양이다.

물론 가까운 이들도 놀라긴 마찬가지다.

"악단 만든다면서 베를린 필하모닉을 인수하겠단 뜻이었어? 해상 오케스트라는? 아니, 그보다 그럼 지금 베를린 필은 어떻게 되는 건데?"

황당해 이것저것 묻는 최지훈과.

"아, 답답해. 자세히 좀 말해봐."

가슴을 치며 일이 어떻게 돌아간 건지 묻는 차채은.

"이제 사장님이야?"

그리고 상황을 파악하지 못한 진달래가 이것저것 물어오는 통에 정신이 없다.

"나도 몰라. 그럴 생각은 없었는데 베를린에 남기로 했다니까 마음대로 처리하신 일이야."

채은이가 무엇인가를 서둘러 적는다.

"그럼 경영 쪽도 관리해?"

"사장님이네!"

"아니. 경영은 기존 사람들에게 맡길 거야. 내가 사업가도 아니고."

"그래도 뭐 할 때는 편하겠다."

"그렇겠지. 이따 할아버지 온다 했으니 만나서 이야기 좀 들어보려고."

"사장님, 나, 나 노래 부르고 싶어. 뭐든 할게! 응?"

"아직 멀었어."

그렇게 때아닌 폭풍을 넘기자 어제 큰 사고를 친 할아버지를 만날 수 있었다.

"할아버지!"

"어이구! 우리 도진이 많이 컸네. 껄껄껄껄."

도진이가 할아버지를 보자마자 달려들었다.

여든이 넘어서도 도진이를 번쩍 들어 올리는 걸 보니 건강하신 듯해 안심했다.

"자, 다음은 도빈이."

"허리 부러져요."

내게도 팔을 펼치시기에 안아드렸다.

"어서 오세요, 장인어른."

아버지와 어머니도 인사를 나눴고 오랜만에 가족끼리 조용히 보내기 위해 이동하던 중, 도진이는 할아버지의 품에서 떨어질 줄 몰랐다.

오랜만에 만난 할아버지가 무척 반가운 모양이다.

어머니께서 탓하듯 말씀하셨다.

"과했어요. 갑자기 그러면 어떡해요?"

"뭘 말이냐?"

"베를린 필하모닉 인수했다면서요. 게다가 도빈이 이름으로."

"도빈이가 베를린에 남기로 한다는데 달리 방도가 있느냐. 그렇지?"

할아버지가 웃으며 물으셨다.

악단 설립과 관련해 이것저것 도움을 받았던 탓에 베를린 필하모닉에 남기로 결정하고는 곧장 말씀드렸더니 생각지도 못한 방향으로 일을 처리하셨다.

그러나 베를린 필하모닉의 재정만으로는 내가 바라는 일을 할 수 없었기에 초기 자본 투자를 위해서라도 좋은 일이다.

"후회 없는 투자일 거예요."

"암 그래야지. 내 손주라면 해낼 거라 믿는다."

나와 도진이라면 뭐든 해주실 분이지만 이번 일 같은 경우에는 어디까지나 공적인 일.

선물이 아니라 투자로 여겼기에 할아버지의 선의를 받아들였고 그와 같은 생각을 전하자 할아버지는 어렸을 적부터 그런 자립심이 참 기특했다며 더욱 기뻐하셨다.

"그래. 자넨 진척이 있었다고?"

"네. 생활한 흔적을 발견했는데 처음 예상과 달리 도시 국가가 아닌 유랑 민족이더라고요."

"20년 만에 겨우 흔적을 찾은 거로군."

"네. 탐사팀이 꾸려지는 대로 이동 경로를 추적해 보려 합니다."

"또 긴 시간이 들겠어."

"하하. 이번에 터를 발견하지 못했다면 위험할 뻔했죠."

"진희랑 아이들을 외롭게 두지 말게."

"네."

아마 아버지께서 학부생 시절부터 찾았던 테메스에 관한 이야기인 듯하다.

음악으로 영적 치료를 했다는 문화를 잠깐 들었는데 이번에 그들의 터를 발견하셨다니.

몰랐던 일이다.

"어디로 가요?"

"우선은 서아시아 쪽이야. 도빈이도 갈래?"

걱정스레 물었더니 잔뜩 설렌 표정을 보이신다.

푹신한 침대와 에어컨이 있는 현대 문명과 음악을 포기하면서 험지로 갈 리가 없다.

"이이는? 갈 거면 혼자 가요. 도빈이가 그런 데를 어떻게 가요?"

"하하하하. 농담이야."

저렇게 좋아하시니 어쩔 수 없지만 떨어져 있다 보니 도진이도 아버지를 보고 싶어 하기도 하고.

그것을 떠나 어머니도 나도 아버지가 힘든 환경에서 일하는 게 그리 달갑지 않다.

대학과 협회에서 받는 지원이 넉넉지 않아 조건도 열악한 데다가 시가지를 크게 벗어난 야외에서 활동하시는지라 불편이 이만저만한 게 아니니 말이다.

"음. 그런데 보아하니 너희 지내는 곳이 마땅치 않더구나. 옮기는 게 어떠냐."

그에 반면 할아버지는 지나치게 좋은 환경을 바라신다.

내 기준에도 그리 좋은 호텔은 아니지만 그래도 두 개의 레스토랑이 있고 연회장과 같은 부대시설도 있으니 적당히 묵기엔 나쁘지 않은데 할아버지 눈에는 열악한 환경에서 지내는 딸 가족이 안쓰럽게 보이는 듯하다.

♪

"안녕하세요."

"아, 아, 안녕하세요."

다음 날.

연습을 하기 위해 모였더니 단원들이 슬금슬금 피하거나 인사를 해도 무척 어색하게 행동했다.

"무슨 일 있어요?"

소소에게 물었더니 고개를 젓는다.

무슨 일인가 고민하다 문득 연습실에 소소가 있는 이유가 궁금해졌다.

"소소는 오늘 연습 없잖아요."

"윤희가 놀러 가자고 했어."

소소가 연습실 구석에 있는 나윤희를 가리켰다.

시선을 느꼈는지 이쪽으로 돌아보곤 웃는다.

'쉬면 좋을 텐데.'

숙소에서 쉬면 좋을 것을 감이 떨어질 것 같단 이유로 나왔을 게 뻔하다.

"너무 오래 있진 말아요. 소소도 결승 준비로 바쁠 테니 무리 말고요."

"응."

소소가 나윤희에게로 향하자 찰스 브라움이 다가왔다.

어제 퇴원했다고 들었는데 엉덩이를 걷어차 주려다가 말았다.

이번에야말로 그가 제 역할을 해줘야 한다.

아파선 곤란하다.

"무슨 일 있었어요?"

단원들이 이상한 걸 묻자 찰스 브라움이 주변을 둘러본 뒤 어깨를 으쓱였다.

"당연한 거 아니겠어?"

"뭐가요?"

"고용주가 앞에 있으니까. 어제까지만 해도 떠들고 놀던 네가 갑자기 악단주가 되었잖아. 다들 놀라는 것도 무리는 아니지."

"아."

이런저런 직책과 직위가 붙는 걸 떠나 악단을 소유하게 되었으니 단원들이 어려워할 수도 있겠다.

연습 전에 확실히 해둬야겠다.

"다들 주목해 주세요."

평소에는 왁자지껄해도 연습과 실연 때는 진지했던 분위기가 좋았는데 지금은 다소 과하게 경직되었다.

"소식 들어서 알겠지만 베를린 필하모닉을 인수하게 되었어요. 하지만 그렇다고 우리 관계가 달라지진 않습니다. 지금까지 그래왔던 것처럼 지내요."

"……커흠. 그, 그렇게 하겠습니다."

모두 가만히 눈치만 살피는 도중 피셔 디스카우가 나섰는데 그마저도 몹시 불편해 보였다.

"쓸데없는 일에 낭비할 시간 없어요. 다음 상대는 암스테르담이니 지금 당장 예전으로 돌아가세요."

"그렇게 말해도……."

"감봉할 거예요."

"그게 말이 되냐!"

"말도 안 돼!"

역시 급여는 좋은 협박 수단이다.

단원들이 금세 전과 같아졌다.

누군가 푸르트벵글러보다 폭군이잖아 하고 중얼거렸고 덕분에 한 번 크게 웃을 수 있었다.

"좋아요."

마음을 다잡고 브리핑을 시작했다.

"우리는 30분 이상의 프로그램을 준비해야 해요. 시간이 부족하니 레퍼토리를 활용하는 것도 방법이겠지만 가능한 새로운 시도를 해보려고 했습니다. 지금까지 해왔던 것처럼 우린 또 멋진 연주를 완성할 거예요."

단원들이 고개를 굳게 끄덕였다.

팬들이 새로운 음악을 바라는 마음만큼이나 단원들도 만만치 않다. 쉬운 길만 걸어서는 발전이 없다는 걸 잘 알고 있는 것이다.

"남은 시간은 3일. 촉박합니다. 다들 그제 나눠준 악보로 확인했죠?"

개인 연습을 할 시간을 이틀 주었기 때문에 다들 어느 정도 곡을 소화해 놓고 있을 것이다.

역시나 다들 긍정했고 디스카우가 손을 들었다.

"네. 디스카우."

"타악기 섹션은 정말 세미파이널에서 빠져?"

"네. 교향적 무곡에서 타악기는 정말 중요해요. 디스카우를 믿고 맡기는 거니 결승전까지 완벽하게 준비해 주세요."

"음. 맡겨 둬!"

본래대로라면 세미파이널에서 연주할 '머리 하나 차이로(Por una Cabeza)'가 결승 무대를 장식할 예정이었지만 라운드를 하나 더 치르게 되면서 그간 연습만 해온 라흐마니노프의 '교향적 무곡'을 더하게 되었다.

결코 쉬운 일이 아니지만 나윤희의 투혼이 단원들을 더욱 자극했고 덕분에 어느 정도 가능성을 엿볼 수 있었다.

특히나 중요하게 여긴 타악기는 베테랑인 디스카우에게 잘 전달해 두었으니 마무리 준비를 잘해줄 거라 믿는다.

"질문 있어!"

"네, 마르코."

"피아노는 누가 연주해?"

"아."

솔로 바이올린과 솔로 피아노가 필요한 곡인데 아직 피아니스트가 누군지 알려주지 않았다.

시간을 확인하니 딱 약속한 시각.

눈썹을 좁히니 마침 연습실 문을 열고 가우왕이 들어왔다.

선거와 취임식 등으로 정신이 없었는데 지금 보니 소소가 가우왕을 보러 온 듯하다.

다들 가우왕을 멍하니 바라보고 있다.

"가우왕 씨 이미지랑 좀 다르지 않아?"

"응. 다른 데랑은 협연 거의 안 해서 거만한 줄 알았는데."

"도빈이가 부르면 금방 오는구나."

그런 이미지인 줄은 몰랐다.

내가 보기엔 찰스 브라움이랑 같이 그런 푼수도 없는데 말이다.

"뭐야. 표정이 왜 그래? 내가 못 올 데라도 왔어?"

"아뇨. 들어와요."

가우왕이 못마땅하게 들어왔고 찰스 브라움을 보자마자 눈실을 찌푸렸다.

찰스 브라움도 마찬가지다.

"잠깐. 이 녀석이랑 한다는 말은 없었잖아."

"이런. 천박한 피아니스트와 함께할 줄 알았다면 소소 악장에게 맡겼을 텐데."

"천박? 야, 꼬맹이, 저 찌질한 놈이 성질 긁는데."

예전에 가우왕과 협연할 때는 소소가 악장을 맡아서 몰랐는데 이제 보니 둘 사이가 좋아 보인다.

"아는 사이였어요?"

"흥."

두 사람이 대답은 않고 고개를 돌렸다.

마르코가 다가와 귓속말을 해주었다.

요약하자면 지금은 얌전해졌지만 두 사람 다 예전에는 튀고 싶은 마음에 퍼포먼스라는 명목으로 갖은 기행을 다 했고, 이미지가 겹쳐 악기가 다름에도 드물게 라이벌처럼 여겨졌다 한다.

피아노의 황태자 가우왕.

바이올린의 황태자 찰스 브라움.

여성 팬들에게도 인기가 많아 서로가 없었다면 더 큰 인기를 누렸을 거라는 말에 어이가 없었다.

뭔가 말 못 할 사정이라도 있나 싶었는데 유치한 싸움이다.

"두 사람 다 애처럼 굴지 말고 빨리 앉아요."

"다시 생각해 보는 게 좋겠어. 그래, 2라운드에서 함께했던 최 군은 어때? 실력 괜찮던데."

"저런 머저리에게 세미파이널을 맡기다니 너도 어지간히 급한 모양이네. 나윤희란 바이올리니스트가 좋겠어."

"지훈이는 따로 연습하는 게 있고 나윤희 악장은 한동안 쉬어야 해요. 불만이면 두 사람 다 나가요. 다른 사람 구하게."

"……."

이제야 말을 듣는다.

가우왕은 내가 약속한 헌정곡 때문에라도 억지로 피아노 앞에 앉았고 찰스 브라움도 마찬가지.

결국에는 할 거면서 칭얼댄다.

"자, 그럼 시작해 보죠."

타악기 주자들이 따로 연습하기 위해 연습실을 떠났고 찰스 브라움에게 신호를 주었다.

현악기의 아름다운 음률이 귀를 간지럽힌다.

프랑스 태생의 작곡가 카를로스 가르델이 1935년에 만든 '머리 하나 차이로'는 정열의 음악 탱고를 유행시키는 데 크게 기여한 곡이다.

처음 접하게 된 계기는 어릴 적 사카모토의 자택에서 여러 영화를 볼 때 우연히 접했었다.

그의 서재에 놓인 '여인의 향기(1993)'라는 영화가 무척 인상적이었는데 특히나 '머리 하나 차이로'가 반주로 나오는 장면은 오랫동안 가슴에 남았다.

그런 만큼 언젠가 다루고 싶었고 오케스트라 대전의 결승을 장식할 곡으로 준비했었다.

'아쉽게 되었지만 암스테르담이 상대라면 아깝지 않지.'

본래 4~5분 정도로 짧은 곡이었기에 불새 협주곡과 같이 처음부터 다시 작업해야 했으나 명곡에 새 생명을 불어넣는 것이 퍽 즐거웠다.

나와 베를린의 연주로 이 아름다운 선율이 다시 한번 조명받는다면 그것으로 만족한다.

"자, 한 번 더 가죠. 모데라토부터."

♪

2023년 7월 15일 저녁 6시.

OOTY 오케스트라 대전 세미파이널, 런던 심포니 대 베를린 필하모닉의 1차전으로 전 세계의 이목이 집중되었다.

대한민국도 예외는 아니었다.

NBC 뉴스데스크에서도 방송 시간을 옮겨 관련 소식을 집중적으로 다루었다.

"세계인의 축제 OOTY 오케스트라 대전이 오늘 4일간의 휴식 뒤에 준결승전을 맞이했습니다."

"브루노 발터와 빌헬름 푸르트벵글러 두 거장의 만남에 클래식 음악 팬들이 열광하고 있습니다. 현장에 나가 있는 김수민 기자와 연결해 보도록 하겠습니다. 김수민 기자."

두 앵커의 부름과 동시에 화면이 분할되었다.

-네. 저는 지금 오스트리아 잘츠부르크에 있습니다. 현지 시각 오후 6시부터 펼쳐질 두 악단의 경합에 거리는 설렘과 기대로 가득합니다.

"표를 구하지 못한 관광객을 위한 대책도 있다지요?

-네. 주최 측인 세계 클래식 음악 협회에서는 콘서트홀에 입장하지 못하는 이들을 위해 여러 광장에 대형 스크린과 음향

시설을 설치해 두었습니다. 잘츠부르크 음악 축제 티켓이나 OOTY 오케스트라 대전을 한 번이라도 관람했던 이들은 무료로 이용할 수 있습니다.

“오스트리아의 발표에 따르면 180만 명의 관광객이 잘츠부르크에 모여 있다고 하는데, 그래도 관람을 못 하는 경우가 있겠습니다.”

-그렇습니다. 거리는 표를 구하기 위해 종이나 팻말을 들고 있는 사람과 콘서트홀 건물에 기대어 작은 소리라도 듣고자 하는 사람들로 가득합니다.

뉴스가 진행됨에 따라 공연 시작 시간이 되었다.

그 순간 200만 명에 가까운 인파가 몰린 도시는 두 거장의 음악을 듣기 위해 고요해졌다.

이와 같은 모습이 전 세계에 송출되면서 팬들은 브루노 발터와 빌헬름 푸르트벵글러가 얼마나 존경받는 음악가인지 절실히 느낄 수 있었다.

ㄴ저게 말이 되나?

ㄴ소음이 아주 없진 않겠지. 근데 진짜 대단하다. 도시 전체가 음악을 들으려고 조용해지네.

ㄴ중국인이 없어서 가능하다는 게 정설의 학계임.

ㄴ그만큼 푸벵이랑 발터를 존경한단 뜻이겠지. 또 저기 있는 사람들

공연 한 번 듣자고 갔을 테니 방해받으면 엄청 짜증 날걸?

ㄴㅋㅋㅋㅋㅋㅋ기자 눈치 보면서 말하는 거 귀엽닼ㅋㅋㅋㅋ

ㄴ이제 시작일 텐데 화면 좀 넘겨라!

ㄴ애초에 협회랑 계약한 곳 아니면 못 봐. 다 결제해서 보는 거라 TV로 볼 생각 ㄴㄴ해.

ㄴ시작한다. 방 옮겨야지.

무대 위에 런던 심포니가 들어서자 뉴스 중계를 보고 있던 팬들이 썰물처럼 빠져나갔다.

동시에 콘서트홀에 자리한 관객은 모두 안달이 나 있었다.

브루노 발터가 지휘하는 곡은 발랄하거나 포근하여 감상하기에 더할 나위 없이 좋았다.

배도빈이 활동하기 전까지 가장 많은 음반을 판매한 지휘자였으니 현장을 찾은 관객들이 가슴 설레는 것도 무리는 아니었다.

관객들은 이제 막 무대에 오른 거장을 반갑게 환영했다.

환호와 박수가 콘서트홀을 가득 채웠고 브루노 발터가 고개를 숙이자 더없이 기뻐했다.

이제 고요함만이 남았다.

인사를 마친 런던 심포니는 그들의 위대한 지휘자 브루노 발터만을 바라보았다.

연주할 곡은 모차르트가 남긴 마흔한 번째 교향곡 C장조.

'신이 통치한 성역'이라는 수식어가 붙어 있는, 오케스트라의 정점에 달한 곡이었다.

빌헬름 푸르트벵글러와 베를린 필하모닉을 상대로 런던 심포니가 칼을 벼려 나왔다는 뜻이었다.

브루노 발터가 절도 있게 두 팔을 휘두르니 런던 심포니가 힘 있게 치고 나와 1악장 알레그로 비바체(Allegro vivace: 빠르고 생기 있게)를 노래하기 시작했다.

모차르트 사후 그리스 모든 신의 왕 '주피터'란 별명이 붙은 만큼 런던 심포니는 도입부터 웅장한 면모를 자랑했다.

다소 변칙적이나 마치 처음부터 그 자리에 있어야만 할 것처럼 배치된 음들은 모차르트가 왜 인류 역사상 가장 뛰어난 천재였는지 말해주었다.

차이를 두고 이뤄지는 다중 화음과 부점 리듬을 강조한 관악기.

그에 대비되어 노래하는 현악기가 이루는 찬란함.

브루노 발터는 자신이 왜 모차르트 음악의 최고 권위자인지를 완벽한 조율로 증명해내고 있었다.

힘차게 이어지는 전개부는 거친 느낌이 조금도 없고 아름다운 선율은 관객들을 자연스레 심상으로 이끈다.

감상하던 배도빈조차 감탄하지 않을 수 없었다.

'아마데의 곡을 이만큼 표현하는 사람이 있었나.'

관악기가 울리고 현악기가 빗발치는 부분에 이르러서는 정말 천둥번개라도 치는 듯했다.

브루노 발터와 런던 심포니는 분명 당대의 연주와는 비교할 수 없었다.

시대연주를 한다는 빈 필하모닉과 런던 필하모닉은 분명 뛰어났지만 18~19세기를 살았던 배도빈에게는 그들의 뛰어난 실력을 차치하고 그리 매력적으로 받아들일 수 없었다.

특히나 빈 필하모닉은 뛰어난 역량을 가지고 있음에도 스스로 족쇄를 채우는 점이 아쉬웠다.

그러나 런던 심포니는 브루노 발터의 뛰어난 곡 해석 능력으로 모차르트가 남긴 걸작에 새 생명을 불어넣었다.

처음부터 완성된 곡처럼 모든 음표가 그 자리를 떠나는 건 있을 수 없게 느껴졌다.

브루노 발터는 그런 모차르트의 곡을 런던 심포니라는 훌륭한 악기를 사용해 천재의 머릿속에 있던 악상을 그대로 실현시켰다.

배도빈은 진정 처음으로.

그가 최고라 믿어 의심치 않았던 빌헬름 푸르트벵글러와 단원들을 응원했다.

당연하게 여겼던 승리를 바라게 된 순간이었다.

영광의 음악이 끝을 향해 달리고.

브루노 발터에 의해 대단원의 막이 내렸다.

마지막 음이 공기 중에 스며들 때까지 회장은 고요했다.

충분히 여운을 만끽한 뒤 누가 먼저라 할 것 없이 모든 사람이 일어나 환호했다.

"진짜 엄청난데?"

이필호 기자가 고개를 저으며 박수를 보냈다.

오른쪽에 앉아 있던 한이슬 평론가도 감탄할 뿐이었다.

"그러니까요. 런던 심포니 연주는 항상 좋았지만 이번에는 정말 대단했어요. 그 웅장함이며 유연함은 어휴."

"나도 2악장이 좋았어. 아리아 같잖아."

"아하하. 이거 모차르트를 칭찬하는 건지 런던 심포니를 칭찬하는 건지 모르겠는데요?"

"그만큼 잘 표현했다는 거지. 정말 대단한 사람이야."

두 사람의 대화처럼 런던 심포니의 주피터를 들은 이들은 하나같이 모차르트가 직접 지휘한 것 같다며 찬사를 보냈다.

훌륭한 음악을 들어 벅찬 가슴은 진정될 줄 몰랐고 심사 위원들은 모두 고민 없이 만점을 기입했다.

언젠가부터 오케스트라 대전에서 만점이 너무 잦다는 비판을 받았으나 그들로서는 이 훌륭한 연주에서 흠을 찾을 수 없었다.

그렇게 전 세계가 30분간 브루노 발터와 런던 심포니를 찬양했고 그사이, 정세윤 기자가 옆자리에 앉은 차채은에게 물었다.

"어떨 것 같아?"

정세윤 기자가 옆자리에 앉은 차채은에게 물었다.

나이는 비록 어렸지만 배도빈과 베토벤에 관해서는 전문가보다 깊이 이해하고 있는 차채은이 오늘 경합을 어떻게 보고 있는지 궁금했다.

"응원하고 있어요."

"역시 확신할 순 없나 보네?"

"네. 너무 대단해서 정말 모차르트가 바랐던 연주를 들은 것 같아요."

정세윤은 베를린 필하모닉과 배도빈에게 무조건적인 신뢰를 보냈던 차채은의 반응을 보고 이번만큼은 빌헬름 푸르트벵글러라도 쉽지 않을 거라 여겼다.

그런 생각을 하며 그녀는 기자들에게 따로 주어진 팸플릿으로 시선을 옮겼다.

그녀의 눈에 오늘 베를린 필하모닉이 연주할 곡, 루트비히 판 베토벤이 남긴 마지막 교향곡 '합창'이 들어왔다.

'모차르트의 마지막 교향곡과 베토벤의 마지막 교향곡이라니.'

현대 음악사 중 가장 위대한 두 명의 지휘자의 대결에, 역사상 최고의 음악가로 손꼽히는 두 천재의 교향곡.

장내가 술렁였다.

"뭐야?"

"설마."

첫 번째 연주의 벅찬 가슴을 겨우 달랬던 관객들은 200명이 넘는 사람이 무대 위에 오르고 그중 일부가 계단에 오르는 것을 보고는 그야말로 전율했다.

세계 최고의 연주자들을 감싼 카리스마와 더불어, 오늘의 프로그램에 열광하지 않을 수 없었다.

ㄴ어? 뭐야? 합창임?

ㄴ왈ㅋㅋㅋㅋㅋ진짜 둘 다 작정하고 나왔넼ㅋㅋㅋ

ㄴ브루노 발터의 모차르트랑 푸르트벵글러의 베토벤을 하루에 듣다니 미쳤다 진짴ㅋㅋㅋ

ㄴ이건 진짜 모르겠다.

ㄴ뭐야. 저 사람 군둘라 야노비츠 아님?

ㄴ맞네. 가수들도 미쳤는데?

ㄴ선곡만으로도 분위기 휘어잡는 클라스 ㄷㄷ

ㄴ브루노 발터나 푸르트벵글러나 지휘자로서는 역대급인데 난 도저히 어디가 이길지 모르겠다.

ㄴㅇㅇ 우위를 가르기 힘들지. 이건 사실상 모차르트랑 베토벤의 대결이나 마찬가지임.

ㄴ모차르트 최후의 교향곡과 베토벤 최후의 교향곡이라니 ㄷㄷ

ㄴ뭔 소리야. 모차르트 교향곡 더 있다는 거 밝혀지지 않음?

ㄴ2차 세계대전 때 소실되어서 확실치 않다던데.

ㄴEMI라는 프로그램이 만든 게 가끔 42번째 교향곡이라 불릴 때도 있음 ㅋㅋ

ㄴ발터랑 푸벵 비교가 어렵다면서 모차르트랑 베토벤은 비교할 수 있을 것 같냐? 말이 많아지면 헛소리만 는다. 조용히 하고 봐.

ㄴ아, 푸르트벵글러 나왔다.

ㄴ저 할배랑 베필 포스는 진짜 인정해야 한다.

ㄴ니가 안 그래도 다들 인정함.

설렘과 기대 속에 당당히 지휘단에 오른 빌헬름 푸르트벵글러는 타오를 것만 같은 눈빛으로 무대를 압도했다.

굳게 닫은 입은 그의 고집스러운 성정을 짐작케 했으며 선 굵은 턱은 음악을 향한 그의 외골수적인 면모를 과시했다.

지휘자로 처음 데뷔했을 때 직접 작곡한 교향곡과 베토벤의 서곡, 브루크너의 9번 교향곡을 지휘했을 정도로 자신감이 넘쳤던 그는 오만하고 괴팍하기로 유명했으나.

결국 베를린 필하모닉이 40년 가까이 상임 지휘자로 선임할 정도로 신뢰받은 위대한 음악가였다.

푸르트벵글러가 두 손을 모았다.

전 세계가 집중하고 있는 가운데 천천히 움직이기 시작한 그의 손을 따라 베를린 필하모닉이 태동했다.

지평선 끝에서 머리를 드러내.

이내 장대한 빛을 비추기 시작한 태양.

동기가 활용될수록 고조되는 영광의 아침이 관객들을 잡아 이끌었다.

거부할 수 없는 강한 힘에 이끌려 무대 위에 오른 관객들은 태양이 온전히 머리 위로 떠오르자.

그 광활하고 강렬한 빛에 어지러울 지경이었다.

베를린 필하모닉은 베토벤 특유의 고집스러운 주제 확장과 변형을 완벽하게 수행했다.

더욱더 장대히 울리는 호른 화음과 현악기가 보여주는 아름다운 전경.

새싹이 돋고.

꽃이 피고 나비와 벌이 날아든다.

나무가 자라고.

그늘진 아래 사랑을 속삭이는 짐승들.

이제 막 걷기 시작한 인간들이 과실을 따고 사냥을 시작함에 관객들은 마치 이 세계의 시작을 보는 것만 같았다.

오보에와 호른이 창조의 상징 태양을 노래했으며, 바이올린, 비올라, 첼로가 묘사하는 생명의 태동.

빌헬름 푸르트벵글러와 베를린 필하모닉이 그리는 장대한 창세기.

관객들은 이미 런던 심포니의 연주를 기억할 수 없었다.

♪

'아아.'

아름답게 탄생한 세계에 감동하던 이들은 바이올린이 그리는 심상치 않은 분위기에 가슴 졸였다.

아니나 다를까.

관악기의 묵직한 음색이 대두되면서 거센 바람이 일었다.

파도가 일었다.

그 속에서 불꽃처럼 이는 희망의 노래.

첼로가 더해져 펼쳐진 삼엄한 전경은 인류가 처했던 고난을 상징했다.

조마조마한 심정으로 감상하던 관객들은 문뜩 벼락처럼 내리치는 팀파니에 소스라친다.

요동치던 그들의 심장 소리에 맞춘 리듬이 섬뜩하기 그지없다.

수십 번을 들었던 곡이었으나 빌헬름 푸르트벵글러에 의한 합창은 마치 음표 사이에 관객들을 가둬놓는 듯했다.

상상력을 한계까지 끌어올렸다.

위대한 베토벤이 만든 최후의 교향곡은 잠시도 쉬지 않고 관객들을 농락했으며.

겁에 질린 관객.

이제 찬란했던 태양은 먹구름에 가린 지 오래다.

어둠 속.

삶을 포기하고 싶을 만큼 두려움이 뼛속 깊이 드리운다. 한 치 앞도 내다볼 수 없는 좌절 속에 시야를 밝혀주는 건 폭력과도 같은 벼락뿐.

점멸하는 시야에 비친 썩은 나무와 파도가 높이 치는 바다.

희망은 없다.

포기하자.

그러면 더는 고통받지 않아도 될 터.

심상 속의 관객들은 생각하길 포기하고 스스로 눈을 감고 귀를 틀어막았다.

그때.

더 없는 절망 속에서 피어나는 희망의 전조.

누군가의 노래가 들리기 시작한다.

감고 있는 눈 너머로 빛이 비치기 시작한다.

혹시나. 혹시나.

관객들의 가슴에 희망이 싹 텄고 마침내 작은 용기를 내 눈을 떴을 때 펼쳐진 위기의 세계.

아침을 여는 부드럽고 낮은 목소리!

오, 벗들이여. 이 소리가 아니오.

즐겁고 환희에 찬 노래를 부르지 않겠는가!

불운했던 환경과 음악가로서 그 생명을 잃었음에도 절벽을 기어오른, 처절하게 손을 뻗은 불멸의 음악가.

그 평생 포기를 몰랐던 악성의 노래가 펼쳐졌다.

'아아아.'

그 드라마틱한 전개에 관객들은 넋을 잃고 말았다.

지독한 절망을 느끼며 도망칠 생각조차 할 수 없었던 그들은 베토벤이 비추는 한 줄기 빛만을 응시했다.

가슴 깊은 곳에서 끓어오르는 희망과 열정이 몸을 지배해 그들도 모르는 사이 응원하고 있었다.

나아가라고.

저 멀리 위치한 태양을 향해 날아가라고 말하고 있었다.

환희여, 환희여!

일어설 수 없었던 이들이 이제 빛을 따라 걷기 시작한다.

빛이 가득한 성소로!

거룩한 정열에 의지해 함께 나아간다.

그 어떤 때보다 영혼이 충족되어 감에 관객들은 그야말로 환희에 차 노래했다.

전 세계가 베를린의 노래에 전율했다.

'잘 만들었단 말이야.'

관객들이 벅찬 만큼, 배도빈은 그의 종들이 연주하는 교향곡에 더할 나위 없이 흡족해했다.

다시 태어난 악성은 수많은 지휘자와 오케스트라가 연주하는 자신의 교향곡을 들었지만 빌헬름 푸르트벵글러와 베를린 필하모닉의 연주만큼 만족한 적은 없었다.

완성도를 떠나 그가 바랐던 형태와 가장 유사했기에.

'아마 나도 이렇게 이끌었겠지.'

마왕은 안심하고 뒷짐을 진 채 자신이 만들어낸 세계를 천천히 음미하였다.

이내 모든 연주가 끝나고.

베를린 필하모닉의 연주를 들은 모든 이가 절정을 느꼈다.

관객들은 연주가 끝난 뒤에도 전해지는 깊은 카타르시스에 환호조차 잊었다.

빌헬름 푸르트벵글러가 팔을 내리고 돌아서자.

그제야 녹초가 된 관객들이 박수를 보냈다.

환호하는 이는 없었지만 연주를 들은 모두가 그럴 수밖에 없는 이유를 알고 있었다.

"흐아아."

베를린 필하모닉의 압도적인 연주를 들은 프란츠 페터가 앓는 소리를 냈다.

음악을 접할 기회가 적었던 소년은 아이러니하게도 그가 가장 존경하는 두 음악가 중 한 명인 베토벤의 9번 교향곡을 처음 들었다.

그것을 완벽하게 설계된 콘서트홀에서 최고의 오케스트라에 의해 경험했으니 정신을 차릴 수 없었다.

마치 약에 취한 듯.

베를린 필에 그의 재능이 반응하여 말 그대로 쾌락의 저편으로 향할 뿐이었다.

"형아, 괜찮아?"

한참이 지난 뒤에야 프란츠 페터는 동생의 부름 덕에 정신을 차릴 수 있었다.

"아, 응."

"이. 지지."

알베르트 페터가 손으로 입을 훑었고 프란츠 페터는 그제야 황급히 침을 삼켰다.

무대 위는 결과 발표를 하기 위한 준비로 분주했다.

그 모습을 잠시 바라보던 프란츠 페터가 입을 열었다.

"알."

"응?"

"내가 합창 같은 곡을 만들 수 있을까?"

"무리야."

동생의 말에 잠시 충격을 받았지만 프란츠 페터는 당연한 일이라 생각했다.

가당치도 않은 일이었다.

"그치만 난 형이 해낼 거라 믿어."

그때 알베르트 페터가 지나가듯이 말했다.

분명 불가능한 일이었지만 동생의 응원에 프란츠 페터는 섬뜩하기까지 했던 1악장과 2악장을 다시 한번 떠올렸다.

그럼으로써 더욱 빛을 발한 4악장에 대해서는 역시나 이를 수 없을 것만 같았다.

"나 배도빈 님한테 배울래. 그래서 언젠가는 꼭 저런 곡을 만들 거야."

"응."

소년이 미래를 다짐한 순간.

OOTY 오케스트라 대전의 사회를 맡은 자르제가 무대 위에 올라섰다.

"정말 멋진 연주였습니다. 큰 감동을 준 런던 심포니와 베를린 필하모닉 A에 다시 한번 박수를 부탁드립니다."

자르제의 말에 넋이 나갔던 관객들은 그제야 환호로 두 악단을 찬양했다.

"결과를 발표해야 하는 입장으로서 정말 난감하네요. 그러나 결승전에 오를 악단은 가려야겠죠. OOTY 오케스트라 대전 세미파이널! 런던 심포니와 베를린 필하모닉! 빌헬름 푸르트벵글러와 브루노 발터의 경합 결과를 지금 공개합니다!"

자르제의 말이 끝남과 동시에 베를린 필하모닉은 입을 꽉 닫았다.

오늘 연주한 베토벤의 9번 교향곡은 그들의 역사와 같았다.

빌헬름 푸르트벵글러가 집권하고 40년.

베를린 필하모닉이 송년 음악회마다 연주하는 합창은 그야말로 그들의 아이덴티티와 같았다.

그 어떠한 고난이 있더라도 포기하지 않고 나아가 빛을 쟁취하는 불멸의 정신.

위대한 루트비히 판 베토벤의 유지를 이어받은 이들의 노래였다.

빌헬름 푸르트벵글러와 베를린 필하모닉의 단원들은 단 한 순간도 믿어 의심치 않았다.

루트비히가 평생을 걸쳐 노래했던 대로.

후계자를 잃고 강력한 지지자가 떠나고 외세에 밀려 잠시 움츠렸어도, 희망이 떠나려 했음에도 결국에는 그들의 품으로 돌아왔기에.

흔들리지 않았다.

'우리가 최고다.'

콘서트홀 중앙에 위치한 대형 스크린에 OOTY 오케스트라 대전 세미파이널 1차전의 결과가 비쳤다.

베를린 필하모닉 A

심사 위원단: 30(300점)

팬 투표: 37.8(3,246,537표)

합계: 67.8(파이널라운드 진출)

런던 심포니

심사 위원단: 30(300점)

팬 투표: 32.2(2,765,570표)

합계: 62.2

"총투표수 6,012,107표! 그중 54퍼센트의 지지를 획득한 베를린 필하모닉 A가 파이널라운드 진출을 확정 짓습니다!"

"그렇지!"

사회자가 말을 마치기도 전에 베를린 필하모닉 B의 단원들이 일어나 소리쳤다.

언제나 품위를 지켰던 베를린 필하모닉 A단원들도 기쁨을 감출 수 없었다.

주먹을 불끈 쥔 그들의 얼굴은 성취감으로 가득했다.

최고의 연주를 해냈다는 만족감에.

"들어. 들어!"

"무, 무슨 짓이냐!"

"빨리. 빨리!"

평균 연령 55세의 연주자들이 빌헬름 푸르트벵글러에게 달려들었다.

그러나 늙은 그들의 지휘자와 본인들의 허리를 의식하고는 그들이 되찾았던 희망을 향해 달려갔다.

배도빈은 영문도 모른 채 달려오는 단원들을 반갑게 맞이하다 또다시 끌려나가고 말았다.

"만세!"

"이거 놔!"

"만세!"

"놓으라국협."

"배도빈 악단주 만세!"

"베를린 만세!"

"결승에 못 올라오면 해임이야 해임!"

"갈 테니깝."

"우리가 최고다!"

♪

베를린 필하모닉의 모든 이가 결승 진출을 자축하고 있을 무렵, 세계는 여전히 두 악단이 남긴 감동을 음미하고 있었다.

백작 마리 얀스는 빌헬름 푸르트벵글러와 베를린 필하모닉의 합창을 두고, 베토벤이 다시 태어난다면 이와 같은 연주를 했을 거라 평했고.

제르바 루빈스타인은 오늘의 연주를 베를린 필하모닉이 쌓아온 유구한 역사의 응집체로 표현했다.

아르투로 토스카니니는 드물게 좋은 연주라는 짧은 코멘트를 남겼다.

차채은은 인터넷 창을 새로 고칠 때마다 새로운 글이 수십 개씩 올라오는 모습을 보며 차가운 커피를 마셨다.

'진짜 대단했어.'

어린 평론가에게 오늘, 베를린 필하모닉의 연주는 자신의 글솜씨를 탓할 정도로 벅찬 경험이었다.

어떤 표현을 쓰더라도 현장에서 느꼈던 감동을 표현할 순 없었다.

'오빠가 선택한 이유가 있었던 거야.'

커피로 다시 한번 머금어 진정한 차채은은 모니터로 시선을 돌렸다.

그곳에는 월간 잡지 관중석과 약속한 원고가 작성 중에 있었다.

부모님을 설득해 학교 출석이 위태로울 지경까지 이르면서도 잘츠부르크에 온 이유는 모두 이것을 완성하기 위함이었다.

이필호 편집장 역시 차채은의 초고에 감동받아 두 달 이상 OOTY 오케스트라 대전을 관람시켜줄 정도로 공들인 원고는 이제 막 완성 직전이었다.

'슬슬 제목도 지어야 하는데. 뭐라고 하지?'

이런저런 단어를 떠올려도 좋은 제목이 생각나지 않았기에 잔뜩 인상을 쓰고 있기를 한참.

차채은이 조심스럽게 키보드를 눌렀다.

"오반가?"

백스페이스키를 쭉 누른 뒤, 처음 평론을 쓰게 된 계기를 줄글로 적었다.

'모차르트는 무슨.'

문장을 한 번 다듬자 이거다 싶은 제목은 아니었지만 그런대로 무난한 문구가 완성되었다.

배도빈 음악의 철학

-베토벤을 계승한 자-

큰 고민을 해결한 차채은은 사람들이 배도빈의 음악을 좀 더 깊이 있게 이해하길 바라며 다시금 원고 작성에 집중했다.

늦은 밤까지 타이핑 소리가 방을 채워나갔다.

· 65악장 ·

탱고와 비올라

세미파이널에 진출했다.

어떻게 표현해야 좋을지 몰라 쿵쿵대는 가슴만 달래고 있는데 피셔 디스카우 아저씨가 왼손을, 마르코 씨가 오른손을 잡고 들었다.

단원 모두 소리를 질러서 나도 모르게 따라 하고 말았다.

그런 적은 처음인데 의외로 시원했다. 답답했던 마음이 조금은 풀리는 듯했다.

하지만 근본적인 문제는 해결되지 않았다.

'멀다.'

언젠가부터 벅차기 시작했다.

베를린 필하모닉에 입단할 때만 해도 꿈을 이뤘다는 생각에 최선을 다할 뿐이었지만 돌이켜보면 내겐 너무 이르지 않았나 싶다.

독일에 온 뒤로는 부족함을 느낄 뿐이다.

비올라를 잘 연주하는 사람은 너무 많았고, 그마저도 바이올린 전공자가 더 잘 켜곤 했다.

일본에서는 어떻게든 해냈지만 프로들 사이에서 나는 흔한 사람일 뿐이라는 걸 깨달았다.

이런 내가 찰스 브라움, 왕소소, 나윤희, 진 마르코와 같은 세계적 연주자들과 같은 악단에 속해 있으니 힘에 부치는 것도 무리는 아니다.

'힘들어.'

부족한 건 그뿐만이 아니다.

함께 입단한 진 마르코 씨는 벌써 오보에 수석이 되었고 단원들과도 잘 어울린다.

처음에는 실력 차이라고 생각했다.

마르코 씨는 빈 필하모닉의 부수석이었던 만큼 연주 실력도, 오케스트라에 대한 이해도 나와는 비교할 수 없었다.

마르코 씨의 오보에는 정말 대단해서 한없이 상냥하다가도 필요할 때는 용감하게 나선다.

도빈 군이 마르코 씨를 신뢰하는 것도 무리는 아니다. 그의 주변에 사람들이 모이는 것도 당연한 일이다.

확실한 건 내가 마르코 씨를 부러워한다는 거다. 또 같은 시기에 입단한 그에게 열등감을 느끼고 있다.

질투다.

이런 내가 싫다.

마르코 씨를 부러워하는 게 실력 때문만은 아니라는 걸 알기에 그렇다.

그 재능 넘치는 마르코 씨가 얼마나 노력하는지 알고, 우중충한 나랑 다르게 악단 분위기를 위해 항상 웃는 걸 알아서 더 그렇다.

쉬는 시간이나 연습 시간 전후로 마르코 씨 주변에서 즐겁게 웃는 단원들을 보면 함께하고 싶단 생각이 자연스레 든다.

다가갈 용기도 없는 주제에, 그들과 어울릴 만한 실력조차 없으면서 그저 부러워 바라볼 뿐이다.

그렇게 재능의 차이와 서투른 인간관계를 절감하여 지쳐갈 때.

내 생각을 바꾼 사람이 있었다.

나윤희 악장에게서 느낀 첫인상은 동질감이었다.

다른 단원들보다 한 발 뒤에 있었고 나 역시 그러했기에 비슷한 사람이라 착각했다.

하지만 의견을 내야 할 때는 당당히 생각을 전했고 바이올린 연주는 정말 멋졌다.

어느새 나윤희 악장은 단원들이 가장 신뢰하는 사람이 되었고 지금은 전 세계가 그녀의 바이올린을 칭송한다.

그런 사람과 비슷하다고 생각하다니.

가당치도 않은 일이다.

그렇게 예쁜 연주를 하면서도, 그런 재능을 가지고 있었으면서도 무대 위에서 손끝이 터질 정도로 연습했다니.

"료코."

나는 용기도, 바뀔 의지도, 재능도 없는 지지부진한 부적응자일 뿐이다.

나 같은 건.

"료코!"

아빠의 목소리에 깜짝 놀랐다.

"무슨 생각을 그렇게 해?"

이런 생각, 대답할 수 있을 리 없다. 딸이 이렇게 한심하다고 아빠를 슬프게 할 순 없다.

고개를 젓자 아빠가 한참을 바라보다 휠체어를 움직여 다가오셨다.

"준결승전이 다가오니 부담되지? 료코는 잘하고 있어."

아빠는 모른다.

"응. 고마워."

"그래. 푹 쉬고 엄마한테 전화도 해줘. 아빤 가볼게."

"같이 가."

"괜찮아. 히무라 아저씨가 아래 와 있거든. 내일도 파이팅!"

"……응."

엘리베이터 앞까지 배웅하고 방으로 돌아왔다.

마르코 씨랑 나윤희 악장처럼 되려면 어떻게 해야 할까.

성격 탓도 할 수 없게 되었다.

할 수 있는 일이라고는 도빈 군이 만든 악보를 반복해 읽는 것과 비올라를 켜는 것뿐.

하지만 더 이상 잘할 자신이 없다.

단원들과 함께하고 싶으면서도 그들과 같은 수준에 이를 수 없고, 저녁을 먹자는 말조차 못 한다.

여기까지인 걸까.

하물며 재능이라도 있었으면 얼마나 좋았을까.

천부적인 재능을 가진 이들을 따라가려면 얼마나 노력해야 하는 걸까.

그들이 노력까지 한다면 나로서는 대체 무엇을 할 수 있을까.

닿을 수는 있을까.

내겐 도빈 군과 함께 음악을 하고 싶단 바람마저 과분한 걸까.

답은 알고 있다.

'여기까지인 거야.'

갑자기 그만둔다고 하면 곤란하실 테니 미리 말씀드리자.

♪

푸르트벵글러와 A팀이 파이널라운드 진출을 확정한 밤.

기쁜 마음으로 악보를 검토하고 있는데 이자벨 멀핀이 잠깐 시간을 내달라고 메시지를 보냈다.

숙소 라운지로 내려가니 멀핀뿐만 아니라 카밀라도 함께 있다.

"무슨 일이에요?"

멀핀이 카밀라의 눈치를 봤다.

카밀라가 고개를 끄덕여 긍정하자 멀핀이 조용한 곳으로 자리를 옮겼다.

"실은 계속 말씀드려야 하나 고민하다가 국장님께 상의 드렸어요. 본인이 중요한 때에 민폐 끼치기 싫다고 해서 비밀로 하려 했는데, 아무래도 보스에게 숨기는 게 마음에 걸려서요."

"귄터 씨라면 모를까, 도빈이가 몰라선 말이 안 되니까."

"지금 무슨 말을 하는 거예요?"

멀핀 과장이 잠시 뜸을 들인 뒤 입을 열었다.

"나카무라 료코 씨가 탈퇴 의사를 밝혔어요."

순간 내 귀를 의심했지만 카밀라와 멀핀의 표정이 심상치 않다.

비록 활발하진 않지만 악단 내에서 료코를 싫어하는 사람은 한 명도 없다.

료코의 차가운 표정 뒤에 있는 성실함을 모르지 않기에 도리어 갑자기 입단하고도 제 역할을 다하는 녀석을 기특하게 여겼다.

나 또한 몇 년 뒤를 기대했고 말이다.

"이유는요?"

"본인이 베를린 필하모닉에 어울리지 않다고 생각하는 것 같아요. 정확히 말하진 않았지만 자기가 부족하다고 했어요."

머리가 아프다.

"료코 불러주세요."

"그게……."

료코와 이야기를 해보려는데 멀핀 과장이 말끝을 흐리다 힘겹게 상황을 전했다.

"본인이 오케스트라 대전이 끝날 때까지는 숨겨 달라고 했어요. 미리 말을 꺼낸 것도 갑작스럽게 알리면 폐가 될까 봐 미리 이야기한 거라고."

그렇게까지 베를린 필하모닉을 신경 쓰면서 나가려는 걸 이해할 수 없었다.

부족해서라니.

더더욱 말이 안 된다.

"껄끄러운 일 남겨두고 무대에 오를 순 없죠. 료코가 남든 나가든 이야기는 들어야겠어요. 멀핀의 입장은 충분히 전달할게요. 카밀라, 부탁해요."

"응."

카밀라가 료코에게 연락하자 잠시 뒤 그녀가 평소보다도 더 험악한 표정으로 들어왔다.

멜핀은 아직 료코를 몰라 그 얼굴을 보곤 눈을 꾹 감았지만 녀석이 멜핀을 탓하지 않는 것 정도는 알고 있다.

악단주로서, 지휘자로서 알고 있어야 하는 상황을 언급하니 역시나 고개를 끄덕였다.

그러고는 테이블만 보고 있다.

"탈퇴하고 싶다고 들었어."

"……응."

"못 보내."

료코가 고개를 들었다.

잔뜩 화난 표정인데 대화해 봐야 알겠지만 참 주인 말 안 듣는 얼굴인 건 알겠다.

"내 지휘가 마음에 안 들어?"

"아니!"

격하게 부정해 주니 안심이다.

"연봉이 부족한 건 알아. 작년까지만 해도 재정 상태가 안 좋았으니까."

"……충분해."

"싫은 사람 있어?"

고개를 젓는다.

"그럼 못 보내."
"그, 그런 법이 어디 있어?"
"이유조차 모르고 단원을 떠나보낼 지휘자는 어디 있고?"
나카무라 료코가 아랫입술을 깨물었다.
레몽 도네크의 일을 떠올리고 있을 게 분명하다.
그러나 감추고 싶었던 이유도 있을 테니 최대한 배려해 주고 싶다.
고개를 돌려 두 사람을 보니, 고개를 끄덕이고는 자리를 비켜주었다.
문이 닫히는 걸 확인하고 물었다.
"무슨 일이야?"
"넌 몰라."
"모르니까 묻잖아."
료코가 잠깐 눈을 굴리다가 인상을 썼다. 할 말이 없는 모양이다.
"그냥 말하기 싫어."
"나카무라에게 물어야 해?"
"아빠는 상관없잖아!"
대충 이야기를 나눠 보니 속내를 털어놓을 생각은 조금도 없는 듯하다.
이 고집 센 녀석을 어떻게 설득해야 할지 고민하다가 멀핀 과장이 남긴 힌트를 언급했다.

"부족하다고 말했다며?"

대답이 없다.

예전 같았으면 답답해서 화라도 냈을 텐데 신기하게도 그런 생각은 조금도 들지 않았다.

내가 변하긴 한 모양이다.

아니면 료코가 어렸을 적 함께했던 나카무라의 딸이라는 점이 걸리는 건지도 모르겠다.

"뭘 부족하다고 생각하는지 모르겠지만 실력 문제야?"

움찔하는 게 뭔가 말하려다 삼킨 듯하다. 반응을 보인 만큼 아마 그런 모양이다.

"그게 무슨 문젠데?"

"그러니까 모를 거라 했잖아."

"뭘 모른다고 하는지 모르겠는데 실력이 부족해서 떠나고 싶다는 거면 너 정말 멍청한 거야."

료코의 매서운 눈에 눈물이 차오르기 시작했다.

"이제 고작 17살이면서 찰스처럼 연주하길 바랐어? 소소랑 윤희 누나처럼 하길 바란다면 지금까지 해온 것처럼 노력하면 돼. 지금은 부족한 게 당연한 거야."

"……알면서."

료코의 목소리가 심하게 떨렸다.

"알면서 왜 입단시킨 건데? 내가 아빠 딸이니까?"

"내가 단원 심사를 사적으로 봤다는 뜻이야?"

내 말에 대답하지 못한 료코는 결국 울음을 터뜨리고 말았다.

2006년생.

한국 나이로 고작 18살인 녀석은 아직 본인 생각을 전달하는 데 미숙하다.

지훈이와 채은이가 드물게 어른스러울 뿐.

그 나이에 성숙한 게 이상한 일이다.

나카무라가 입원했던 병실에서의 모습을 기억하고 있는 탓인지, 분명 이 상황을 답답하게 여기면서도 오랜 친구의 딸을 미워할 수 없었다.

여태 제 역할을 성실하게 수행했던 단원이 무엇 때문에 힘들어하는지, 반드시 해결해 주고 싶다.

"나만. 나만 못 하잖아."

나카무라 료코가 눈물을 훔치며 말했다.

"나라고 못 하고 싶겠냐고. 부족한 거 알면서 왜 함께하자고 한 건데? 나중에, 나중이었으면 좋았잖아!"

"무슨 말이야?"

"뭐!"

"난 네가 베를린 비올리스트로서 부족하다고 말한 적 없어."

"……."

"대체 뭐가 널 힘들게 하는 거야?"

나카무라 료코가 이젠 콧물까지 흘리기에 손수건을 꺼내주었더니 고개를 세차게 흔들면서 거부했다.

그러더니 자기 걸 꺼내 닦는다.

"끅. 끄으윽. 진짜 싫어."

조금 상처받는다.

조카 칼이 대들었을 때의 기분과 미묘하게 비슷하다.

생각해 보니 망할 녀석, 기껏 못된 부모에게서 데려와 입혀주고 재워주고 먹여주고 유산까지 물려줬더니 끝까지 말을 안 들었다.

양육권을 가져오느라 고생했던 걸 생각하면 죽기 전에 불러 한 대 쥐어박아 줄 것을 그랬다.

"네가 어떻게 알아."

그런 생각을 하고 있자니 료코가 드디어 속내를 털어놓는다.

"끄윽. 연주 때마다 겨우 따라가는 내 마음을 알아? 다들 잘해내는데 실수라도 할까 봐 매일 피 말리는 내 심정을 아냐고."

"……."

"그래! 나 못 해! 그래서 나간다고. 근데 왜 못 나가게 해. 왜애애. 흐어어엉."

그간 말을 잘 안 해서 몰랐던 건지 알고 있던 성격과 좀 다르다.

드러내지 않았을 뿐 그간 쌓인 게 많은 듯. 혹은 단순히 무리한 일정으로 지친 걸지도 모르겠다.

료코가 진정할 때까지 기다렸다.

한참을 흐느끼더니 눈물을 닦곤 언제 그랬냐는 듯 또 험악한 표정을 짓고 있다.

조금 재밌다.

"웃지 마!"

말문이 트이니 이렇게 편한 것을.

이제 대화가 좀 진행될 것 같다.

"잘하고 있어. 네가 부족하다고 생각했다면 애초에 입단조차 허락하지 않았을 거야."

처음 연주를 들었을 때도 제법이라 생각했다.

그러나 지금 이 아이가 단순히 본인의 실력을 탓하는 게 아님을 알기에 물었다.

"너는 모르겠지만 다들 너랑 같아. 한 번의 연주를 위해 매일 한계를 느끼며 연습하고 있어."

"네가 어떻게 알아."

"나도 그러니까."

"……."

"나도 공연마다 최선을 다해. 때론 답을 찾을 수 없어서 악보를 찢어버리기도 하고 오케스트라 대전에서 에로이카를 준비할 땐 울기도 했어. 억울해서."

내 말을 듣던 료코가 고개를 저었다.

"너랑 다른 분들이 노력하는 거 알아. ……다들 대단한 사람들인데, 그런데 노력까지 하면 난 대체 어떻게 따라가야 해? 넌 내 기분 몰라."

이제야 그녀의 진짜 고민을 이해할 수 있었다.

"매일 연습하는데, 더 이상 할 수 없을 만큼 하는데도 벅차단 말이야. 네가 이런 기분을 알아?"

료코는 지금 음악가라면 한 번쯤, 아니, 평생을 고민하게 될 문제를 처음 접했다.

재능의 차이.

평생을 괴롭히는 그 벽을 느끼고 만 것이다.

♪

또다시 울먹이기 시작한 료코를 보며 말했다.

"찰스는 4살 때부터 바이올린을 켰대. 소소도 5살 때부터 얼후를 잡았고 지금은 대부분의 현악기를 잘 다루지."

"……."

"니아 발그레이는 10살 때 국제 콩쿠르에서 우승했어. 푸르트벵글러는 말할 것도 없고."

"지금 나 놀리는 거야?"

"다들 뛰어난 재능이지?"

"당연하잖아."

"그럼 모차르트는?"

"……."

"모차르트는 3살 때부터 클라비어를 연주했대. 5살 때부터 작곡을 했고. 10살이 되기도 전에 선제후와 왕 앞에서 연주했어. 앞선 사람들보다 더 대단한 것 같지 않아?"

적어도 내가 아는 한 아마데를 능가하는 재능은 없다.

하늘이 준 재능.

아마데보다 천부적이라는 말에 어울리는 음악가는 없었다.

"난 모차르트보다 뛰어난 재능, 아니, 그에 준하는 사람조차 보지 못했어."

료코가 손가락으로 나를 가리켰다.

기분이 좋은 건 잠시 숨기자.

"그런데도 사람들은 여전히 음악을 하고 있잖아. 네 말대로면 모차르트 뒤에 음악 하는 사람은 멍청이일 뿐이네."

"비교 대상이 이상하잖아."

"아니. 같아. 재능의 차이가 있다고 해서 그게 음악을 못 할 이유는 될 수 없어. 어떤 경우에도."

기특한 후배들을 언급하자.

"슈베르트, 바그너, 슈만, 브람스의 공통점이 뭔지 알아?"

"……베토벤."

"……."

"뭐."

"그래. 그렇게 뛰어난 음악가들도 결국 재능의 차이를 절감했지. 그런데 그들은 포기하지 않았어. 그리고 역사에 이름을 남겼지."

"그러니까 경우가."

"같아."

난 누구보다도 큰 격차를 깨닫고도 포기하지 않은 사람을 안다.

7살의 최지훈에게 나는 가늠조차 할 수 없는 존재였을 거다.

그러나 녀석은 좌절하지 않았다. 매일 피아노를 연주했고 항상 어제보다 나은 연주를 들려주었다.

내색 한 번 하지 않고.

오직 피아노를 더 잘 치고 싶단 마음으로 끝을 알 수 없는 벽을 기어올랐다.

그러나 두 사람을 비교할 순 없는 노릇이다.

"베를린 필하모닉에서 부족함을 느끼는 네게, 베를린 음대생들은 재능의 차이를 느끼겠지. 혹은 일본에 남은 학부생이나."

"……."

"그 사람들에겐 17살에 베를린 필하모닉의 연주자로 있는 네가 신기할 거야. 넌 그 사람들이 음악을 하지 말아야 한다고 생각해?"

"그런 게 아니야. 단지. 단지 사람마다 어울리는 자리가 있는 거잖아!"

"그게 재능의 차이로 결정되는 건 아니지."

혼란스러워하는 료코를 보며 말했다.

"어쩌면 시간이 지날수록 차이가 더 벌어질 수도 있어. 옆 사람은 벌써 두세 개의 벽을 넘어섰는데 자기는 정체하고 있을지도 몰라. 처음에는 이 악물고 노력해도 나아지지 않으면 지칠 거야. 앞으로도 계속 느낄 거야."

괴로운 일이다.

"하지만 좋아하잖아."

처음부터 비올라를 선택하는 사람은 꽤 드물다.

애석한 일이지만 바이올린을 전공으로 하다가 빠지는 경우가 많다.

나카무라 료코처럼 어렸을 적부터 주인공이 못 되는 비올라를 선택해 성장한 경우는 매우 적다.

그만큼 비올라를 사랑한단 뜻이다.

내가 나카무라 료코를 가장 높게 평가하는 이유다.

"남들과 차이는 있겠지만 매일 더 나은 연주를 할 수 있잖아. 한동안 실력이 늘지 않을 수도 있어. 그래도 언젠가는 넘어섰잖아."

"……."

"그렇게 성장해서 도착한 거야. 베를린 필하모닉의 비올리스트란 자리는 네가 비올라를 좋아하는 만큼의 위치야."

료코는 얌전히 내 말에 귀 기울였다.

"그리고 5년 뒤에는 좋아하는 마음이 더 쌓여서 더 높이 올라가 있겠지."

"다른 사람은 더 멀리."

"그 누구도 끝에 도달할 순 없어. 바흐도 모차르트도 끝에 도달하진 못했어."

료코의 눈을 보며 말했다.

"나도 계속 나아갈 거야. 음악을 좋아하니까 계속할 수밖에 없어. 매일 조금씩 나아지는 걸 평생 반복하겠지. 그러지 않고는 살 수 없으니까."

녀석의 눈이 흔들린다.

"힘들다고 재능에 차이가 난다고 좋아하는 걸 포기하지 마. 그렇게 속이면 상처만 입을 뿐이야."

나카무라 료코가 베를린 필하모닉을 사랑하지 않았다면 지금까지 이렇게 노력하지도 못했을 거다.

비올라를 좋아하지 않았다면 일본에서 독일까지 오지도 못했을 것이다.

"좋아하잖아. 단원들."

나카무라 료코는 눈물을 훔치더니 입을 앙다물고 애꿎은

방 한쪽 구석을 응시했다.

그렇게 잠시간 기다리니 입을 열었다.

"친해지고 싶어."

한참을 더 있다가.

"나도 다른 사람들처럼 베를린 필하모닉 단원이라고 말하고 싶어."

고백하듯이 말했다.

"좋아한단 말이야. 근데. 근데."

지금껏 엘리트 코스만을 바삐 달려 비올라만을 알았던 녀석은 처음으로 소속감이라는 걸 느끼고 있었는지도 모른다.

어울리고 싶은 마음을, 자격을 갖춰야 한다는 말도 안 되는 생각으로 달래고 있었는지도 모른다.

나도 한때 그랬으니까.

그러나 그것은 불합리한 신분 사회에서의 일이다.

"이미 다들 좋아해."

료코가 날 째려본다.

기운이 좀 난 모양이다.

상임 지휘자가 되고 맡은 첫 상담이 이렇게 고될 줄이야.

앞으로를 위해 푸르트벵글러에게 조언을 좀 구해봐야겠다.

♪

베를린 필하모닉과 런던 심포니의 세미파이널을 관람하기 위해 잘츠부르크를 방문한 이들이 고향으로 돌아가는 일은 없었다.

멀리 타국까지 와서 암스테르담 로얄 콘세르트허바우 대 베를린 필하모닉 B의 경합을 놓칠 순 없기 때문.

2023년 7월 16일 일요일 저녁 5시.

잘츠부르크는 어제의 분위기를 이어, 현시대 가장 뛰어난 지휘자 마리 얀스와 왕위 계승을 마친 베를린의 마왕의 대결에 달아올랐다.

"빨리 좀 와!"

"안 늦어. 왜 이렇게 서둘러?"

"야, 내가 배도빈 무대 보려고 올해 초부터 얼마나 기다렸는데. 결승 티켓은 못 구했지만 준결승이 어디야. 게다가 마리 얀스라고. 그 마리 얀스!"

"그래. 그래. 좋겠다."

"지는 안 기다린 것처럼 말하네. 통장 다 털었으면서."

"품위 있게 가자는 말이지. 어? 옷이 그게 뭐냐? 너 그러고 입장 안 되면 진짜 죽을 줄 알아."

"……옷 살 돈이 부족했어."

"……미안. 부탁해 보자."

공연 시작 시간이 다가올수록 콘서트홀로 향하는 걸음이

바빠졌다.

그럴 수밖에 없는 것이 언론에서 외치듯 그야말로 현재와 미래, 두 시대를 대표하는 거물 중의 거물이 맞붙기 때문이었다.

더군다나 최근, 배도빈이 베를린 필하모닉의 정식 절차를 밟아 상임 지휘자로 선임되고 거기에 악단마저 인수해 버리니.

배도빈이 베를린 필하모닉에서의 활동을 본격적으로 시작했다고 해도 과언이 아니었다.

그간 악장 신분으로 B팀만을 지휘하던 세기의 천재가 비로소 베를린의 지지 속에 왕위를 계승했으니.

배도빈의 팬들은 반갑지 않을 수 없었다.

"오늘은 뭐 할까?"

"암스테르담 주 레퍼토리가 모차르트랑 바흐잖아. 베를린 B는 베토벤이랑 드보르자크고. 그중에 나오지 않을까?"

"하긴. 상대가 상대고 결승전이 걸린 거니 제일 잘하는 걸로 하겠다. 근데 베를린 B는 이미 다 한 거 같은데."

"에로이카랑 신세계로부터는 했고. 불새가 진짜 숨겨둔 수 같았지."

"혹시 베토벤 C단조?"

"크. 생각만 해도 좋다. 배도빈이 지휘하는 운명이라니. 생각해 보니 그럴싸한데?"

"그치? 대중성도 그렇고 베토벤이면 배도빈 주 종목이니까."

현장을 찾아 잔뜩 흥분한 두 사람의 대화처럼, 사람들은 오늘 두 악단이 연주할 곡에 관심을 보였다.

특히나 가진 바 무기를 전부 활용한 느낌을 준 베를린 필하모닉 B에게는 베토벤 교향곡 5번(운명)을 연주할 거란 예측이 많았는데.

팬 투표가 절대적인 지표가 된 현재, 보다 익숙한 곡을 선정하는 게 유리하다는 판단 때문이었다.

실제로 3라운드 이후로는 모든 악단이 스탠다드 넘버를 재해석하거나 완성도를 높이는 방법으로 대회에 임하였다.

그래서.

현장을 방문한 기자들과 관계자들은 따로 받은 팸플릿을 보고 믿을 수 없었다.

"이게 뭐야."

"……이거 탱고 아니야?"

클래식 음악을 전문적으로 다루던 기자들에게 베를린 필하모닉의 선곡은 신선하다기보다는 뜬금없었다.

'머리 하나 차이로'가 한 시대를 풍미한 곡이긴 하지만 일단 클래식 음악의 결정체, 오케스트라 대전에서 다룰 만한 곡은 아니라는 판단이었다.

더욱이 고작해야 4~5분 정도의 곡을 아무리 변형하고 늘려봤자 대회 규정인 30분 이상의 연주가 가능할지도 의문이었다.

지금까지 수많은 편곡을 시도해 단 한 번의 실패도 없었던 배도빈을 의심할 정도로 황당한 상황에.

더욱 가관인 건 협연자였다.

"찰스 브라움은 그렇다 치고 가우왕? 이거 진심인데?"

"생각 좀 하고 살아라. 이 바닥 짬이 얼만데 그런 말을 해? 이제 막 악단 인수하고 상임 지휘자로 선임된 배도빈이 그럼 장난이라도 치겠어?"

"그럼 넌 이 선곡이 이해가 되냐?"

"……천재들의 머리를 내가 어떻게 이해하냐? 봐. 교향곡 나올 줄 알았는데 암스테르담도 피협이잖아."

"……크리스틴 지메르만이네?"

그 순간.

기자들은 부리나케 노트북을 꺼내 들어 내용도 없는 기사를 올리기 시작했다.

마리 얀스와 배도빈으로 규정된 신구대결이, 지메르만과 가우왕의 사제대결까지 형성되었기 때문이었다.

그리고 이와 같은 사실을 동시에 전해 들은 가우왕은 의욕으로 불타올랐다.

그가 개인 대기실을 박차고 나와 지휘자 대기실의 문을 활짝 열었다.

"꼬맹이!"

"무슨 일이에요?"

"카덴차에서 찌질이 빼."

"방금 찰스도 그 말 하고 갔어요."

"그래. 주제는 아네. 그 아줌마 이길 사람은 나뿐이야."

"아뇨. 지금이라도 이길 거면 가우왕을 빼고 제가 연주하래요."

"뭐?"

"그래서 쫓아냈어요."

"잘했네."

"그러니 가우왕도 헛소리 말고 나가요."

"야, 자, 잠깐. 차지 말아봐. 야."

배도빈은 처음 만났을 때부터 서로를 못 잡아먹어 안달이 난 두 사람이 애처럼 구는 통에 머리가 아플 지경이었다.

'지메르만과 마리 얀스의 모차르트 피아노 협주곡이라.'

그러나 암스테르담을 연주를 상상하니 조금은 위로가 되었다.

'결승 진출을 축하해 주는 곡으로는 멋진데.'

대관식이라는 별명을 가진 모차르트 피아노 협주곡 26번을 기대하며 배도빈이 모니터로 시선을 옮겼다.

객석이 빈틈없이 차 있었다.

♪

지휘자 마리 얀스와 피아니스트 크리스틴 지메르만이 무대에 모습을 드러냈다.

관객들은 흰 머리를 차분히 뒤로 넘긴 노신사와 머리를 땋아 한쪽으로 기품 있게 내린 마담에게 경의를 다했다.

마리 얀스.

그가 백작이라고 불리기 시작한 것은 실제로 얀스 가문이 귀족이었던 사실과는 거리가 있었다.

1988년, 네덜란드의 왕 베아트릭스는 뛰어난 기량으로 네덜란드의 이름을 떨친 암스테르담 콘세르트헤바우 오케스트라에 '로얄'이란 칭호를 하사했다.

마리 얀스가 수석 지휘자로 활동한 지 1년 만의 일.

팬들은 왕립 칭호를 받은 암스테르담 로얄 콘세르트헤바우 오케스트라의 지휘자, 마리 얀스의 공적과 명예를 높여 백작이라 부르기 시작했고.

마침 이웃나라 독일에서 폭군이라 불리기 시작했던 빌헬름 푸르트벵글러의 대항마로 여기곤 했다.

당대 가장 뛰어난 다섯 지휘자.

스스로 지휘봉을 내려놓은 사카모토 료이치를 제외하고 남은 네 명은 수없이 많이 비교되곤 했는데, 그중에서도 마리 얀스는 끊임없는 연구를 통해 지성과 감성을 조화롭게 다루었기에 후배 음악가들로부터 가장 존경받았다.

듣기 편한 음악.

감상하다 보면 자연스레 포근해지는 연주는 많은 이들에게 사랑받을 수밖에 없었다.

그렇게 십수 년.

마리 얀스는 2000년대, 베를린 필하모닉과 빈 필하모닉을 제치고 마침내 암스테르담 로얄 콘세르트헤바우를 세계 정상에 올려두었다.

그 과정에서 암스테르담은 마리 얀스의 음악적 세계관을 온전히 펼쳐냈다.

짙은 음색과 즉각적이면서도 유연한 변화를 통해 팬들의 영혼을 풍요롭게 해주었다.

많은 사람이 빌헬름 푸르트벵글러의 연주회가 가장 기억에 남는 경험이라면, 마리 얀스의 앨범은 가장 곁에 오래 두고 싶다고 말하였다.

그런 그와 피아니스트로서 정상에 군림하고 있는 크리스틴 지메르만과 함께하니 오케스트라 대전을 관람하는 모든 이가 설레는 것도 무리는 아니었다.

'지메르만과 마리 얀스라니. 대체 몇 년 만이야?'

'빨리 듣고 싶다.'

관객들은 이제 오케스트라를 향해 돌아선 마리 얀스를 보고 숨죽였다.

모차르트가 남긴 후기 피아노 협주곡 중에서도 가장 많이 찬사받는 26번, 대관식이란 별명이 붙은 곡을 과연 어떻게 들려줄지 가슴 졸였다.

한편 대기실에 있던 가우왕은 모니터를 뚫어낼 듯 지켜보았다.

'마귀 할망구.'

안하무인에 관심받길 좋아하는 가우왕에게 스승 지메르만은 오를 수 없는 산과 같았다.

배도빈과의 경연 이후 자신만의 세계관을 확립한 그였지만 지메르만은 단 한 번도 제자에게 따뜻한 말을 건네지 않았다.

그것은 오케스트라 대전 2라운드에서도 마찬가지.

그렇기에 가우왕은 이번 경합을 절호의 기회로 여겼다.

'봐주지 마.'

과거 어린 가우왕의 눈에 크리스틴 지메르만은 사람이 아닌 듯했다.

인간 같지 않은 연주에 질린 뒤로 그녀를 마귀라 불렀던 가우왕은 강제로 제자가 된 뒤에도 더욱 적의를 태웠다.

'다 넘어줄 테니까.'

그렇게 다짐한 가우왕은 주먹을 꽉 쥐었다.

오만함이 하늘을 찌르는 그의 손은 땀으로 흥건했다.

무대 위.

마리 얀스와 지메르만이 시선을 교환했다.

흰 정장을 차려입은 백작이 그의 악기를 가볍게 터치하자, 암스테르담이 작게 희망의 노래를 읊었다.

♪♪♪♩

현악기들의 우아한 노랫소리가 화음을 이루며 층을 이루자 호른이 포문을 열었고.

암스테르담 왕립 오케스트라가 마침내 그들의 위풍당당한 모습을 과시했다.

힘차게 나아가는 마리 얀스 주변으로 바이올린이 꽃잎을 뿌렸고 콘트라베이스와 첼로가 융난을 깔아주었다.

확대편성 된 관악부는 근위병처럼 깃발을 높이 들어 올렸다.

관객들의 기대감은 잔뜩 고조된다.

그 순간.

크리스틴 지메르만의 카덴차가 시작되었다.

상냥하고 아름다운 기존의 연주를 기다리고 있었던 관객들은 얼이 빠지고 말았다.

'이게 뭐야.'

가우왕은 스승의 펼치는 연주를 믿을 수 없었다.

완벽하고 차갑기 그지없는 그녀는 감정마저 절제하는 것으로 연주의 깊이를 더하는 피아니스트였다.

그런 스승의 연주라고 하기에 지금의 무대는 마치 지중해의 태양과 같이 정열적이었다.

'이게 할망구의 연주라고?'

가우왕은 믿을 수 없었다.

한편 오케스트라 대전을 누구보다도 즐기고 있는 또 한 명의 거장 사카모토 료이치는 기쁘기 그지없었다.

'얀스와 크리스틴이 대관식을 완성시켰구만.'

모차르트 피아노 협주곡 26번에는 의아한 점이 있었는데, 1악장의 독주 부분과 2악장 전체에서 피아노의 왼손이 기록되지 않았다는 점이 그러했다.

후대에 이르러 몇몇 인물이 그것을 대신 채워 넣었지만 그에 대한 평은 조악하다는 말뿐.

그렇기에 모차르트 피아노 협주곡 26번은 피아노를 어떻게 연주하느냐에 따라 무한히 변할 수 있다고 알려져 있었다.

그러한 곡을 마리 얀스와 크리스틴 지메르만이 배도빈과 베를린 필하모닉을 상대하기 위해 철저히 준비했으니 놀랄 수밖에 없었다.

더욱이 피아노는 상냥했던 기존 기풍을 과감히 버리고 위풍당당한 분위기를 그대로 이끌었다.

사카모토 료이치는 물론, 관객들은 더할 수 없이 벅차올랐다.

이내.

암스테르담이 지메르만의 연주에 어울리기 시작했다.

피아노를 대신해 바이올린과 첼로가 원곡의 멜로디를 가져갔고 은은하게 퍼지는 온기가 생명력이 넘치는 태양과 어울리니.

관객들은 마리 얀스의 충격적인 재해석에 놀라면서도 그들이 기억하고 있던 모차르트 피아노 협주곡 26번의 향수를 느낄 수 있었다.

백사장에서 펼쳐진 정오의 대관식.

넘치는 위엄이 따랐고 주인공이 된 피아노를 따라 온갖 아름다운 것들이 날갯짓한다.

오케스트라는 마침내 긴 복도를 지나 왕 앞에 부복하고.

바이올린이 창밖으로 붉게 지는 석양을 그린다.

피아노는 엄숙하게 자신의 운명을 받아들여 묵직한 멜로디를 풀어낸다.

'완벽해.'

배도빈은 마리 얀스와 크리스틴 지메르만 그리고 암스테르담 로얄 콘세르트헤바우 오케스트라의 연주에 빠져 고개를 끄덕였다.

다른 길을 찾을 순 있겠지만 이 이상 훌륭한 모차르트 피아노 협주곡 26번은 없을 거라 여겼다.

과연 시대가 사랑한 지휘자.

푸르트벵글러의 베를린 필하모닉과 함께 유럽을 양분했던 거장과 그 악단다운 연주에.

베를린의 마왕은 무대에 오르기 전 더없이 좋은 컨디션을 가질 수 있었다.

"브라보!"

연주가 끝나자 전 세계가 열광했다.

차분하게 정리된 연주를 기대했던 팬들에게 암스테르담의 무대는 너무도 충격적이었고 동시에 파격적이었다.

특히나 지메르만의 수준 높은 연주는 그녀가 왜 무결점의 피아니스트로 불리는지 새삼 다시 말해주었다.

무대를 지켜본 피아니스트는 정도를 넘어선 트릴을 소화해내는 지메르만의 기교에 감탄하기 바빴다.

'저런 연주도 가능하구나.'

지메르만의 연주를 인상 깊게 받아들인 최지훈은 손가락을 움직이며 감동의 무대를 복기했다.

배도빈과의 협연 이후 자신만의 스타일을 찾기 위해 잘츠부르크 광장에서 연주하며 생각을 정리하던 그는 지메르만의 연주에서 큰 영감을 받았다.

'트릴을 이렇게 많이 넣는데도 멜로디가 선명할 수 있다니.'

트릴은 연주의 액세서리와 같아서 포인트가 되었을 때 빛을 발한다.

미숙한 피아니스트는 자신의 기교를 뽐내기 위해 트릴을 과도하게 사용해 연주 전체를 망가뜨리곤 하는데.

지메르만의 연주는 마치 모든 소리가 잘 세공된 하나의 거대한 다이아몬드와 같이 들렸다.

'트레몰로랑 병행해서 그런 걸까.'

최지훈은 지메르만의 연주를 다시금 떠올렸다.

인접 음계로 장식하는 트릴만이 아니라 한 옥타브 차이의 음을 반복해 연주하는 트레몰로를 적절히 섞어 연주가 더욱 풍성히 들렸다.

마치 여러 대의 피아노가 하나의 노래를 부르는 듯한 느낌이었다.

'가볍게 터치하는 것만으로는 안 돼. 음이 번지지 않게 튕기듯이.'

이미 최지훈에게 암스테르담을 향한 환호 소리는 들리지 않았다.

♪

악마들이 모습을 드러냈다.

OOTY 오케스트라 대전에 참가한 수많은 악단 중 그 역사가 가장 짧은 그들이었지만 그 누구도 베를린 필하모닉 B를 무시할 수 없었다.

대회 개최가 발표되고.

수많은 지휘자와 악단이 그들을 목표로 삼는다고 밝혔었다.

평균 연령 31세.

지극히 젊은 연주자들이 수십 년간 무대 위에서 잔뼈가 굵은 베테랑들 사이에서 유독 빛나 보이는 이유는 단 하나의 희망.

새 시대의 선지자.

베를린의 마왕 때문이었다.

"마에스트로!"

"세뇨르!"

"꺄!"

"아미고!"

"미스터 배! 이쪽 좀 봐줘요!"

배도빈이 모습을 드러내자 객석은 전에 없는 수준으로 흥분했다. 손수건을 흔들어대거나 모자를 들어 올리거나 하면서 바흐, 모차르트, 베토벤에 이어 음악사를 새롭게 쓰고 있는 인물을 맞이했다.

"아아아."

그중에는 배도빈의 연주를 듣기 위해 몇 년간 노력했던 이도 있었다.

배도빈이 지휘하는 연주회는 그 티켓을 구하는 일이 여간한 일이 아니라 일반적인 방법으로는 도저히 방도가 없었다.

그저 인내하고 인내하여 여러 번 시도하는 수밖에 없었고 그렇게 간절히 바란 끝에 이곳, 잘츠부르크에 당도한 이들은 배도빈을 보자마자 정신이 혼미할 지경이었다.

배도빈을 깊이 존경하는 프란츠 페터 역시 가슴이 터질 것만 같았다.

부여잡고 있지 않으면 심장이 가슴을 찢고 나올 것 같아 숨을 깊게 들이마시고 내쉬길 반복했다.

"세상에……."

그 모습을 확인한 정세윤 기자는 얼이 빠지고 말았다.

배도빈이 인기가 많은 것은 알고 있었지만 이렇게까지 격 있는 자리에서 이렇게까지 열광할 거라고는 생각지도 못했다.

마치 라이브 무대 위에 선 록 스타를 보는 것만 같았다.

"도빈이 진짜 장난 아니구나?"

"당연하죠."

정세윤 기자의 말에 차채은이 콧김을 뿜으며 팔짱을 꼈다.

"정말 이례적인 일이지. 지금까지 어떤 음악가도 도빈 군만큼 사랑받은 적은 없었잖아."

이필호 편집장도 나서 차채은을 거들었다.

"대단한 거야 알고 있지만 이유가 뭘까요? 푸르트벵글러나 마리 얀스도 도빈 군에게 밀리는 지휘자는 아니잖아요."

"으으음. 글쎄."

확실히 정세윤 기자의 말대로 지휘자로서의 음악성에 대해서는 사실 현재 거장이라 불리는 이들이 배도빈보다 못하다고 할 수 없었다.

"이 무대로 좀 더 명확해지지 않을까요? 다른 음악가와 배도빈의 차이가 무엇인지, 상대가 마리 얀스와 지메르만이니까."

"그럴지도."

이필호가 한이슬 평론가의 말에 동의했다.

그러나 클래식 업계에서 오랜 세월 경력을 쌓은 세 사람이 내놓지 못한 답을 차채은은 알고 있었다.

자신이 최고라고 생각하는 배도빈은 단 한 번도 자신이 한계에 도달했다고 생각하지 않았다.

음악과 미식 이외의 일에는 조금도 관심이 없고, 주어진 시간과 역량을 다하여 단지 음을 탐미할 뿐인 배도빈의 음악은 지극히 본인에게 솔직했고.

자신을 틀 안에 속박하지 않음으로써 그의 음악을 듣는 순간만큼은 스스로 솔직해질 수 있게 했다.

마성과도 같은 그 매력은.

스스로 보호하기 위해, 사회에 적응하기 위해, 생존하기 위해 자의적이든 타의적이든 가면을 써야만 했던 현대인들에게.

순간의 자유를 선사했다.

그것이 배도빈의 음악이 사랑받는 이유라고 차채은은 확신하고 있었다.

♪

배도빈이 포디움에 올랐다.

솔로로 나선 찰스 브라움과 가우왕이 각자 위치에서 마음을 다잡았고 그 모습을 지켜보고 있던 나카무라 료코는 침을 삼켰다.

'마지막일지도 몰랐던 무대야.'

배도빈의 설득으로 탈퇴를 보류했지만, 고뇌했던 어린 비올리스트는 여전히 전면에 서 있는 세 사람이 멀게만 느껴졌다.

찰스 브라움과 가우왕은 이미 각자의 분야에서 독보적인 입지를 구축한 지 오래였고.

배도빈은 말할 것도 없었다.

비단 오늘만이 아니라 저들은 항상 어떤 무대에서도 스포트라이트를 받았다.

재능 차이.

어쩌면 비올라를 연주하는 내내 주인공이 될 수 없을지도 모른다는 생각이 나카무라 료코를 괴롭혔다.

괜찮다는 말 따위 위선이었다.

모든 이가 그러한 것처럼 나카무라 료코도 조연이 되고자 지난 십 년간 노력했던 것이 아니었다.

언젠가는 무대의 주인공이 되고 싶었다.

순수했던 만큼 최선을 다했고 그렇기에 주목받고 싶은 것도 당연했다.

나카무라 료코 본인은 인지하지 못했으나 그것은 베를린 필하모닉의 정신과 맞닿아 있었다.

끝없이 나아가는 강인한 의지와 그것을 바탕으로 둔 자부심.

음악가라면 결코 조연으로 만족할 수 없다는 베를린 필하모닉의 고귀한 신념.

최고가 아니면 안 되었다.

나카무라 료코는 무대에 오르기 직전, 비올라 수석 데니어스 토로가 했던 말을 떠올렸다.

♪

무대 뒤.

"다들 오늘 연주가 얼마나 중요한지 잘 알고 있을 거야."

비올라 수석 데니어스 토로는 이번 무대의 의의를 다시금 상기시켰다.

배도빈이 상임 지휘자로 오르는 첫 번째 무대이자 베를린의 가장 강력한 라이벌 암스테르담 로얄 콘세르트헤바우 오케스트라와의 조우.

물러설 수 없었다.

그것을 모르는 단원은 없었기에 비올라 주자 모두 고개를 끄덕였다.

"오늘 주인공은 브라움 악장과 가우왕 씨지만 우리에게도 보스가 준 역할이 있어."

데니어스 토로가 한 명씩 시선을 교환하다 나카무라 료코에게 이르렀다.

잔뜩 굳은 얼굴이었다.

당장에라도 화낼 것만 같은 그 표정을 처음 봤을 땐 데니어스 토로도 당황했었다.

그녀가 어린 비올리스트에게 물었다.

"료코, 우리 역할이 뭐지?"

"……제2바이올린을 돕는 거요."

"그것뿐이야?"

"……첼로를 보조해요."

나카무라 료코의 대답은 평범했지만 데니어스 토로가 바라던 방향은 아니었다.

지휘자로부터 나카무라 료코에게 비올라의 가치를, 나카무라 본인의 가치를 알려주라는 요청을 받았기에 데니어스 토로는 무대에 오르기 전 비올라 파트의 마음을 다잡았다.

"맞아. 오늘 연주에 박자를 맞춰줄 사람은 없어. 다들 연습 때 느꼈겠지만 보스의 지휘를 따라간다 해도 평소와 다를 거야. 오늘 다른 섹션은 모두 경주마처럼 달릴 테니 우리가 중심을 잡아줘야 해."

데니어스 토로가 단원들을 살폈다.

"하지만 우리가 할 일의 전부는 아니야."

데니어스 토로는 비올라 연주자들이 겪는 갈등을 누구보다도 잘 이해하고 있었다.

역할이 뚜렷한 다른 악기에 비해 비올라는 대부분 이곳저곳 한발씩 걸쳐 있었다.

바이올린이나 첼로를 돕는다든지 다른 악기의 반주를 한다든지 보조적인 역할을 도맡았다.

태생적 차이로 인해 바이올린이나 첼로처럼 오케스트라의 주인공이 될 순 없었다.

그것은 이번 연주에서도 마찬가지.

찰스 브라움의 바이올린과 가우왕의 피아노를 부각시키는 게 비올라가 할 역할이었다.

특별한 일은 아니었다.

그러나.

"주인공은 아니지만 우리는 관객들이 가장 오래 기억하는 소리를 연주할 거야."

♪

데니어스 토로 수석을 신뢰하지만 나카무라 료코는 그녀의 말이 단지 격려라고 생각했다.

'지금은 연주에만 집중하자.'

나카무라 료코가 고개를 살짝 젓고 지휘자를 바라보았다.

선지자의 눈빛은 지휘단에만 오르면 강렬해져 빠져들 수밖에 없었는데, 오늘은 평소와 달랐다.

잘 드러나지는 않았지만 얼굴에 미소가 깃들어 있었다.

그가 찰스 브라움에게 시선을 주자, 현이 낼 수 있는 가장 아름다운 소리가 흘러나왔다.

오선보에 놓인 음계가 그리는 아름다운 곡선처럼.

찰스 브라움의 파이어버드는 우아하게 떨어진 여인의 어깨를 그렸다.

활이 치솟을 때마다 적갈색 머리칼이 바람에 날리고 완벽한 협화음이 치명적인 입술을 내비친다.

황제 찰스 브라움과 스트라디바리우스 파이어버드만이 낼 수 있는 고혹의 노래.

드러내지 않아도 자연스레 주변을 녹이는 아름다움 끝에, 여인이 손에 입을 맞춰 보였다.

사랑에 빠지지 않을 수 없었다.

지휘자 배도빈이 양팔을 펼쳤다.

찰스 브라움이 연주했던 멜로디가 더욱 풍성하고 다채롭게 분위기를 끌어올렸다.

일부 콘트라베이스와 비올라 연주자가 현을 뜯어 박자를 맞추는 가운데, 제1바이올린과 제2바이올린, 첼로, 비올라, 콘트라베이스가 아름답게 층을 이뤄 노래한다.

다시 한번 찰스 브라움이 나선다.

파이어버드가 발을 옮길 때마다 드레스 끝단에 달린 레이스가 하늘거리고.

함께 춤출 상대를 찾는 파이어버드 앞에.

피아노가 손을 내민다.

가우왕이 건반을 강렬히 내려쳤다.

두둥 둥!

정열로 타오르는 순정.

바이올린이 그 손을 잡은 순간 오케스트라가 빠지고 무대 위에는 두 악기만이 남았다.

과감하게 다가서서 등을 휘감는 피아노와 그에 응하는 파이어버드.

얼굴을 맞대고 왼손을 맞잡고 발끝을 붙인 채 춤추는 찰스 브라움과 가우왕의 연주에 관객들은 넋을 잃고 말았다.

이보다 어울릴 수 있을까.

저돌적인 피아노와 고혹적인 바이올린은 마치 오랜 시간 사랑을 나눈 연인과 같았다.

황홀하게.

춤과 같은 소리에 이끌렸던 이들은 감탄을 금할 수 없었다.

'놀랍군. 정말 놀라워.'

최고 수준의 바이올리니스트와 피아니스트의 협연은 더 이상 기교의 문제가 아니었다.

음계 사이마다 여운이 남았고 카를로스 가르델이 남긴 정열의 멜로디가 가슴 깊숙이 스며들었다.

관객들은 이 가슴 설레는 무대가 끝나지 않길 바랐다.

기껏해야 4~5분 정도의 짧은 곡임을 알기에 그것이 안타까울 뿐이었다.

그런데.

춤이 끝나지 않는다.

집요하게 이어지는 무곡(舞曲)은 끝을 모르게 절정에 절정을 거듭했다.

'녀석.'

빌헬름 푸르트벵글러는 마치 운명 교향곡처럼 주 멜로디를 확장하고 압축하고 늘리고 변형시켜 전개함에 기가 찰 노릇이었다.

'베트호펜이 다시 태어나기라도 한 것 같군.'

비단 오늘만의 감상이 아니었다.

푸르트벵글러는 배도빈이 베를린 필하모닉과 처음 E플랫장조를 연주한 날부터 그런 생각을 해왔었다.

그러나 지금 그는 생각을 달리했다.

감히 성역을 침범하였다.

'더욱 발전하여.'

그 악성보다 뛰어나다고 진실로 그리 여겼다.

그러한 생각을 공유하는 사람이 콘서트홀 안에 몇 있었다.

사카모로 료이치는 그의 오랜 친구가 찰스 브라움, 가우왕과 같은 벗과 최고의 무대를 이룸에 비로소 흡족했고.

최지훈은 가슴이 벅찬 와중에도 가우왕이 그 밀도 높은 감성을 어떻게 표현하는지 주의 깊게 살폈다.

차채은은 굳은 신뢰 이상의 연주에 감격해 애처로운 춤을 온몸으로 받아들였다.

모두 배도빈이 이룩한 무대에서 춤추는 연인에 깊이 매료되었다.

저보다 아름다운 사랑을 나누는 사람은 없을 거라 여겼다.

'망할 찌질이. 그만 좀 따라붙어.'

'무식한 놈. 대체 언제까지 뛸 작정이야?'

그러나 막상 두 연주자는 다른 생각을 하고 있었다.

스승 크리스틴 지메르만의 충격적인 연주를 들은 가우왕은 곡 전체를 무너뜨리지 않는 선에서, 자신에게 주어진 카덴차를 십분 활용하고자 했다.

곡을 연주함에 따라 천천히 가속도를 붙이고 트릴을 넣어 결승선을 향해 저돌적으로 대시하는 경주마 같았다.

그러나 피아노와 맞춰 연주하고 있는 찰스 브라움은 자꾸만 앞서가려는 가우왕이 한심해 보일 뿐이었다.

'둘 다 아직 멀었어.'

연습 때도 이러한 모습을 보였기에 배도빈은 속으로 한숨을 내쉬었다.

그러나 예측 범위 안에서 마음껏 날뛰는 말은 활용하기 더없이 좋은 도구였다.

배도빈이 제1바이올린을 향해 지휘봉을 들었다.

찰스 브라움을 따라 제1바이올린 주자들이 나서자, 가우왕으로서는 기세를 늦출 수밖에 없었다.

고집을 부렸다간 연주 자체를 망칠 수 있었기 때문이었다.

가우왕의 기세가 한풀 수그러지자 이제는 찰스 브라움이 물을 만난 고기처럼 헤엄쳤다.

파이어버드는 아름다운 소리로 울며 하늘 높이 솟았다. 구름과 맞닿은 곳에서 느긋하게 날갯짓하는 불새는 자신을 우러러보는 시선을 잔뜩 느낄 뿐, 내려올 생각이 없었다.

지휘봉이 비올라 수석 데니어스 토로에게 향했다.

저돌적이고 정열이 넘치는 피아노와 가늘고 도도한 바이올린 소리에 익숙했던 콘서트홀에.

지금까지와는 전혀 다른 노래가 깔리기 시작했다.

애수 어린 그 소리는 등불과 같이 낮게 깔렸다.

상사병의 미열처럼.

눈앞에서 어른대는 비올라의 깊은 소리는 하늘 높이 나는 바이올린에 가슴 졸였던 관객들을 안심시켰다.

'달려.'

배도빈이 고개를 돌려 가우왕을 보자 그간 잠잠했던 황태자가 신이 나 다시금 뛰기 시작했다.

그러자 찰스 브라움도 더는 여유를 부릴 수 없었다. 피아노에 따라붙지 않으면 연주를 망칠 수 있다는 걸 잘 알기에 날개를 펴고 활강했다.

아이러니하게도 그 과정에서 빛이 나는 건 가운데에서 중심을 잡고 있던 비올라였다.

유럽에서 아르헨티나로 이주한 이들의 고된 삶과 애환으로 탄생한 정열의 음악 탱고.

그것에 가장 어울리는 악기는 바이올린도 피아노도 첼로도 아닌 오케스트라에서 가장 수수한 악기라는 비올라였다.

음량 차이로 바이올린과 첼로에 소리가 묻히거나, 저음은 콘트라베이스에 밀려날 수밖에 없었던 비올라는 고전 시대 때부터 소외당하기 일쑤였다.

그러나 이번만큼은 달랐다.

배도빈은 일찌감치 찰스 브라움과 가우왕이 협력하는 걸 포기해 그들이 마음껏 놀도록 고삐를 놓아 버렸다.

그리하여 생긴 빈자리를 비올라로 채우니 메조소프라노의 드라마틱한 중저음이 주선율을 이끌게 되었다.

비로소 비올라 본연의 색채가 드러난 순간이었다.

'아아.'

영문도 모른 채 지휘자와 수석을 따라 연주하던 나카무라 료코의 눈에 관객들이 들어왔다.

너무나 큰 재능 차이로 오직 가우왕과 찰스 브라움만이 보였던 나카무라 료코에겐 신선한 경험이었다.

견고했던 벽이 허물어지고.

피아노 사이로, 팔 사이로 보이는 관객들의 얼굴.

조명으로 인해 자세히 확인할 순 없었지만 언뜻언뜻 보이는 그들의 입가에는 행복이 묻어나 있었다.

'더 연주하고 싶다.'

나카무라 료코는 다른 악기를 제치고 뻗어나가는 비올라 소리에 자신을 투영했다.

비올라의 노래가 감동이 되는 순간 관객들로부터 인정받은 것만 같았다.

이 행복한 순간을 끝내고 싶지 않았다.

'조금만 더.'

남은 음이 몇 안 남았다.

곧 끝이 다가올 것을 알기에 나카무라 료코는 한 음, 한 음에 마음을 담아 연주했다.

마침내 배도빈이 두 팔을 들어 주먹을 꽉 쥐었다.

모든 연주가 끝나자.

관객들은 간신히 참고 있던 비명을 내질렀다.

"브라보!"

마치 경주마와 같이 정열적인 연주를 들려준 가우왕과 치명적인 매력을 뽐낸 찰스 브라움.

그리고 애수 어린 멜로디로 감동을 준 비올라와 이 모든 것을 안배한 위대한 배도빈에게 경의를 다했다.

클래식 음악과 오케스트라에 익숙한 그들에게 탱고는 신선한 자극이었으며.

동시에 평소 잘 들을 수 없었던 비올라의 음색 역시 새로운 경험이었다.

· 66악장 ·
라이든샤프트

암스테르담과 베를린은 각자의 위치에서 결과 발표를 기다렸다.

배도빈은 눈을 감고 다리를 꼰 채 고개를 의자에 기대고 있었고 마리 얀스는 작은 미소를 띠고 있었다.

차분한 두 사람과 달리 현장과 디지털 스트리밍 사이트는 열띤 토론이 이어졌다.

ㄴ진짜 시대의 거장답다. 모차르트 피협 26번이 좋은 곡이긴 해도 완성도 높이기가 진짜 힘든데.

ㄴ대회 기간이라 준비하기 빠듯했음에도 저만치 연주하는 거 보면 진짜 거장은 거장이지. 달리 마리 얀스가 아냐.

ㄴ크리스틴도 대단하지. 역사상 가장 완벽한 피아니스트라잖아.

└┌(상상도 못한 연주)┘

└19년도 드립을 아직도 써먹네.

└후기 모피협은 많이 들어서 그런지 난 베를린이 더 좋더라. 탱고가 이렇게 매력적인 음악인지 몰랐음.

└배도빈 편곡 때문이야. 4분짜리 곡을 30분으로 늘렸는데 지루하기는커녕 훨씬 깊이 있잖아. 진짜 미쳤어.

└난 가우왕이랑 찰스 브라움이 막 서로를 애타게 찾는 게 너무 좋더라.

└ㅋㅋㅋㅋㅋㅋㅋ나잡아봐라였음ㅋㅋ

└다들 베를린 비올라 이야기는 안 하네. 좋았는데.

└나도 ㅇㅇ 중반부터 바이올린이 아예 고음부터 빠져나가고 그 빈자리에 들어오는데 비올라가 그렇게 좋은 악기였나 싶었음.

└보통 내공으론 오케스트라에서 비올라 소리 찾아서 듣기 힘드니까.

베를린과 암스테르담을 향한 팬들의 반응이 균형을 이룬 반면, 전문가들의 생각은 한쪽으로 치우치고 있었다.

"이겼어. 이긴 거나 다름없다고."

한스 이안이 벌써부터 의자를 들썩였다. 그의 기준에는 배도빈과 베를린 필하모닉 B의 연주가 더 매력적으로 들렸기 때문이었다.

몇몇 단원도 한스 이안의 말에 공감했다.

그러나 옆자리에 앉은 케르바 슈타인의 표정은 썩 좋지 않았다.

"왜 그래요, 악장?"

"……."

한스 이안의 질문에 케르바 슈타인은 말을 아꼈다.

심상치 않은 분위기에 한스 이안이 고개를 좀 더 내밀어 헨리 빈프스키를 보았다.

그의 표정도 케르바 슈타인과 별다르지 않았다.

"다들 왜 그래요? 누가 봐도 도빈, 아니, 보스가 이겼는데."

"쉽게 판단할 수 있는 일이 아니야."

그때 니아 발그레이 고문이 입을 열었다.

빌헬름 푸르트벵글러, 배도빈과 함께 베를린 필하모닉의 정신적 지주였던 그의 말에 한스 이안이 당황했다.

"무슨 말씀이에요?"

"베를린 B의 연주는 감동을 주는 데는 성공했지만 오케스트라로서 훌륭한 무대를 보였느냐에 대해선 다르게 볼 여지가 있어."

니아 발그레이가 천천히 설명을 이어나갔다.

"연습 기간이 짧았다고는 하지만 피아니스트는 치고 나가기 바빴고 솔로 바이올린은 자기 연주에 심취했지. 도빈이가 그 사이를 비올라로 잘 채우긴 했지만 안정된 연주는 아니었어."

니아 발그레이가 말을 마치자 케르바 슈타인이 설명을 덧붙였다.

"개성이 너무 강한 두 사람을 놓아서 생긴 문제지. 차라리 독주자를 한 사람만 배치했다면 훨씬 더 완성도 높은 무대를 만들었을 거야."

한스 이안이 마치 본인이 부정당하기라도 한 듯 베를린 B를 변호했다.

"그렇지만 결과는 좋았잖아요. 조화롭진 않았을 수도 있지만 저렇게 튀는 게 베를린 B의 강점이고요."

"맞아."

니아 발그레이가 고개를 끄덕였다.

"앞으로 몇 년 뒤면 B의, 아니, 도빈이의 저 자유로운 음악이 주류로 자리 잡겠지. 실연도 지금보단 더 안정될 테고. 문제는 현재 심사 위원들이 받아들일 수 있는지의 여부야."

그 말에 한스 이안과 그와 같이 결승 진출을 확신하던 몇몇 단원은 더 이상 반박할 수 없었다.

콘서트홀은 의견을 나누는 소리로 다소 소란스러웠다.

그러는 와중에도 알 수 없는 긴장감이 흘렀고 그 분위기 속에서 베를린 필하모닉의 단원들은 마른 침을 삼켰다.

이윽고 사회자 자르제가 단상 앞에 섰다.

"제1회 OOTY 오케스트라 대전 세미파이널 일정이 모두 마무리되었습니다. 거듭 말씀드리지만 이와 같은 자리에 함께할 수 있어 제 개인으로서 크나큰 영광입니다. 발표에 앞서, 너무나도 완벽한 연주를 들려준 암스테르담 로얄 콘세르트헤바우 오케스트라와 베를린 필하모닉 B에게 다시 한번 큰 박수 부탁드립니다."

콘서트홀을 가득 채운 박수 소리와 간간히 들리는 환호성이 잠잠해지기까진 다시 긴 시간이 필요했다.

특히나 연고지를 떠나 큰 사랑을 받았던 두 악단이기도 했고 협연자들의 명성과 관계.

무엇보다 신·구세대를 대표하는 두 지휘자의 전력을 다한 연주였기에 관객들의 가슴속에 깊이 자리할 수밖에 없었다.

"그럼 발표하겠습니다. OOTY 오케스트라 대전 세미파이널 2차전! 총 6,300,801표가 집계된 심사 결과, 공개해 주세요!"

자르제의 힘찬 외침과 함께 무대 위에 준비된 대형 스크린에 암스테르담 로얄 콘세르트헤바우 오케스트라와 베를린 필하모닉의 로고가 차례로 비쳤다.

그런 뒤 두 악단의 로고가 양옆으로 나뉘었고 그 아래 심사 위원단의 점수가 밝혀진 순간.

화면은 더 이상 넘어가지 않았다.

기술팀이 황급히 사회자 자르제에게 달려갔고 상황을 파악한 자르제가 고개를 들었을 때.

콘서트홀 내부는 경악으로 물들어 있었다.

베를린 필하모닉 B

심사 위원단: 27.4(274점)

암스테르담 로얄 콘세르트헤바우

심사 위원단: 30(300점)

총점 환산, 2.6점 차이.

오류로 인해 멈춘 스크린처럼 한순간 시간이 정지한 것만 같았다.

"베를린이 274점이라고?"

"장난해? 어!"

"말이 되는 소릴 해!"

베를린 필하모닉을 응원하는 사람들만의 반응이 아니었다.

두 악단의 연주에 깊이 감동했던 관객들은 마치 심사 위원들이 그들이 받은 감동을 모욕한 것 같았다.

"결과 발표에 문제가 있었습니다. 컴퓨터 오류를 점검하고 곧장 재개할 예정이니 기다려 주시면 감사하겠습니다."

자르제의 말은 관객들의 원성에 묻혀 누구의 귀에도 들리지 않았다.

아수라장이 된 콘서트홀에서 베를린 필하모닉은 얼어붙은 채 멈춰버린 스크린을 응시할 뿐이었다.

배도진은 이미 눈물을 뚝뚝 떨어뜨리며 유진희를 올려다봤다.

막내아들을 안아주며 달랬지만 그녀도 놀라긴 마찬가지였다.

아들을 응원하기 위해 하노버에서 달려온 배영준과 한국에서 온 유장혁도 아들과 손자를 걱정하긴 마찬가지였다.

최지훈은 차갑게 식은 얼굴로 심사 위원단의 면면을 관찰했고 차채은과 진달래는 다른 관객들과 함께 소리를 질렀다.

페터 형제는 서로의 손을 꽉 잡고 안절부절못하였다.

'어떡해.'

배도빈을 아는 사람이라면 누구나 아는 사실이었다.

그는 누군가에게 평가받는 걸 극도로 불쾌해했다. 배도빈에게 음악은 살아가는 이유이자 근본이었기에 그에 따른 프라이드는 그 누구도 범할 수 없는 성역이었다.

그것을 잘 알고 있는 나윤희는 배도빈이 했던 약속을 떠올렸다.

'반드시 결승 무대에 서게 해줄 테니까.'

스스로 뱉은 말을 지킬 수 없었을 때, 그것이 배도빈이 평소 무시했던 평론가들에 의해 좌절되었을 때.

배도빈이 겪을 스트레스가 얼마나 클지 생각하니 걱정하지 않을 수 없었다.

히무라, 나카무라, 이시하라 린, 한지석 한국 클래식 음악 협회장, 이필호 편집장, 김준용 기자 그 외 배도빈을 응원하는 모든 이가 심사 위원단의 평가에 눈살을 찌푸렸다.

'지금부터다.'

격한 반응 사이에서.

두 거장은 같은 생각을 했다.

사카모토 료이치와 빌헬름 푸르트벵글러는 이 순간이 새로운 사조를 열기 시작한 배도빈과 시대의 첫 번째 마찰이라 생각했다.

처음 활동을 시작했을 때 배도빈은 마치 고전 시대의 부흥을 알리는 듯했다.

형식을 벗어난다는 명분 아래 점점 더 기괴해지는 현대 클래식 음악에 지쳤던 세계에 배도빈은 그야말로 희망이었다.

고전의 향수를 물씬 풍기는 완전한 형식미와 웅장함은 복고주의와 더불어 모든 클래식 음악인의 사랑을 받았다.

이후 배도빈은 급격히 변화했다.

수많은 연주회를 직접 열거나 체험하였고 영화, 게임, 오페라 등 대중 산업에 뛰어들어 본인의 음악적 스펙트럼을 눈부시게 넓혀 나갔다.

배도빈의 행보에 따라 정체되어 있었던, 배도빈으로 과거로 돌아갔었던 음악계는 한 발씩 나아가고 있었다.

아이러니하게도 그러면서 배도빈에 대한 공격이 시작되었다.

고전과 낭만을 지나 그 앞으로 향하는 배도빈을 추종하는 사람이 많아질수록, 배도빈의 초기 음악에 감명받았던, 고전에 남길 바라던 사람들은 점차 배도빈의 행보를 두려워하게 되었다.

단적으로 드러난 일이 인터플레이를 위시했던 런던발 사태.

클래식 업계가 영국과 나머지 유럽으로 양분되었던 일은 지금까지도 음악계에 큰 영향을 주고 있었다.

단순히 취향의 문제인가.

그 누구도 답은 알 수 없었다.

다만.

현시대를 대표했던 거장.

빌헬름 푸르트벵글러와 사카모토 료이치만은 그들의 시대가 옛일이 되길 바랐다.

더욱 아름다운 음악을 위해서라면 기꺼이 유물로 남길 자처했다.

그러나 그들이 애지중지하는 배도빈이라고 해서 쉽게 내어줄 생각은 없었다.

최선을 다해 막을 생각이었다.

그것을 뛰어넘어야만 비로소 음악이 더 아름다운 형태로 변화할 거라 믿고 있었기에 응원할 뿐.

두 거장은 입을 굳게 다문 채 인류의 희망이 짊어진 첫 번째 싸움을 지켜보았다.

한편.

"빌어먹을."

가우왕과 찰스 브라움은 자신들의 연주를 탓했다.

배도빈의 지휘를 따랐다면 적어도 심사 위원들의 규격을 넘어선 연주는 아니었을 것으로 생각했다.

"이런."

자책하는 두 사람을 양옆에 두고 배도빈이 마침내 긴 침묵을 깼다.

"한숨 좀 그만 쉬어요. 정신 사납게."

"……미안하다."

두 사람의 말에 배도빈이 인상을 썼다.

"뭐가요?"

"내가 조절했으면……."

가우왕과 찰스 브라움 모두 말을 끝낼 수 없었다. 차마 얼굴을 들 수 없었다.

그때 배도빈이 다리를 풀고 턱을 괬다.

"연주는 훌륭했어요. 뭐가 문제에요?"

"위로 따위 필요 없어."

"위로가 아니에요. 두 사람은 더 멋진 연주를 들려주려 했잖아요. 그 점에 대해선 누구도 건들 수 없어요."

음악이 더욱 아름답기 위해 범하지 못할 것은 없다.

가우왕과 찰스 브라움의 연주가 형편없었다면 두 사람에게 크게 실망했겠지만 배도빈은 그리 생각하지 않았다.

준결승 무대에서의 '머리 하나 차이로'는 그가 생각했던 것 이상으로, 연주자들이 본연의 기량을 넘어서 선보인 무대였다.

스승에 대한 도전이나.

라이벌을 향한 승부욕이나.

현시대 최고의 오케스트라를 상대하는 부담 등 여러 요인이 작용한 일이었다.

다소 감정이 격해지긴 했어도 배도빈에게 있어 그것은 당연한 현상이었다.

문제는 그것을 받아들이지 못한 심사 위원단에 있다는 것이 배도빈의 생각이었다.

베를린의 마왕이 수족들을 둘러보았다. 당당히 침략에 나섰지만 인간 세계의 저항에 두려워하는 듯했다.

겁먹은 악마라니.

웃긴 일이다.

"걱정 말아요. 결과는 팬들이 결정해 줄 거예요."

보스의 말에 불안해하던 베를린 필하모닉 단원들이 애써 의연한 척했다.

그리고 얼마 뒤.

샛별 엔터테인먼트에 세계 클래식 음악 협회 홍보를 부탁했던 유력 인사 레이 스클레너가 단상에 올랐다.

"안녕하십니까. 레이 스클레너입니다. 협회를 대표해 앞선 기술적 문제에 대해 시청자, 팬 여러분께 사죄드립니다. 죄송합니다."

단상에서 벗어나 고개를 숙인 레이 스클레너를 향해 관객들이 잠시간 끓어오르는 마음을 진정했다.

그들의 분노가 향하는 곳이 발표가 멈춘 것이 아니었기 때문이었다.

레이 스클레너가 내려가자 사회자 자르제가 마이크를 이어받아 식을 재개했다.

다소간 소란이 있었던 뒤.

다시 한번 두 악단의 로고가 대형 스크린에 떠올랐고.

이내 발표된 결과에.

콘서트홀과 채팅창이 터질 것만 같았다.

베를린 필하모닉 B

심사 위원단: 27.4(274점)

팬 투표: 36.4(3,276,416표)

합계: 63.8(파이널라운드 진출)

암스테르담 로얄 콘세르트헤바우

심사 위원단: 30(300점)

팬 투표: 33.6(3,024,385표)

합계: 63.6

마왕의 군세가 인간 세계에 첫 번째 침공을 성공한 순간이었다.

♪

-으아아아아!

-해냈어! 해냈다고!

TV, 컴퓨터, 태블릿, 모바일 등 전 세계 모든 영상 매체에 배도빈을 향해 달려드는 단원들의 모습이 비쳤다.

또다시 배도빈을 높이 던져 버린 그들의 얼굴은 작은 웃음은커녕 눈물과 주름으로 가득했지만 시청자들은 베를린 필의 단원들을 표정에서 더없이 큰 행복을 느꼈다.

대한민국의 유력 방송사 NBC의 메인 앵커 김동일이 상황을 전달했다.

-베를린 필하모닉의 악단주이자 상임 지휘자 배도빈 씨가 현지 시각 9시 27분, 암스테르담을 꺾고 결승전에 진출했다는 소식입니다.

차분한 진행으로 정평이 난 그도 흥분을 가라앉힐 수 없었다.

묘하게 고양된 목소리는 그도 배도빈을 응원하고 있었음을 말해주는 듯했다.

-현장에 특파된 김준용 기자와 연결해 보겠습니다. 김준용 기자.

-……네. 여기는 잘츠부르크 대축전극장 앞입니다.

-현장 반응은 어떻습니까?

-……잘츠부르크는 축제의 도가니입니다. 밤하늘엔 대규모 폭죽이 이어지고 있고 사람들은 두 악단의 연주에 감동해 날이 넘어가는 지금까지 거리를 가득 메우고 있습니다.

-정말 간발의 차이였습니다. 심사 위원에 대한 반발이 거세다지요?

-……그렇습니다. 베를린 필하모닉의 점수가 공개된 뒤 크고 작은 항의가 빗발쳤습니다. 심사 위원단은 오케스트라의 완성도를 기준으로 평가했다며 심사 결과를 번복하는 일은 없을 거라 밝혔습니다.

현장 상황에 관한 질의응답 이후 화면은 데스크로 옮겨졌다.

김동일 앵커는 두 손을 가지런히 모은 채 소식을 정리했다.

-이제 첫 번째 대회를 마무리하는 OOTY 오케스트라 대전은 그간 룰 추가, 악단 사이의 갈등, 심사의 공정성 등에서 미숙한 모습을 보였습니다. 그러나 배도빈 씨와 베를린 필하모닉은 끝내 이 시대 최고의 오케스트라로 불리던 암스테르담 로열 콘세르트허바우 오케스트라를 꺾고 결승에 올라섰습니다.

그러나 말을 할수록, 생각할수록 대한민국에서 이런 인재가 나왔다는 것이 자랑스러웠다.

-독일의 문화평론가 게르트 카리우스가 말했습니다. 낭만 이후 기나긴 기다림 끝에 격정의 시대가 도래했다. 우리는 지

금 음악사의 전환점에서 분투하는 위대한 음악가와 함께하고 있는지도 모르겠습니다.

게르트 카리우스의 말을 전달하는 김동일 앵커의 목소리는 격앙되었다.

-18세의 어린 나이로 유수의 거장들을 제치고 우뚝 선 그의 앞날을 한 사람의 국민으로서 응원합니다.

NBC가 보도한 내용 이상으로 클래식 음악계는 태풍을 맞이한 것만 같았다.

체코 필하모닉의 엘리아후 인손과 시카고 심포니의 제르바 루빈스타인 모두 그 음악성과 명성은 세계 최고 수준이었지만 마리 얀스 앞에서는 부족함이 있었다.

마리 얀스는 2000년대에 이르러 그때까지 수십 년간 정상을 유지한 베를린 필, 빈 필을 제친 거장 중의 거장이었다.

20세기 최고의 지휘자 중 한 명이었으며 21세기 초를 대표하는 그가 패배한 것이었다.

문화평론가 게르트 카리우스의 말대로 새로운 시대가 왔을지도 모른다는 생각이 사람들 사이에 퍼지기 시작했다.

♪

[마에스트로 배도빈, 문을 열다!]

[마침내 신이 된 샛별!]

[배도빈의 음악, 고전의 파괴인가 또 다른 창조인가]

[지각변동! 배도빈, 그는 신인가 악마인가]

[베를린 대 암스테르담 영상 시청 수 이틀 만에 1억 돌파!]

[몰매 맞는 OOTY 오케스트라 대전 심사 위원들, "심사 기준에 따른 결과였다."]

[배도빈, "매일 어제보다 아름다운 연주를 바랄 뿐이다."]

[마리 얀스, "즐거웠다. 암스테르담과 베를린이 더욱 발전하길 바란다."]

하루에도 수천 개의 기사가 쏟아지는 와중에도 반복되는 이야기가 있었다.

하나는 배도빈이 마침내 클래식과 타 장르의 경계를 허물기 시작했다는 이야기였고.

둘은 배도빈의 행보가 클래식 음악계에 어떤 영향을 미치는가에 대한 논란.

셋은 OOTY 오케스트라 대전의 결과에 연연하지 않는 두 거장의 자세였다.

ㄴ크으~ 매일 어제보다 아름다운 연주를 바랄 뿐이래 ㅠㅠ

ㄴ배도빈이 정말 대단한 게 저런 점인 것 같음.

ㄴ나도 같은 생각. 저 어린 나이에 더 올라갈 곳도 없이 성공했는데

도 멈추지 않잖아.

ㄴ레퍼토리 늘리는 것만 봐도 알 수 있지. 어느 미친 인간이 19개월 사이에 14곡이 넘는 곡을 새로 연주하냐. 배도빈이 아니었으면 불가능한 일이었음. 그걸 따라간 베를린 B도 대단하고.

ㄴ마리 얀스도 진짜 멋지다. 그 위치에 있는 사람이 까마득히 어린 후배에게 밀렸으면 자존심 상할 것 같은데, 암스테르담이 더 발전하길 바라면서도 베를린 응원하네.

ㄴ위대한 지휘자이자 인격자임.

ㄴ근데 사실상 OOTY 끝난 거 아냐? 결승이라 해도 A랑 B 대결이잖아.

ㄴ그러게. 어디가 이겨도 악단주인 배도빈은 손해 볼 거 없네. 푸르트벵글러도 그렇고.

ㄴㅉㅉ 그건 너희 같은 사람 생각이고. 푸르트벵글러랑 배도빈 성격 모르냐? 개최할 때만 해도 아예 루트 다르게 잡아서 갔던 사람들임. 집안싸움이 결승에서 났으니까 더 하면 더했지 그냥 넘어가진 않을걸?

ㄴ나 배도빈 쪽 응원해 왔는데 이번엔 조금 망설여진다.

ㄴ왜?

ㄴ지금까진 클래식이라고 할 수 있었는데 조금씩 달라지는 거 같음. 클래식이 왜 클래식인데. 배도빈 혼자만 나아가는 거면 몰라도 모든 악단이 배도빈 따라가면 정통 클래식은 어디서 들어?

ㄴ그러진 않을걸. 모차르트랑 베토벤 음악은 100년 뒤에도 연주될 테니 걱정 마셈.

ㄴ나도 위에 댓글 쓴 애랑 같은 생각인데. 난리 났잖아. 새로운 사조가 열렸다고.

ㄴ걱정도 팔자네.

ㄴ살아 있는 사람이 이런 평가 받는 것도 신기하지 않냐ㅋㅋㅋ 난 재들 생각 이해된다.

ㄴ아, 배도빈 기자회견 시작한다.

운영 중인 두 악단 모두 결승에 오르는 기염을 토한 베를린 필하모닉은 악단주 취임, 상임 지휘자 선임, 결승에 오른 이야기를 정리하기 위해 기자회견을 열었다.

음악 전문 언론 이외에도 전 세계 유력 언론사는 모두 모여 기자회견장은 발 디딜 틈이 없었다.

잠시 후.

배도빈 베를린 필하모닉 악단주이자 예술 감독과 빌헬름 푸르트뱅글러 총감독이 회견장에 모습을 드러냈다.

쏟아지는 플래시에 두 지휘자 모두 불쾌한 표정을 보였다.

조금도 닮지 않은 두 사람이었지만 그 표정이 너무 똑같아 생중계를 보고 있는 팬들은 웃기 바빴다.

슈피겔의 빌리 브란트가 가장 먼저 기회를 얻었다.

"결승 진출을 축하드립니다. 마에스트로. 베를린 필하모닉을 인수하게 된 경위가 어떻게 되십니까?"

배도빈이 마이크를 드는데 단상 옆에 있던 카밀라 앤더슨이 눈썹을 좁혔다 폈다 반복했다.

크루즈라든가 아직 베를린 필하모닉이 준비하는 사업 계획을 발표하기에는 시기상조라 판단했기에 말을 아끼라는 신호였다.

배도빈은 고개를 살짝 끄덕이곤 입을 열었다.

“전 악단주 귄터 씨와 상의 끝에 베를린 필하모닉의 미래를 위해 결정했습니다.”

배도빈의 발언을 들은 카밀라 앤더슨은 속으로 안도했다.

‘예전 같았으면 할아버지가 사 줬다고 했을 텐데. 크긴 컸나 봐.’

카밀라 앤더슨은 상황을 적당히 돌려 말할 줄도 알게 된 어린 보스가 기특할 뿐이었다.

“여러 계획을 구상하고 있습니다. 해상 오케스트라라든가.”

배도빈이 말을 마치기 무섭게 기자들이 자리에서 벌떡 일어섰다.

그리고 카밀라 앤더슨은 손으로 이마를 짚었다.

연인 푸르트벵글러도 기자회견만 열면 어디로 튈지 몰라 되도록 언론 접촉을 피했거늘.

성숙해졌다고 생각한 베를린 필의 새 주인이 시작부터 폭탄 발언을 해버리고 말았다.

“해상 오케스트라라니. 그게 무슨 뜻입니까?”

“어, 언제부터입니까? 자세한 말씀 부탁드립니다!”

"베를린에 있는 시설은 어떻게 되는 겁니까?"

뜻하지 않은 정보를 얻은 기자들이 질문을 쏟아냈고 그 분위기는 한동안 계속되었다.

간신히 진정되고 배도빈이 질문에 차례로 대답하기 시작했다.

"몇 년 전 고향에서 팬레터를 받았습니다."

지금은 너무나 많아 일일이 답장하지 못했지만 배도빈이 팬레터를 꼼꼼히 확인하는 건 잘 알려진 사실이었다.

"은평구에 사는 분이셨는데, 두 딸과 함께 언젠가 베를린 필하모닉의 연주를 들으러 오고 싶단 내용이었습니다. 그때 깨달았습니다. 제 음악회가 그분에게는 몇 년을 작정해야 찾을 수 있는 거란 걸요."

한국과 독일을 오고 가는 항공 비행과 독일 안에서의 교통비용, 숙박 등 기타 금전적 비용과 시간적 비용까지 따지면 사실상 배도빈의 팬들은 단 한 번의 공연을 보기 위해 수백만 원을 지출해야 했다.

비단 한국뿐만이 아니라 유럽 외 국가의 팬들이 모두 그러했다.

"저와 베를린의 연주를 듣는 데 생기는 장애 요소를 최대한 줄이고 싶습니다. 그래서 고민 끝에 생각한 방안이 해상 오케스트라입니다. 찾아가고 함께 여행하며 즐길 수 있도록요. 합리적인 방안을 찾기 위해 노력 중입니다."

배도빈이 그 이상 발언하지 않았기에 기자들은 아쉬움을 뒤로하고 다음 질문을 꺼낼 수밖에 없었다.

그와 별개로 생중계를 지켜보고 있던 클래식 음악 팬들은 '미쳤다', '이건 타야 해!', '비싸지 않을까?' 등의 다양한 반응을 보였다.

다음 질문의 권한은 아사히 신문의 이시하라 린에게 돌아갔다.

"격정의 시대를 열었다는 평이 인정받고 있는 지금, 베를린 필하모닉의 행보에 여러 평이 엇갈리고 있습니다. 클래식을 새롭게 창조한다는 말과 파괴하고 있다는 말을 어떻게 생각하십니까?"

이시하라 린의 질문에 기자들의 신경이 극도로 예민해졌다.

베를린 필하모닉을 인수한 사실도 상임 지휘자로 선임된 일도 중요했지만 오늘 기자회견의 쟁점은 다름 아닌 음악사의 변환점에 이르렀단 평을 배도빈이 어떻게 받아들이는가였다.

지금까지 클래식 음악 안에서 활동하던 배도빈이 탱고를 연주해 오케스트라 대전에서 당당히 암스테르담을 넘어선 지금.

다른 장르와의 경계가 모호해질 것은 예측 가능한 미래였다.

배도빈의 발언과 행동이 어떤 파장을 미칠지는 그 누구도 예측할 수 없었다.

이미 큰 줄기의 강을 이룬 배도빈이었기에 후발 주자들은 그에게 영향받을 수밖에 없었고.

만약 배도빈이 클래식을 이탈한다면 시장 자체가 흔들릴 위험이 있다는 게 배도빈을 비판하는 이들의 공통된 의견이었다.

배도빈이 마이크를 들자 기자들이 침을 꿀꺽 삼켰다.

"파괴 없는 창조는 없습니다."

배도빈의 말에 기자들의 손이 바삐 움직였다.

마치 수백 년간 이어져 온 클래식 음악계에 마침표가 다가오는 것만 같았다.

"하지만 다들 무엇을 걱정하는지 이해할 수 없네요. 이시하라 기자님, 음악은 계속 발전해 왔나요?"

갑자기 질문을 받은 이시하라 린이 당황하다가 이내 입을 열었다.

"네. 발전해 왔죠."

"맞아요. 당시 연주되던 아마데의 연주보다 지금 암스테르담이나 런던 심포니의 연주가 훨씬 뛰어나죠. 하지만 아마데의 곡이 연주되고 있는 건 변함없습니다."

바삐 움직이던 기자들의 손이 멈췄다.

기자들을 둘러보며 시선을 교환한 배도빈은 테이블에 팔꿈치를 댄 채 말했다.

차분하고 여유로워 마치 사랑하는 제자에게 질문받은 선생처럼 보였다.

"아름다운 연주는 시대를 반영하죠. 음악이 변화하는 건 자연스러운 현상입니다."

가톨릭이 세상의 법이었을 때.

그간 구전되어 오던 성가들이 그레고리안 찬트로 집대성되어 서양 음악이 시작되었다.

늘어나는 찬트(성가)를 기록하기 위해 기보법(악보를 작성하는 법)이 정립되기 시작했고.

그 과정을 통해 음악은 마침내 누적되었다.

이후 음악은 르네상스, 산업혁명 등 역사와 함께 변화, 발전해 왔으며 현재에 이르렀는데.

배도빈의 말은 그러한 음악의 역사를 관통하고 있었다.

배도빈이 핸드폰을 꺼내 푸르트벵글러가 지휘한 베토벤의 운명 교향곡을 틀었다.

단 네 마디의, 여덟 개의 음뿐이었지만 그 곡이 무엇인지 모르는 이는 아무도 없었다.

"음악은 시대를 위로하는 최초의 행위입니다. 그 본질은 아름다움과 감동을 탐하는 데 있죠. 아마데와 베트호펜이 그간의 정형화된 양식을 벗어던지고 새로운 형식을 취했던 것은 더 나은 음악을 위해서였습니다."

정상에 오른 음악가의 말에 어느덧 회장은 강연장이 되었다.

"긴 시간이 지나면 언젠가 이 곡을 모르는 시대가 올 겁니다. 하지만 그렇다고 루트비히 판 베트호펜의 정신이 사라지는 건 아니죠."

배도빈은 진실로 그리 생각했다.

"변화를 두려워해 돌아가길 바란다면 아마데와 베트호펜 그리고 그 뒤 수많은 음악가에 의해 걸어온 길을 되돌아갈 뿐입니다. 변화는 고전의 가치를 부정하는 게 아닙니다. 고전을 파괴하는 것도 아닙니다. 앞으로 나아가는 행위야말로 클래식을, 과거 그 시대를 위로했던 음악가들의 정신을 지키는 일입니다."

배도빈의 말에 라이든샤프트의 정신이 규정되기 시작했다.

"우리가 끝없이 나아간다면 클래식이 무너질 일은 없을 겁니다."

카레는 여러 번 끓일수록 맛있다.

다음 날, 그다음 날 농후함이 더해져 더 먹고 싶지만 언젠가는 빈 냄비를 보게 될 것이다.

아쉬웠던 야채를 좀 더 넣고 끓인 카레는 지난번 끓인 마지막 카레보다 가벼운 느낌이다.

그렇지만 더 맛있는 카레를 향한 마음이 계속된다면 카레 향이 사라질 일은 없을 것이다.

이를 좋은 비유라 생각했던 배도빈은 최지훈과 차채은의 극심한 반대로 포기.

평범한 말로 정복지의 백성들을 교화하기 시작했다.

♪

-베를린 필하모닉 B가 결승 진출을 확정 짓습니다!

2023년 7월 16일.

베를린 필하모닉 B가 암스테르담 로얄 콘세르트헤바우 오케스트라를 추월한 날.

라트비아 출신의 천재 지휘자 아리엘 핀 얀스는 TV 앞에서 움직일 수 없었다.

아리엘의 손은 힘을 잃었고 그의 손에 들린 와인잔은 천천히 고개를 숙였다.

마침내 버티지 못한 그것은 이내 힘없이 낙하하여 산산이 부서졌다.

'할아버지.'

아리엘에게 그의 조부는 유일한 스승이자 부모였으며 친구였고 꿈이었다.

그의 나이 만 4세 때.

어려서부터 음악적 재능을 발한 아리엘 얀스는 부모의 도움으로 영국, 길드홀 음악연극원에서 영재 교육을 받았다.

그곳에서 그는 모차르트의 재림으로 불리며 꽃피울 준비를 하고 있었다.

2005년 7월 7일.

마리 얀스의 바이올린을 만들어 주기도 했던 베이커가의 장인은 친구의 손주를 위해 작은 바이올린을 만들어 두었고.

아리엘 얀스는 그날만을 손꼽아 기다렸다.

얀스 부부는 이른 아침부터 재촉하는 아들을 달래야만 했다.

'아버지! 어머니! 어서요!'

'그렇게 좋니?'

'네! 빨리 보고 싶어요. 빨리.'

총총 뛰며 안달하는 아들을 사랑한 부부는 준비를 서둘렀고,

가족은 기쁜 마음으로 집을 나섰다.

그러나.

리버풀역에서 베이커가로 향하는 지하철에 오른 일가족 앞에 방향 잃은 폭력이 기다리고 있었다.

고막을 찢을 듯한 폭음과 함께 정신을 잃은 아리엘이 눈을 떴을 때.

그는 심하게 압박받고 있었고 간신히 몸을 빼낸 뒤에야 자신을 감싸고 있던 것이 부모였음을 알 수 있었다.

'살려 주세요!'

'여기! 들것 가져와!'

'끄아아앙!'

'앰뷸런스가 부족해! 지원 요청한 지가 언젠데 아직도 안 오는 거야?'

'여기! 여기 아이가 있어!'

영민했던 아리엘은 비명과 절규, 슬픔의 울부짖음, 사이렌

소리와 고함으로 상황을 이해할 수 있었다.

베이커가의 나이 많은 친구에게 바이올린을 부탁한 일과 아침부터 부모를 재촉했던 기억 그리고 자신을 지키기 위한 두 분의 희생까지.

그 경험은 마치 늪처럼 소년을 삼켜갔다.

'아리엘.'

급히 런던을 찾은 마리 얀스는 슬픔을 느낄 새도 없이 아리엘 얀스를 돌봐야 했다.

총명하게 빛나던 눈빛은 죽었고 탈수 증세로 입술은 바짝 말라 있었다.

단기적인 기억 상실 증상도 보였다.

손자는 할아버지를 보자마자 정신을 잃고 말았다.

도대체 무슨 말로 위로할 수 있을까.

병실에서 밤을 새워 고민했지만 그 어떤 말도 자신과 손자를 보듬어줄 순 없을 것 같았다.

날이 밝았을 때.

잠들었던 마리 얀스는 쓸쓸히 앉아 있는 아리엘을 보았다.

뜨고 있을 뿐, 초점 잃은 눈동자는 공허할 뿐이었다.

힘없이 벌어진 입과 코에서 나오는 미약한 호흡만이 소년이 살아 있다는 유일한 증거였다.

마리 얀스는 저 작은 가슴으로 감당하기에 너무도 큰 시련을 준 신을 저주하고 싶었다.

'아리엘.'

손자는 반응이 없었다.

'아리엘.'

손자의 어깨를 잡아 흔들자 잠시나마 의식이 돌아온 듯싶었다.

'……할아버지.'

'많이 힘들 거다. 참지 않아도 돼. 충분히 슬퍼하지 않으면 더 힘들 거야.'

벌어졌던 아리엘의 입이 떨리며 닫혔다. 앙다문 입술이 올라갔을 때 마침내 소년의 뺨을 타고 눈물이 흘렀다.

소년은 부모를 애타게 부르짖었다.

목이 쉬고도 정신을 잃을 때까지 멈출 줄 몰랐다.

그렇게 부모의 죽음을 받아들이게 된 아리엘은 조부와 함께 생활하게 되었지만 종일 창밖을 내다볼 뿐, 상태는 나아지지 않았다.

마리 얀스는 손자를 위로하기 위해 그의 서재에서 바이올린을 켰다.

'듣기 싫어요.'

마리 얀스의 안타까움은 더해졌다.

부모를 잃었을 뿐만 아니라 그토록 사랑했던 음악마저 잃은 손자를 내버려 둘 수 없었던 마리 얀스의 고민은 깊어졌다.

그러던 어느 날.

늦은 밤, 잠을 이루지 못하는 손자가 걱정되었던 마리 얀스는 평소와 같이 방을 살피러 나섰다.

복도에 흐르는 작은 선율.

틀림없는 모차르트의 바이올린 소나타 21번이었다.

의아한 마음에 살짝 문을 연 마리 얀스는 작은 소리로 튼 오디오 앞에서 소리 죽여 우는 아리엘을 발견하곤 그를 안을 수밖에 없었다.

'오오. 아리엘. 아리엘.'

'……끅. 흐끄으으윽.'

어찌하여.

어찌하여 이 아이에게 이런 시련을 주시나이까.

마리 얀스는 진실로 신을 저주했다.

품에 안겨 몸을 떠는 소년은 너무도 작아 악마의 작은 손짓에도 바스러질 것만 같았다.

'저 때문에. 저 때문에.'

'아니다. 결코 네 탓이 아니야.'

'제가 떼써서. 빨리 가자고 떼써서.'

마리 얀스는 그제야 손자의 상태를 이해할 수 있었다.

소년은 부모를 잃은 일마저 감당키 어렵건만 그 이유를 자신에게 돌리고 있었다.

그를 위로한 유일한 음악을 듣는 것마저 죄악으로 여기고 있었다.

'죄송해요. 죄송해요.'

'아리엘, 그것은 악마가 한 일이란다. 결코 네 잘못이 아니야.'

'다시는 안 할게요. 안 들을게요.'

아리엘은 울며 고개를 저었다.

이대로라면 이 아이는 늪에 빠져 숨조차 쉴 수 없을 것이다.

마리 얀스는 어린 손자의 눈물을 닦아주며 말했다.

'신께서 너를 보살필 거다.'

그리고 방 한쪽에 놓아둔, 벗이 만들어 준 바이올린을 가져와 아리엘에게 안겼다.

'연주해 보렴.'

소년은 망설였다.

죄책감이 바이올린을 켜면 안 된다고 말하고 있었다.

그러나 자애로운 할아버지의 미소와 음악을 사랑하는 마음이 결국에는 소년에게 용기를 주었다.

소년은 모차르트의 바이올린을 연주했다.

망설임이 남아 있던 손은 연주할수록 그간 쌓여 있던 울분을 따라 격해졌다.

한참을 연주한 끝에.

아리엘은 눈물과 콧물로 엉망인 얼굴로 할아버지를 올려다

보았다.

'보렴. 이렇게나 아름다운 연주를 하지 않느냐. 넌 신에게 사랑받는 아이란다.'

'하지만.'

'그 일은 너를 질투한 악마가 저지른 일이다. 그러니 음악을 그만두면 악마에게 지는 거란다. 아빠도 엄마도 네가 그러길 바라지 않을 거야.'

그날 이후.

아리엘 얀스는 음악에만 몰두했다.

음악 외에는 머릿속에 두고 싶지 않다는 듯 매진했다.

다행히 위대한 지휘자 마리 얀스는 무섭게 발전하는 천재를 충분히 감당할 수 있었다.

스승이자 부모로서 그리고 꿈으로.

언젠가 할아버지를 뛰어넘어, 신이 그에게 부여한 사명을 다하여 그 영광을 부모에게 돌리고 싶었다.

아리엘의 집착은 나이를 먹을수록 더해갔다. 날로 발전하는 실력과 비례해 방에서 나오는 일이 적어졌다.

스승은 그의 조부로도 충분했다.

마리 얀스와 모차르트, 어머니가 가꾸던 장미 그리고 성경만이 그의 삶의 전부였다.

아리엘에게 다른 것은 하찮게 느껴질 뿐이었다.

그런 그가 다른 것에 관심을 가진 것은 처음이었다.

'할아버지, 베를린에 마왕이 있대요.'

'아. 도빈 군을 말하는 거구나.'

'네. 저보다 어린데 대단한 음악가예요.'

'껄껄. 드문 일이구나. 네가 다른 사람을 칭찬하고.'

'지금으로서는 사실이니까요. ……그 애는 여섯 살 때부터 베를린 필하모닉에서 연주자 생활을 했대요.'

'그렇지. 푸르트벵글러가 자랑하곤 했어.'

'최근엔 가우왕이란 피아니스트와 경연을 했대요.'

'음. 좋은 대결이었지.'

그날 이후 아리엘은 배도빈에 관한 기사와 영상을 찾아보았다.

과연 악마의 유혹이라 불릴 정도로 과감하고 고혹적인 연주에, 아리엘은 비로소 하찮게 여기던 '밖'에 관심을 두었다.

'미국으로 갈래요.'

'미국? 음악이라면 유럽에서도 할 수 있지 않느냐.'

'유럽에서 할아버지보다 나은 음악가는 없잖아요.'

'껄껄. 아리엘, 그건 네가 아직 세상을 몰라서 그런 거란다.'

'그럼 제 눈으로 직접 확인할게요.'

마리 얀스는 손자를 좀 더 곁에 두고 싶었지만 십 년 만에 밖으로 나서려는 아리엘을 잡을 수 없었다.

도리어 손자에게 자극을 준 배도빈에게 고마울 지경이었다.

그렇게 미국으로 넘어간 아리엘 얀스는 클리블랜드, 시카고를 거쳐 로스앤젤레스 필하모닉에 정착.

OOTY 오케스트라 대전에서는 구스타프 하나엘을 대신해 놀라운 실력을 과시했으며 LA필 역사상 최연소, 최단기간 감독직에 올라 천재성을 인정받았다.

그런 그에게 할아버지의 패배는 크나큰 충격이었다.

사회성이 부족한 폐쇄적 천재에게 그것은 마치 그의 인생을 부정당한 듯한 느낌이었다.

그러나.

그의 천재성은 알고 있었다.

할아버지가 부족해서가 아니라, 배도빈이라는 천재가 뛰어났을 뿐이라는 걸 잘 알고 있었다.

그 신성한 결투에 의문을 가진다는 것은 귀족으로서의 명예와 할아버지의 이름에 먹칠을 하는 짓이었다.

"결국 먼저 올랐구나."

신에게 사랑받는 천재는.

자신을 뛰어넘는 천재에게 뒤처진 채 있을 수 없었다.

"라이든샤프트."

아리엘 얀스는 모니터에 비치는 배도빈을 보며 혼잣말을 이어나갔다.

"이 시대를 너만의 것이 되도록 두진 않겠다. 할아버지의 명예를 걸고."

아리엘은 테이블 위에 둔 흰 장미를 뜯으며 의지를 태웠다.

오후의 태양이 찬란히 빛나고 있었다.

♪

일본 삿포로. 오전 6시.

"히로시~ 설마 안 잤니?"

"좋은 아침이에요."

"그러다 몸 상해. 어서 아침 먹고 자."

"아침은 괜찮아요. 이것만 정리하고 잘게요."

어머니의 타박을 웃음으로 넘긴 타마키 히로시는 TV 볼륨을 키웠다.

화면에는 오케스트라 대전 결승 전, 지금까지의 대회 과정을 요약한 프로그램이 한창이었다.

그 과정에서 배도빈이 지휘하는 모습이 여러 번 화면에 비쳤다.

'결국 해냈구나.'

타마키 히로시는 살짝 웃고는 TV를 껐다.

펜을 들고 그 앞에 놓인 악보에 집중하면서 책상을 두드리기도 했다.

한때 일본 피아니스트계의 유망주로 불렸던 타마키 히로시는 불의의 사고로 재능을 피어보지도 못하고 은퇴해야 했다.

어른들의 사정으로 제1회 크리크 국제 피아노 콩쿠르에서 배도빈의 대항마로 부추겨진 그는 주변의 기대에 부응해야 했다.

천재가 되어야 했고 그 부담을, 약한 자신을 감추기 위해 허세를 부렸지만.

'쓸모없어진' 뒤에야 자신이 이용당하고 있었을 뿐이라는 것을 깨달았다.

차라리 욕이라도 들었으면 좋았을 것을.

미디어와 대중은 타마키 히로시란 인물을 철저히 무시했다. 사고 이후 작곡가로 전향한 그에 대해 말하는 이는 아무도 없었다.

어렸을 적의 자신을 생각하면 무리는 아니라 여겼다.

그럴수록 타마키 히로시에게 배도빈은 우상이었다.

본인이 해내지 못한 일을 실현시키는 천재 음악가를 보며, 그에게 했던 무례한 행동을 후회하기도 또 따라가고 싶기도 했다.

'아.'

악보에 집중하길 얼마간.

피로를 느낀 타마키 히로시는 시계를 확인하고서야 오후가 지났음을 깨달았다.

'이러면 안 되지.'

비록 인기 없는 작곡가지만.

언젠가는 분명, 베를린 필하모닉에서 연주해 주길 바라며 타마키 히로시는 남들보다 좀 더 긴 하루를 보내고 있었다.

♪

러시아 상트페테르부르크.

'정체가 뭐야.'

아침부터 중계된 OOTY 오케스트라 대전을 보던 엘리자베타 툭타미셰바는 점심쯤 이르러 결국 결승에 진출한 베를린 필하모닉을 보고 경악했다.

크리크 국제 피아노 콩쿠르에 참가했을 때만 해도 배도빈은 너무도 먼 존재였지만.

세대를 넘어서 시대를 아우르는 모습에 마치 괴물을 보는 듯했다.

'한국인은 다들 저래?'

크리크 이후 리빙 레전드 사카모토 료이치에게 강의 제안을 받았을 때만 해도 그녀는 노력하다 보면 언젠가 배도빈을 따라잡을 수 있을 거라 여겼다.

승부욕이 강한 그녀는 수년간 철저히 연습했고 사카모토 료이치도 그런 제자를 어엿한 한 사람의 피아니스트로 인정했다.

그러고 나섰던 오케스트라 대전.

그곳은 그야말로 괴물 천지였다.

배도빈은 말할 것도 없었고 심지어 몇 년 만에 다시 만난 최지훈은, 크리크 콩쿠르에서 자신보다 아래였던 그마저 엘리자베타의 눈을 튀어나오게 하였다.

'마리 얀스라고. 그 거장이라고.'

그리고 끝내.

이 시대 최고의 지휘자라는 마리 얀스를 꺾고 새로운 시대를 열고만 배도빈.

설명할 길이 없는 속도로 성장하는 최지훈.

엘리자베타는 한가로이 점심을 먹을 수 없었다.

"어디 가? 중계 보고 밥 먹으러 가기로 했잖아."

"안 먹어!"

미국, 일본, 러시아, 체코 등 세계 모든 나라의 인재들이 OOTY 오케스트라 대전의 결과에 집중했다.

대부분이 경탄하거나 좌절할 뿐이었지만, 일부는 배도빈이 그들 마음에 지른 불길에 스스로 기름을 끼얹었다.

그 현상은 마치 화마와 같이 번져.

그야말로 격정을 연상케 했다.

· 67악장 ·

클래식

세미파이널 이후 기대와 우려, 기쁨으로 가득했던 잘츠부르크는 결승 무대를 앞두고 다양한 이벤트가 진행되고 있었다.

특히나 최근 세계 클래식 음악 협회와 협약을 맺은 샛별 엔터테인먼트 소속 음악가들은 OOTY 오케스트라 대전을 기념하기 위해 잘츠부르크에서 작은 음악회를 열어, 결승전을 기다리는 팬들에게 큰 호응을 얻었다.

덕분에 히무라 쇼우 대표와 부하 직원 스무 명은 눈 돌릴 틈도 없이 바삐 움직여야 했다.

"끄아아아!"

오후 10시까지 공연을 한 소속 음악가들을 챙기느라 늦은 시간까지 자리를 지켰던 박선영 팀장이 침대 위에 몸을 파묻었다.

"고생했어."

히무라는 엎드린 채 죽은 듯이 있는 박선영을 보고 피식 웃었다.

클리블랜드 오케스트라와의 계약을 마치자마자 잘츠부르크로 와서 손을 더했으니 피곤한 것도 무리는 아니었다.

"진짜야. 이렇게 부려먹어도 되는 거야?"

"이번 일만 끝나면 휴가 가자."

"정말?"

히무라의 말에 박선영이 벌떡 일어났다.

"일본. 일본 가고 싶어."

"그래. 잘 다녀와."

당연히 함께할 거라 생각했던 박선영은 히무라의 얼굴을 멍청하게 보다가 이내 베개를 들어 그를 구타하기 시작했다.

"진짜 못됐어! 일만 해? 어? 사람이 어떻게 일만 하고 살아?"

"하하하. 너라도 쉬어야지."

히무라는 마치 아이를 달래듯이 박선영을 안고 등을 쓸어내렸다.

서로의 마음을 확인한 뒤에도 각자의 스케줄 때문에 자주 만날 수 없었기에 미안하면서도.

본래 그가 해야 할 일을 잘 처리해 줌에 고맙기도 했다.

그러는 과정에서 히무라는 자신이 꽤 박선영에게 감정적으로 의지하고 있는 것도 깨달았다.

그녀와 함께 있는 것만으로도 안정됨을 느꼈다.

"자. 피로 회복에 좋은 차래."

히무라가 찻잔을 건넸다.

박선영은 그것을 물끄러미 보다가 받아서 내려놓았다.

"진짜 안 갈 거야?"

"바쁠 때니까."

히무라 쇼우는 침대에 걸터앉아 TV를 틀었다.

어떤 채널을 돌려도 배도빈과 오케스트라 대전에 대한 이야기뿐이었다.

"정말 대단하지."

엎드린 채 턱을 괸 박선영이 우물거리며 한 말에 히무라가 고개를 돌렸다.

"처음 봤을 때부터 그랬어. 예전에는 몰랐는데 지금 생각해 보면 속도 깊고. 이상한 애 같다가도 결국엔 바른길로 가고. 주변에 사람도 모이고."

"하하. 나도 많이 당황했지. 지금도 그렇지만 어렸을 땐 정말 한 성깔 했어. 피아노로 장난 한번 했다가 얼마나 혼났는지 몰라."

"진짜. 고집 하난 알아주잖아."

TV에서는 2010년부터 배도빈의 활동을 정리해 주고 있었다.

"……다들 저렇게 좋아해 주고 더할 나위 없이 잘하고 있는

데 가끔은 좀 걱정도 돼."

"걱정?"

"응."

박선영이 일어나 히무라 옆에 앉았다.

"다른 사람은, 아니, 아무리 대단한 사람이라도 역사를 새로 썼다든지 선지자라든지 하는 말, 보통은 머리 희끗희끗해진 뒤에나 받는 평가잖아. 다른 사람이 평생 살 걸 마치 짧은 삶에 다 태우는 것처럼."

"도빈이 스케줄이 어렸을 때부터 워낙 바쁘긴 했지."

"그래서 나카무라 씨에게 한 소리 들었잖아."

"무서웠지. 이데가 화를 내서 그런 게 아니라 내가 도빈이를 망가뜨리고 있었을 수도 있다는 생각에."

"……천재는 단명한다고 하잖아. 그 말에 아무런 생각이 없었는데, 도빈이 보면 알 것 같기도 해. 저렇게 무리하는데 어떻게 건강하게 오래 살겠어."

히무라는 박선영의 말을 듣고 다시 한번 생각하게 되었다.

확실히 베를린 필하모닉에 들어간 뒤에는 그것에 신경 쓰지 못하고 있었다.

소속이 달라지기도 했고 나이도 어느 정도 먹었고 본인도 건강관리에 신경 쓰고 있으니 의식하지 않았는데, 생각해 보면 배도빈은 어렸을 적보다 훨씬 많은 일을 해오고 있었다.

히무라는 외부인인 본인도 베를린 필하모닉이 푸르트벵글러와 배도빈에게 얼마나 의존하고 있는지 알 정도라면 실상은 더할 거란 생각에 잠시 생각에 잠겼다.

그 모습을 보고 있던 박선영이 말을 마저 이었다.

"도빈이 건강관리는 계속한대?"

"괜찮을 거야. 회장님이 엄청 신경 쓰시니까. 도빈이도 스스로 달마다 검진받더라. 귀 검사라든지."

"오케스트라 대전 끝나면 좀 쉬었으면 좋겠다."

"그러게. 아, 그러고 보니 대회 이후에는 몇 달간 B팀 지휘는 케르바 슈타인에게 맡긴다고 하더라."

"휴가?"

"그건 아니고 오케스트라 대전에서 여러모로 느낀 게 있나 봐. 동유럽이나 아프리카나 남미, 동남아시아 쪽 음악도 접해 보고 싶대."

"역시 쉬질 않네. 그러니 저렇게 대단한 거겠지."

두 사람은 한동안 대화 없이 TV를 볼 뿐이었다.

그러다 박선영이 조심스레 입을 열었다.

"일본 같이 가주면 안 돼?"

"음. 휴가라면 이탈리아는 어때? 조용하고 좋은데."

"그게 아니라."

박선영이 히무라를 뒤에서 안으며 작은 목소리로 말했다.

"올해 아직 분향 못 했잖아. 더 늦기 전에……."

박선영은 배도빈만큼이나 워커홀릭인 히무라 쇼우가 걱정이었다.

특히 대지진 이후 그러한 경향이 더 심해졌는데, 올해는 너무나 바쁜 나머지 사별한 부인과 죽은 아들의 기일조차 챙기지 못한 것이 마음에 걸렸다.

"……알고 있었어?"

"같이 가는 거 부담스러우면 혼자라도 다녀와. 회사 일은 나랑 팀장들이 하면 되니까. 나, 예전의 뺀질이 아니라고."

히무라는 눈을 크게 뜨며 밝은 모습을 보여주는 박선영을 보며 웃고 말았다.

고맙고, 그 이전에 사랑스러워 어떻게 대해야 할지 알 수 없었다.

"같이 가줄래?"

"물론이지!"

박선영이 가슴을 탕탕 쳤다.

마음속에서 이제 확실히 해야 할 때가 왔다고 말하고 있었다.

♪

"헤."

"흐흐."

준결승을 마치고 다들 맛이 가버렸다.

기사로 올라온 자기 사진을 보거나 팬들의 반응을 확인하거나 심지어 가만있을 때도 넋이 나가 보였다.

"이거 봐. 우리보고 최고의 오케스트라래."

"암스테르담 이겼잖아."

"그건 그래. 히힛."

그 모습이 마땅찮아 어떻게 정신을 들게 할까 고민하고 있는데 입에 뭔가가 닿았다.

'맛있네.'

카레와 청양고추를 넣은 소시지라니.

알싸한 향과 깊은 풍미를 동시에 느낄 수 있는 훌륭한 요리다.

"형아, 맛있어?"

고개를 돌리니 도진이가 물끄러미 올려다보고 있었다.

"도진아, 형 밥 먹으라고 혼내줘."

"때찌."

어머니의 말씀에 도진이가 손바닥을 팔에 가져다 댔다. 아플까 봐 봐준 모양이다.

보답으로 방금 도진이가 준 소시지를 작게 잘라서 주니 고개를 젓는다.

"맛없어."

"……."

많이 크긴 컸다.

어머니와 아버지가 도진이의 말에 한번 웃고는 물으셨다.

"오케스트라 대전 끝나면 시간 좀 나는 거야?"

"네. 경영은 잘하는 사람들이 있으니까 방향만 잡아주려 해요. B팀도 케르바 악장에게 맡길 거고요."

"그럼 가족끼리 오랜만에 휴가 가면 좋겠다."

어머니의 말씀에 나도 아버지도 말을 꺼낼 수 없었다.

대부분 이런 일에 있어서 배려해 주시는 어머니께서도 이번만큼은 단호하게 나오셨다.

"안 돼. 도빈이 무조건 일주일 휴가. 당신도요."

"그게…… 해독할 게 남아서 바쁠 때야. 사실 지금도 휴가고……."

"안 된다면 안 돼. 나 화내는 거 보고 싶어?"

아버지께서 어머니를 보시다가 고개를 돌리셨다. 눈빛을 보니 아버지도 빠르게 포기하신 듯하다.

"도진아, 어디 놀러 가고 싶어?"

"놀러 가요?"

"응. 아빠랑 형이 도진이랑 놀아주신대. 도진이는 좋겠다."

힘차게 고개를 끄덕인 도진이가 이내 팔짱을 끼고 고개를 숙였다. 어디서 배웠는지, 저런 행동은 가르치지도 않았는데 잘한다.

"놀이공원 갈까? 해변은?"

도진이가 가족과 함께한 시간이 적기도 하고 또 아버지와

나 때문에, 어쩌면 도진이가 좀 더 자라면 도진이도 각자 일에 미칠 것이기에.

어머니께서는 되도록 기회가 있을 때 함께하길 바라신다.

나도 같은 마음이라 기쁜 마음으로 휴가를 받아들였다.

"프라하는 어때, 도진아?"

"안 돼. 체코 필하모닉 공연 보려고?"

어머니의 촉은 변함없이 귀신같다.

"도진아, 아빠 일하는 데 갈래? 도진이가 좋아하는 포클레인도 있는데."

"배영준 씨?"

이젠 정말 포기하자.

"어디 가고 싶어?"

어머니께서 도진이의 머리를 쓰다듬으면서 물으셨다.

그러자 고민을 마친 녀석이 테이블을 내려치며 외쳤다.

"독일연방 물리기술 연구원!"

'그게 뭐야.'

아버지, 어머니와 시선을 교환했지만 두 분도 모르시는 듯하다.

이름부터가 마음에 안 든다.

"어, 어디?"

"독일연방 물리기술 연구원이요!"

도진이의 확고한 의견에.

어머니께서는 단 하루, 독일연방 뭐시기에 들렀다가 가족이 모두 함께 레버쿠젠에서 휴양을 즐기기로 타협했다.

♪

월요일 하루 휴식 뒤에 연습실에 모인 단원들은 여전히 표정이 풀어져 있었지만 걱정할 정도는 아니었다.

한마디 하려 했거늘 스스로 마인드 컨트롤을 하니 좀 더 신뢰할 수 있을 듯싶다.

아마 새로 취임한 악장의 영향이 없진 않을 거다.

"여, 여긴 좀 더 현을 눌러주는 게 좋을 것 같아요."

아직 손가락이 다 낫지 않아 결승 무대에 오르지 못하게 된 나윤희는 연습실에 나와서 지도 보조를 해주었다.

그런 그녀의 열정을 보고 단원들도 느끼는 바가 있을 거다.

'본이 되는 리더만큼 좋은 지도자도 없지.'

당분간 내가 없어도 배울 자세를 갖춘 이들과 케르바 슈타인, 찰스 브라움, 나윤희, 소소라면 B팀을 잘 꾸려나갈 수 있겠다.

손뼉을 쳐 연습 시작을 알렸다.

단원들이 진지한 눈으로 내게 집중하고 있다.

"대회 일정이 타이트했던 만큼 현재 우리는 최고의 상태가 아니에요. 하지만 상대는 세미파이널에서 만났던 암스테르담과 수십 년간 경쟁했던 이들입니다."

B팀 단원들에게는 하늘과도 같은 이들이다.

"또 남은 레퍼토리가 서로 얼마 없기 때문에 같은 곡을 연주할 확률이 높아요. 그렇게 되면 이번에야말로 완성도의 싸움이 되겠죠."

마리 얀스와의 대결에서 단 하나 인정하는 것은, 그들의 연주가 나와 베를린 B보다 더 완성도 있었다는 점이다.

하물며 푸르트벵글러와 베를린 A는 지난 수십 년간 단원이 바뀐 적이 없었다.

레몽 도네크를 제외하면 모두 고령으로 인한 은퇴뿐. 이적은 없었다.

"여러분도 아시다시피 조직력에서 베를린 필하모닉 A를 넘어서는 오케스트라는 지구상에 없습니다."

단원들이 입술을 꽉 깨문다.

"오늘부터 이틀간, 우리는 베를린을 넘어서야 합니다."

충분한 시간이 있다면 모를까.

이번에는 나도 장담할 수 없었다.

♪

빌헬름 푸르트벵글러가 지휘하는 베를린 필하모닉의 강점은 단연 교향곡, 그중에서도 베토벤이었다.

웅장하고 장엄하며 격정적인 베토벤의 아홉 교향곡.

베를린 필하모닉은 악성의 유산을 연주함으로써 지난 수십 년간 클래식 음악계의 카리스마로 군림했다.

굳이 OOTY 오케스트라 대전을 통하지 않더라도 베를린 필하모닉의 진가를 모르는 이는 없었다.

압도적인 연주로부터 나오는 절대적인 장악력.

베를린 필하모닉의 권위는 완벽 이외에는 용납하지 않는 그들의 철저함을 기반으로 하고 있었다.

"첼로, 포르테를 포르티시모로."

"약박 강세가 약하다. 다시."

"벌써 지쳤나!"

"F음을 좀 더 밀어서. 다시. 붙여!"

잘츠부르크의 한 연습실.

단원들은 빌헬름 푸르트벵글러의 강도 높은 요구에 맞춰 연주의 완성도를 극한까지 끌어올리고 있었다.

연습실 한편에서 그 모습을 지켜보고 있던 베를린 필하모닉의 사무국장 카밀라 앤더슨은 새삼 감탄했다.

두 달간의 긴 여정으로 인해 피로할 법도 한데, 연습에 매진하고 있는 단원들의 눈빛은 칼날처럼 예리했다.

'정말 대단한 사람들이야.'

베토벤 교향곡 8번 F장조.

베토벤의 교향곡이라면 대부분 수십 회가량 공연한 베를린 필하모닉에게도 8번 교향곡만큼은 생소한 편이었다.

홀수 교향곡에 비해 덜 사랑받은 탓.

더군다나 빠듯하다 못해 도를 지나친 OOTY 오케스트라 대전의 일정이 큰 압박이었는데.

원곡을 유지하면서 박자와 강세를 최대한 활용해 리듬감을 극대화하려는 푸르트벵글러의 요구에 맞춰야 했기에 그 강도는 어느 유명 악단이라 할지라도 고개를 저을 만했다.

그리고.

'이 짧은 시간에 이만큼이나…….'

완벽하지 않고서는 결코 무대에 오르지 않는다는 정신으로.

결승전을 하루 남긴 늦은 오후, 120명의 정상급 연주자들은 결국 까다로운 그들의 지휘자의 마음에 쏙 드는 연주를 해내고야 말았다.

"이상. 남은 시간을 활용해 컨디션을 유지토록."

빌헬름 푸르트벵글러의 말과 함께 흉흉하기까지 하던 단원들의 눈빛이 풀어졌다.

"끄으윽. 이제 잘츠부르크도 끝이니 저녁은 배불리 먹어볼까?"

"나가는 길에 양복점에도 들러. 셔츠 단추가 불쌍하잖아."

"나 설마 졌어?"

단원들은 연습실에서 벗어나면서 평소와 같이 농담을 주고받았다.

그러면서도 없이는 죽고 못 사는 테이블 게임이라든가 맥주를 언급하는 이는 단 한 명도 없었다.

B팀을 존중하기 이전에 무대에 오르기 전에는 암묵적으로 지켜온 그들만의 룰이었다.

무대마다 최선을 다하기에 결승전을 맞이해 달라진 점은 없었다.

단원들이 모두 나간 뒤.

카밀라 앤더슨이 푸르트벵글러에게 다가갔다.

"고생했어요."

"고생은. 가까운 곳으로 가지."

"봐둔 데가 있죠."

주차장으로 향하는 도중 카밀라가 입을 열었다.

"어떨 것 같아요?"

"뭐가?"

"알면서."

푸르트벵글러는 간격을 두곤 답했다.

"준비할 시간이 거의 없었으니 대중적이고 완성도를 높일 수 있는 선곡이 중요하겠지."

"언론에서 말하는 거랑 다르지 않네요."

"말은 항상 그럴듯하게 하지."

카밀라가 웃으며 운전석에 앉았다. 시동을 걸며 조수석에 앉은 연인에게 물었다.

"그런데 왜 하필 8번 교향곡이에요? 대중적이라 할 순 없잖아요."

카밀라의 질문에 푸르트벵글러가 고개를 돌려 시선을 맞췄다. 그의 눈은 확신으로 가득했다.

"지휘봉을 든 사람이 누군지 잊었어?"

카밀라는 푸르트벵글러의 그런 허풍이 싫지 않았다.

지금까지 수많은 무대를 통해, 이보다 말도 안 되는 일을 실현시켰던 걸 두 눈과 귀로 직접 확인했기 때문이었다.

카밀라는 센터 콘솔로 경로를 설정하고선 괜스레 핀잔을 주었다.

"허풍은. 앨범 판매량은 도빈이가 더 많잖아요."

"끄응."

베를린 필하모닉의 이름으로 낸 앨범과 디지털 스트리밍 관객 수 모두 배도빈이 앞서는 게 사실이었기에 푸르트벵글러는 불편한 심기를 감출 수 없었다.

그 모습을 귀엽게 본 카밀라가 애마, 메탈릭 레드 색상의 CLS를 몰아 주차장을 빠져나왔다.

"정말 왜 고른 건지 안 알려줄 거예요?"

푸르트벵글러는 평소에도 자신의 의도를 남에게 설명하길 극히 꺼렸는데 지휘자라면 무대 위에서의 연주로 말한다는 확고한 지론 때문이었다.

특히나 이번 선곡의 경우에는 특별한 이유가 있어 더 그러했으나.

무슨 일이든 예외는 있는 법.

사랑스러운 연인에게만큼은 체면이고 지론이고 없었다.

"A장조와 F장조는 비슷한 시기에 시작되었는데 강렬한 A장조가 호평을 받은 데 반해 F장조는 그리 좋게 평가받지 못했지."

푸르트벵글러의 말대로 극찬을 받은 7번 교향곡 A장조에 비하여 8번 F장조는 초연 당시 혹평을 받았었다.

그러한 경향은 현대에 이르러서도 크게 달라지지 않았는데, 자주 연주되는 7번에 비해 8번은 연주회나 앨범 대상으로 소외받곤 했다.

그러한 일화를 전해 들은 카밀라는 푸르트벵글러의 의도가 더욱 궁금해졌다.

"비슷한 시기에 작곡되었는데 그렇게 차이가 나는 이유가 뭐예요?"

"그게 재밌는 점이지. 8번은 불과 10년 전만 해도 유럽을 주름잡았던 양식을 다시금 채용한 곡이었어. 3악장의 미뉴에트라든가 하이든이 즐겨 쓰던 돌출이라든가 말이야."

"……일부러 이해하기 어렵게 말하는 거죠?"

"쉽게 말하면 F장조의 실패가 그 당시 이미 대중들이 베토벤에게 빠져 있었다는 걸 뜻하지."

푸르트벵글러는 카밀라 앤더슨이 스스로 생각하길 기다려 주었다.

"베토벤의 혁신적인 곡을 좋아하던 이들이 듣기에 예전 형태로 돌아간 8번은 매력적이지 못했나 보네요."

"맞아."

푸르트벵글러가 숨을 크게 내쉬었다.

"베토벤에 대한 기대가 다른 음악가들과 달랐기 때문이라는 말도 있지만 난 음악이 변화해야 하는 걸 가장 잘 드러낸 경우라 봐. 만약 8번이 18세기 말에 발표되었다면 명곡으로 불렸을 거야. 지금까지 사랑받는 것에 대해선 확신할 수 없어도."

배도빈이 클래식 음악을 파괴한다는 비판 아닌 비판을 받고 있는 지금, 빌헬름 푸르트벵글러는 본인만의 방식으로 그를 보호하고 있던 것이었다.

신호를 받아 차를 멈춰 세운 카밀라 앤더슨이 옆자리를 보았다. 그의 말에 배도빈을 아끼는 마음이 물씬 묻어나와 웃지 않을 수 없었다.

"제자 사랑이 지극하네요."

"본인만 모르지."

푸르트벵글러가 여러 직위를 받았을 때 화를 내던 배도빈을 생각하며 구시렁거렸다.

신호를 확인한 카밀라가 다시 기어를 넣고 예약해 둔 음식점으로 차를 몰았다.

그러다 문득 의아한 생각이 들어 묻자 푸르트벵글러가 펄쩍 뛰었다.

“혹시 져줄 생각이에요?”

“무슨 소리! 아직 배울 게 한참 남았다는 걸 알려줘야지.”

“놀래라.”

푸르트벵글러를 흘겨본 카밀라가 다시 물었다.

“그렇잖아요. 당신도 음악이 변해야 한다고 생각하면서 예전 형식을 취한 8번 교향곡을 선택했으니 그런 생각이 들죠. 안 그래요?”

“아니야.”

조금 이해했다 싶다가도 또 다른 말이 나오자 인내심을 가지고 묻던 카밀라도 화가 났다.

그래서 더는 묻지 않고 가만있자 푸르트벵글러가 창밖을 보았다. 보조 손잡이를 잡았다가 손을 떼 입가를 문지르다가 입을 열었다.

“안 궁금해?”

“뭘요.”

"아니. 뭐……."

말끝을 흐린 푸르트벵글러는 다음 신호에 잡히자 더는 참지 못했다.

"멍청한 작자들이 클래식이 무너진다느니 헛소리를 해대잖아. 그렇게 나불대는 입들을 닫게 하는 데 베토벤의 8번 교향곡만큼이나 좋은 곡도 없지 않겠어?"

카밀라 앤더슨이 황당하게 푸르트벵글러를 보다가 결국 웃음을 터뜨리고 말았다.

"더 해봐요."

"게다가 도빈이 그 녀석이 준비할 건 뻔해. 베토벤 교향곡 중 남은 거겠지. 베를린 필하모닉 이름으로 3, 5, 9번은 했고 B팀이 했던 레퍼토리 중에 남은 건 7번과 8번. 녀석의 고집을 보면 8번을 고를 게 뻔해."

생전 베토벤은 8번 교향곡이 7번 교향곡에 비교당하며 혹평을 받자, '7번보다 이 곡이 더 뛰어나기 때문에 도리어 저평가 받는다'고 불평했는데.

그것은 8번이 양식은 복고주의와 같이 예전 고전 형식을 취했지만 그 형식 안에서의 다양한 변화를 보였던 것으로 인식.

베토벤과 꼭 빼닮은 배도빈이라면 현재 자신을 비판하고 있는 이들의 코를 납작하게 만들기 위해서라도 8번 교향곡을 지휘할 거라는 게 푸르트벵글러의 생각이었다.

"그럼 일부러 같은 곡을 연주하려고?"

"정면승부지."

"으음. 정말 8번으로 할까요?"

"암. 그 녀석에 대해서라면 내가 가장 잘 알아. 틀림없어."

♪

한편 베를린 필하모닉 B 역시 주어진 시간을 최대한 활용하고 있었다.

배도빈은 암스테르담과의 준결승전에서 탱고를 선택, 과감히 타악기 섹션을 배제했는데.

그것은 모두 적은 시간을 최대한 활용하기 위한 시간적 안배였다.

"이게 다 뭐야?"

그리고 결승전을 준비하게 된 지금, 단원들은 타악기 수석 피셔 디스카우와 타악기 연주자들이 준비한 '악기'들을 보며 눈을 동그랗게 떴다.

많이 보던 물건이지만 오케스트라 무대 위에서는 보지 못했던 물건들이었다.

"구두굽이잖아?"

"이거 설마 거북이 등딱지야?"

"훨도 있네."

"이건 뭐지?"

"아, 솥뚜껑이에요."

"솥 뭐?"

동료들이 신기하게 쳐다보는 가운데, 타악 주자들은 이상한 물건들을 세심하게 배치하였다.

"준비됐어, 보스!"

"좋습니다. 각자 자리에 위치하세요."

다소 어수선한 느낌으로 시작된 베를린 필하모닉 B는 라흐마니노프의 마지막 작품, 교향적 무곡을 연주하기 시작했다.

다소 몽환적인 느낌으로 시작된 음악은 순식간에 광활한 판타지 세계를 그려냈다.

치고 들어오는 타악기.

큰북과 작은북의 힘찬 소리와 함께하자 곡의 분위기가 더욱 왕성해졌다.

파트별 연습는 해왔으나 다 함께 맞춰보는 것은 처음이라 조율할 부분이 산더미처럼 남아 있었다.

또한 다양하게 들리는 타악기 소리는 지금까지 그들이 했던 연주와 무척 다른 느낌이었다.

'재밌다.'

비단 배도빈과 나윤희가 아니더라도 B팀 단원들은 모두 살

인적인 일정과 스스로 부족함을 알기에 더욱 노력했던 탓에 피로가 누적되어 있었지만 그럼에도 새로운 곡을 연주함에 따라 기분만은 즐거웠다.

배도빈도 고개를 끄덕였다.

'처음치고 나쁘지 않아.'

가장 중요하게 여겼던 타악기가 기대한 만큼 잘 준비되었기에 배도빈도 조금은 안도할 수 있었다.

찰스 브라움이 악장으로 나섰고 나윤희가 보조한다고는 하지만 암스테르담 로얄 콘세르트헤바우를 상대하면서 여력을 쥐어짠 단원들이 얼마나 따라와 줄지는 그조차 예상할 수 없었다.

'타악기 이외에 더 이상의 시도는 없어. 이틀간 완성도를 최대한 높여야 해.'

그러나 완성도를 높이는 방법은 반복뿐이었다.

기간은 온전히 단원들의 몫이라 배도빈은 최대한 세심하게 부분들을 짚어가며 그들이 감을 잡을 수 있도록 배려했다.

그렇게 이틀간의 짧은 연습을 통해 할 수 있는 모든 준비를 다한 이들이 외쳤다.

"수고하셨습니다!"

"고생하셨습니다!"

이제 남은 것은 무대 위에 오르는 것뿐이었다.

숙소로 돌아오는 길, 리무진 버스 안에서 찰스 브라움이 말을 걸었다.

"다 좋은데 말이야."

의아하게 시작한 말에 배도빈이 고개를 돌렸다.

"왜 하필 새 레퍼토리야? 하던 베토벤이나 드보르자크면 좋잖아. 베토벤 A장조 교향곡이 좋은 선택 같은데."

"아마 푸르트벵글러도 같은 생각일 거예요."

"정면 대결은 피한다? 너답지 않은데."

"최선을 다하긴 했지만 몇십 년간 쌓아온 완성도는 따라갈 수 없으니까요. 마리 얀스를 상대하면서 느꼈어요. B팀은 아직 더 발전할 수 있어요. 그러니 지금은."

배도빈이 고개를 돌려 뒷자리에서 곯아떨어진 단원들을 한 번 훑어보곤 자세를 바로 했다.

"가지고 있는 장점을 활용해야죠."

"네가 이렇게 약은 생각도 할 줄 몰랐는데."

"패널티를 갖고 이길 수 있는 상대가 아니니까요."

배도빈의 말에 찰스 브라움이 진정으로 고개를 끄덕였다.

♪

클래식 음악의 부흥을 위해.

미래를 위해 설립된 세계 클래식 음악 협회가 수년간 노력해 화합과 경쟁의 장을 마련했다.

Orchestra Of The Year.

클래식 음악의 정수라는 오케스트라 중에서도 한해 가장 뛰어난 퍼포먼스를 보여준 악단에 수여하는 영광의 이름.

OOTY를 결정하는 데 가장 큰 부분을 차지하는 건 전 세계 모든 악단이 참여하는 전쟁.

오케스트라 대전이었다.

내로라하는 명사들과 큰손들로 구성된 세계 클래식 음악 협회 구성원의 노력과 팬들이 선택하는 점수 책정 방식으로 인해 유례없는 참여를 이끌어낸 오케스트라 대전은 예선부터 수백 개 악단이 참여해 지금에 이르렀다.

정상에 오른 두 악단의 이름은 공교롭게도 같았다.

베를린 필하모닉.

부모 자식으로 보는 이들도 있었고 자매 관계로 보는 이도 있었지만 이미 두 악단, 아니, 베를린 필하모닉이 클래식 음악계를 주도할 거라는 전망이 주류를 이루는 가운데.

팬들은 즐거울 뿐이었다.

빌헬름 푸르트벵글러와 A팀이 우승한다면 당연하게 받아들이고 또한 지금도 귀와 가슴을 즐겁게 해주는 B팀이 A팀에게 영향을 받아 더욱 발전할 수 있다는 뜻이었다.

반대로 배도빈과 B팀이 우승한다면 이미 라이든샤프트로

불리는 세대의 선지자이며 또한 베를린 필하모닉의 새로운 주인인 배도빈이 성공적으로 세대교체를 했다는 뜻이니 이 또한 반가운 일이었다.

그러하다 보니.

OOTY 오케스트라 대전 파이널라운드는 세미파이널에 비해 다소간 긴장감이 떨어지는 게 사실이었다.

♪

"안녕하십니까. 저는 현재 잘츠부르크의 대축전극장 앞에 나와 있습니다."

전 세계가 주목하고 있는 만큼 대한민국의 유력 방송사 NBC에서도 인기 리포터를 대동, 현장 중계를 하고 있었다.

"이곳은 1시간 뒤에 시작될 베를린 필하모닉 자매 악단 간의 결승전으로 들떠 있습니다. 배도빈 씨가 과연 우승을 차지할 수 있을지! 많이들 궁금하실 텐데요. 지난 두 달간 오케스트라 대전을 관람하며 여러 소식을 전해준 두 분과 인터뷰를 나눠보도록 하겠습니다. 안녕하세요, 한이슬 평론가님, 차채은 평론가님."

"안녕하세요, 평론가 한이슬입니다."

"아, 아, 아, 안녕하세요. 차채은입니다."

이미 여러 언론을 통해 방송에 익숙한 한이슬과 첫 방송, 그것도 생방송에 잔뜩 긴장한 차채은이 인사를 받았다.

"간단히 두 분을 소개해 드릴게요. 한이슬 평론가님은 한국대학 언론방송학과 출신으로 월간 관중석에서 기자로 활동하시다가 평론가로 전향하셨는데, 그 계기가 배도빈 씨와 고 홍승일 피아니스트의 협연에 관한 칼럼이었죠?"

"네. 지금 생각해도 그보다 멋진 피아노 2중주는 없었어요. 제 개인에게도 정말 좋은 기회가 되었던 고마운 일이었죠."

"정말 그러네요. 이후 국내 여러 언론사를 통해 전해진 한이슬 평론가의 이야기는 뛰어난 표현력으로 많은 사랑을 받아왔습니다."

한이슬을 소개한 리포터가 이번에는 고개를 돌려 차채은과 눈을 마주했다.

어리다고 들었는데 다소 긴장하고 있는 것처럼 보여 리포터는 차채은이 긴장을 풀 수 있도록 농담을 건넸다.

"어머. 키가 무척 크시네요. 저도 작진 않은데."

"아하하."

'큰일이네.'

그러나 그리 나아진 것이 없었기에 리포터는 걱정하면서 소개를 이어나갔다.

"한편 차채은 평론가는 9만 명이 넘는 구독자를 보유한 인기 블로거입니다. 개인 블로그를 통해 이름을 쌓다가 최근에야 본격적으로 평론을 시작하셨는데, 그 계기가 배도빈 씨와 최지훈 씨라 들었어요."

슬며시 다가온 마이크에 차채은이 간신히 입을 열었다.

"네. 어렸을 때부터 친하게 지내다 보니."

"그러셨군요. 음악 분석력이 뛰어나다는 평을 받고 계신데 전문 지식은 어떻게 얻으셨나요? 역시 배도빈 씨와 최지훈 씨와 함께?"

"처음에는 그랬고 나중엔 독학으로……."

리포터는 이제 16살인 아이가 긴장된 와중, 생방송에서 이만큼이나 대답한 것만으로도 다행이라 여기며 인터뷰를 진행.

한이슬 평론가에게 결승 무대를 어떻게 예측하는지 물었다.

'아, 답답해 미치겠네. 왜 이렇게 말이 안 나와?'

그러든지 말든지 차채은은 얼어붙은 입술을 탓하고 마음을 다잡았다.

아버지 차승현으로부터 말은 항상 자신감 있게 해야 한다고 배웠던 것을 상기하며, 다음 질문을 받으면 꼭 똑 부러지게 답해야겠다고 마음먹었다.

"사실 현실적으로 베를린 필하모닉 B의 우승은 어렵다고 봐야 합니다. 암스테르담전도 배도빈 씨의 뛰어난 편곡 능력이 대중의 마음을 사로잡은 덕이었죠. 완성도에 있어서는 심사위원단의 점수가 그것을 증명하고 있습니다. 그런 점에서 배도빈이라는 천재를 감당하기에, 또 선배들을 상대하기에 B팀은

역부족이라고 생각합니다."

'뭐야. 진짜.'

차채은은 혹시 괜찮은 사람일지도 모른다는 생각을 다시 고쳤다.

나윤희의 불새 연주만 해도 베를린 필하모닉 B가 얼마나 노력하는지, 수준 있는 오케스트라인지 잘 드러나는 일이었다.

차채은의 눈에 보기엔 현재 베를린 필하모닉 B는 연주자들이 젊다는 것과 악단의 역사가 짧다는 것 때문에 도리어 과소평가 받는 것처럼 보였다.

배도빈의 베를린 B가 낸 앨범이 지난 1년간 가장 많은 수익을 올린 점이 가장 명확한 지표였다.

"이러한 이유로 마에스트로 푸르트벵글러의 우승을 예상합니다. 베를린 필하모닉이 앞으로 어떻게 발전할지 정말 기대되네요."

"현실적으로 A팀의 우승이 당연하다는 말씀이셨네요. 좋은 말씀 감사합니다."

잠시 뒤, 리포터가 한이슬의 말을 정리했다. 그녀는 고개를 돌려 다음 인터뷰 상대를 돌아보았다.

여전히 긴장하고 있었는데 리포터는 생방송에 문제가 생기지만 않길 바라며 계속 진행했다.

"한이슬 평론가께선 현실적인 이유로 마에스트로 빌헬름 푸르트벵글러와 A팀의 우승을 점쳤는데, 차채은 평론가의 의견은 어떤지 들어보도록 하겠습니다. 차채은 씨, 배도빈 지휘자가 과연 우승할 수 있을까요?"

"당연하죠!"

차채은의 당찬 외침에 한이슬과 리포터, 카메라맨까지 모두 움찔했다.

방금까지만 해도 말끝을 흐리던 아이의 목소리에 힘이 들어가니 리포터가 웃으며 다시 한번 기회를 주었다.

"정말 믿음이 대단하시네요. 이유도 말씀해 주시겠어요?"

차채은이 카메라를 뚫어낼 듯 노려보며 말했다.

"베를린 필하모닉 B는 오빠의 걸림돌이 아니에요. 다들 엄청나게 노력하고 있고 오케스트라 대전으로 증명해냈어요."

흥분한 차채은이 마이크까지 쥐고 한이슬 평론가를 보았다.

"베를린 필하모닉 B를 그렇게 보는 건 그들과의 경쟁에서 패한 암스테르담과 시카고, 체코까지 무시하는 거예요!"

"채, 채은 씨 진정하시고."

"음악가는 무대 위에서 말해요! 그들의 경력이 짧다는 건 평가 기준이 될 수 없어요!"

차채은의 발언을 지켜보고 있던 대한민국의 콩깍지들은 한이슬로 인해 답답했던 가슴이 뚫리는 듯했다.

"오빠도! 같은 오케스트라라고 맘 놓고 있기만 해봐, 진짜! 다들 응원하고 있으니까!"

차채은의 흥분도가 최고치를 찍었을 때는 이미 인터넷상의 반응은 뜨거웠다.

ㄴ잘한다!

ㄴ엌ㅋㅋㅋㅋㅋ방송사곸ㅋㅋㅋㅋ

ㄴ리포터 당황한 거 봐ㅋㅋ 귀엽닼ㅋㅋㅋ

ㄴ의식의 흐름 개웃기넼ㅋㅋㅋ 나중엔 그냥 친구한테 하는 말이잖앜ㅋㅋ

ㄴ한이슬 벙찐 거 왤케 웃기냨ㅋㅋ

ㄴ차채은 말 잘하넼ㅋㅋ 진짜 결승전인데 다들 이미 끝났다고 말하는 거 별로 안 좋게 봤는데.

ㄴ이게 중학생의 패긴가?

ㄴ그래. 봐주는 게 어딨어. 승부에서 어디가 이겨도 상관없는 게 말이 안 되짘ㅋㅋ

ㄴ차채은 말이 일리가 있는 게 이미 베를린 B 앨범 판매량은 작년 톱이었음.

ㄴ그러게. 암스테르담도 이겼는데 A팀이라고 못 이길까.

ㄴ난 그냥 배도빈이 이겼으면 좋겠음.

차채은의 발언으로 다소간 어디가 이겨도 상관없다는 분위기는 팬들 사이에서도 흐려졌다.

특히나 결승 무대 전, 특별히 두 지휘자를 초대해 대담석을 마련한 세계 클래식 음악 협회의 안배로 이와 같은 분위기는 모든 음악인 사이로 퍼져갔다.

마련된 세트장에서 촬영과 동시에 기자들이 출입할 수 있게 하여 마치 기자회견장과 같았다.

"클래식 음악을 사랑하시는 시청자 여러분, 안녕하십니까. 오늘은 특별히 두 거장을 모셨습니다. 베를린 필하모닉의 상임 지휘자, 빌헬름 푸르트벵글러 씨와 배도빈 씨. 사실상 베를린 필하모닉이 우승이 확정된 지금 두 분의 심경을 여쭤보도록 하겠습니다. 먼저 마에스트로 배, 결승 무대 준비는 어떻게 하셨습니까?"

사회자 우진의 질문에 배도빈이 심드렁하게 답했다.

"이길 만큼요."

배도빈이 더 이상 말하지 않았기에 당황한 사회자는 억지로라도 상황을 포장해야만 했다.

"아하하하. 대단한 자신감이시네요. 역시 최고의 자리는 양보할 수 없다는 뜻이겠죠? 그럼 마에스트로 푸르트벵글러께선 어떤 마음으로 결승 무대를 준비하셨나요?"

배도빈의 도발에 약이 오른 푸르트벵글러도 지지 않았다.

"암스테르담을 이기고 건방져지지 않도록 잘 가르칠 생각이다."

푸르트벵글러의 말과 함께 지켜보고 있던 기자들의 손이 분주해졌다.

스승과 제자, 왕과 왕자의 신경전은 오케스트라 대전을 더욱 깊이 즐길 수 있는 스토리텔링이었기에 주최 측 인사들은 크게 기뻐했다.

푸르트벵글러의 발언에 배도빈이 고개를 내밀어 폭군을 노려보았다.

"진심이에요?"

"뭐가 말이냐."

배도빈의 오만함은 선천적인 것으로 패시브 스킬이나 마찬가지였다.

암스테르담을 이겼다고 해서 더해지지도 덜해지지도 않다는 것을 푸르트벵글러가 모를 리 없었기에, 그것을 알고 있는 배도빈은 푸르트벵글러가 일부러 자신을 도발하고 있다고 의심할 수밖에 없었고.

그것은 사실이었다.

'이제 이런 언론 플레이도 익숙해져야지, 이 녀석아. 대표가 지휘만 잘해서 되는 줄 알았느냐.'

히쭉대는 푸르트벵글러의 입가를 보자 배도빈의 미간이 꿈틀댔다.

의심이 확신이 된 순간이었다.

"그런 말 해놓고 지면 창피할 거란 생각은 안 해요?"

"뭐, 뭐라고?"

배도빈의 추가 발언에 기자들은 촬영 중이라는 것도 무시하고 카메라 플래시를 터뜨려댔다.

촬영팀이 저지해도 왕위를 두고 서로를 공격하는 위대한 두 음악가의 이야기를 포기할 순 없었다.

ㄴ싸워라! 싸워라!

ㄴ그래! 훈훈해서 뭐가 재밌냐! 오케스트라 대전 우승이면 스승이고 나발이고 없지!

ㄴ진짜 둘 다 자존심 센 건 인정해 줘야 함ㅋㅋㅋㅋㅋㅋㅋ

ㄴ배도빈 진짜 예전부터 느꼈는데 성격 그리 좋은 건 아닌 듯ㅋㅋㅋㅋ

ㄴ싸움꾼 푸르트벵글러한테 배웠는데 그게 어디 가겠냐ㅋㅋ

중계를 보고 있던 팬들은 물론, 모든 언론사가 팝콘을 뜯어 두 사람의 대화를 흥미롭게 지켜보는 가운데 난감한 사람은 사회자뿐이었다.

간신히 상황을 진정시킨 우진이 배도빈에게 물었다.

"자, 잠시 두 지휘자의 사담이 있었습니다. 그러면 마에스트로 배, 이 자리에서 오늘 연주할 곡을 발표해 주셔야 하는데 베를린 B가 결승 무대에서 연주할 곡은 무엇인가요?"

"라흐마니노프의 마지막 작품인 교향적 무곡입니다."

"뭐!"

배도빈의 발언에 푸르트벵글러가 의자를 박차고 일어났다.

역사적 인물의 돌발행동에 기자들과 팬들은 홍겨워 카메라 셔터를 눌러대거나 펜을 움직이든가 키보드를 두들겼다.

"이 녀석아! 결승에선 베토벤을 해야지! 우리 베를린의 정신을 뭘로 보는 게야!"

"내 마음이에요."

"당장 바꾸지 못해!"

"말이 되는 소릴 해요! 베를린의 정신은 무슨. 베트호펜 고향곡 하면 자기가 유리하니까 하는 말이잖아요!"

"도전 정신을 말하는 거다! 머리 빈 것들이 더는 나불대지 못하게! 완성도 있는 연주를 들려줘야 할 것 아니야!"

"그러니까 그런 개소리 신경 안 쓴다고 했잖아요! 고생한 단원들한테 준우승 트로피 안겨줄 생각 조금도 없으니 푸르트벵글러야말로 포기해요!"

"못 해!"

그 광경을 지켜보고 있던 카밀라 앤더슨과 이자벨 멀핀은 타들어 가는 속을 달래기 위해 크고 긴 한숨을 내쉬었고.

마찬가지로 두 지휘자의 말을 들은 베를린 필하모닉의 단원들은 더욱 불이 붙었다.

"귀엽게 봤더니 우릴 상대로 진짜 우승할 생각이었나 보네."

"그러게. 기특하게 봐야 하나."

"기특하지. 혼내주기 알맞게."

A팀 단원들은 완벽과 최고만을 바라는 그들의 정신을 훌륭히 장착한 후배들을 뭉개줄 생각으로.

"수십 년간 맞춰온 곡으로 승부하려고 했어."

"우린 이제 겨우 2년인데."

"이렇게 된 이상 진짜 이겨주자고. 어차피 선배들, 10년 뒤엔 은퇴할 거잖아. 맘 편히 가실 수 있게 해드리자."

오케스트라 대전을 통해 지휘자 배도빈에 대한 존경과 단원들끼리의 신뢰로 거듭 태어난 B팀 단원들은 선배들이 가는 길을 편안케 해주고자 마음을 다잡았다.

♪

OOTY 오케스트라 대전 파이널라운드 시작 5분 전.

현장은 뉴튜브, 미시시피 프리미엄 비디오, 웹플릭스, JH시네마 그밖에 140여 국가의 유력 방송 매체를 통해 동시 중계되고 있었다.

이미 2억 명에 육박한 시청자.

그것은 클래식 음악계가 전에 없는 수준으로 확장된 것을 보여주는 단적인 증거였으며, 동시에 미래를 비추는 새 시대의 찬란한 빛이었다.

"아직 시작도 안 했는데 어마어마하네."

히무라 쇼우는 기사를 훑어보며 고개를 저었다.

이 기세라면 정말 클래식 음악 역사에 대기록을 작성할 것만 같았다.

"파이가 달라졌지. 더 이상 이 업계가 무너질 거라 걱정하는 사람은 없어."

나카무라 이데는 다소 감성적이 되어 무대 위 대형 스크린을 응시하고 있었다.

베를린의 두 상임 지휘자의 얼굴이 비치고 있었는데, 그중 한 명과는 특히나 연이 깊었다.

'오래됐네.'

그것은 갑자기 찾아온 일이었다.

엑스톤의 기획팀에서 넘긴 자료를 확인했을 때만 해도 나카무라와 히무라는 뛰어난 음악가를 잡아야 한다는 생각에 무작정 연락.

한국으로 향했다.

나카무라는 그날을 잊을 수 없었다.

'정말 이 아이가 만들었다고?'

직접 보고도 믿을 수 없었다.

소년이라 할 수도 없었던 조그만 아이는 나카무라 앞에서 고사리 같은 손으로 악보를 채워나갔다.

그로부터 15년이 흘러.

그 소년은 당당히 세계 정상의 자리에서 최고의 음악가로

찬양받고 있었다.

희망이라 불리던 별은 정말 그 이름처럼 단지 음악만으로 여러 사람의 인생에 영향을 주었다.

황폐화된 클래식 음악계가 지금과 같이 사랑받을 수 있게 된 유일한 이유였다.

"정말 신기해. 아무도 생각하지 못했던 일을 결국 해내잖아. 도빈이를 보고 있으면 뭐든 가능하겠다 싶어."

히무라의 말에 나카무라가 고개를 끄덕였다.

하체가 마비되고 절망에 빠졌던 그는 몇 번이고 삶을 포기하고 싶었다.

그의 반평생을 바쳤던 이바라키의 엑스톤마저 매각되어 단순 유통업체가 되었을 땐, 세계가 그에게 이만 포기하라고 강요하는 듯했다.

나카무라가 강해질 수 있었던 이유는 오직 료코뿐이었고 유일한 안식처는 배도빈의 바이올린이었다.

"이번에도 기적을 보여주겠지."

나카무라는 진실로 배도빈이 새로운 시대를 이끌어줄 거라고 믿었다.

♪

무대에 베를린 필하모닉 A가 모습을 드러냈다.

"뭐랄까 좀…… 무섭지 않아?"

진달래가 눈매를 좁히며 나윤희에게 물었다.

"응……."

나윤희도 같은 생각이었다.

오케스트라의 카리스마로 불리는 베를린 필하모닉이지만 오늘따라 기세가 더욱 흉흉했다.

"공연 전에도 티격태격하더니 정말 진심으로 할 건가 보네. 언닌 어디 응원해? 역시 B팀이야?"

나윤희가 고개를 끄덕였다.

그녀는 오늘 결승 무대에 함께하지 못하여 너무도 분하고 답답했다.

동시에 누구보다도 함께 고생한 B팀이 우승해 주길 바랐다.

그러나 상대는 빌헬름 푸르트벵글러와 세계 최고 수준의 연주자들.

각 개인의 기량만으로도 충분히 솔로로 성공할 수 있음에도 베를린 필하모닉에 남아 오직 완벽한 하모니만을 위해 평생을 바친 이들이었다.

"마에스트로!"

"빌~"

마침 40년간 제국을 지배했던 폭군이 모습을 드러냈다.

관객들은 반가움을 감추지 않고 20세기와 21세기에 걸쳐 가장 위대한 지휘자를 반겼다.

그러한 환호로 치장한 빌헬름 푸르트벵글러는 당당히 걸었다.

멀리서도 느껴지는 그의 무게감은 본인이 어떤 존재인지 말해주었다.

살아 있는 전설. 폭군. 백 년간 가장 위대했던 지휘자.

세 방향으로 엄숙히 고개를 숙인 푸르트벵글러가 뒤돌자 콘서트홀은 쥐죽은 듯 고요해졌다.

베를린 필하모닉이 결승 무대를 위해 준비한 최고의 무대.

마침내 4억 명을 돌파한 시청자 모두 가슴을 열고 기다렸다.

푸르트벵글러가 두 손을 힘차게 찍어 올리자 영광의 행진이 시작되었다.

현악부와 관악부, 타악부 모두 행진을 알렸고 오보에가 기품 넘치는 왕자를 비추었다.

은빛 갑주를 입고 투구를 허리에 낀 왕자는 위풍당당했다.

그 뒤에 시종과 근위대가 절도 있게 발을 맞춰 함께했다.

팀파니가 천천히 걷는 말굽 소리를 들려주었고 영명하게 나선 이들은 마침내 궁 앞에 이르러 행진을 멈추었다.

그 모습을 지켜보고 있던 백성들이 왕자와 기사들의 고결한 기상에 감탄하기 시작한다.

바이올린이 속삭이는 소리는 조심스럽게 백성들의 칭송을

대신하였다.

'우리 왕자님 얼마나 늠름하신가.'

'정말 대단하시지. 이번에는 또 무슨 일을 해내시고 돌아오셨을까?'

'이크.'

백성들의 대화가 잦아들고.

근위대가 창을 높이 들어 땅을 찍었다. 나팔 소리가 우렁차게 퍼지듯이 베를린 필하모닉의 관악기와 타악기가 점차 소리를 높였다.

'북방을 점령하고 왔소!'

자랑스러운 왕자가 정벌을 마치고 귀환했다는 소식에 백성들이 다시금 환호했다.

광대들이 나서 흥을 돋운다.

비서로 종군했던 남작이 왕자의 공을 읊을 때마다 백성들의 칭송이 반복되었고 마침내 그 목소리가 닿아.

왕성에서 위엄 넘치는 한 무리의 사람들이 걸어 나온다.

만백성과 신하들이 고개를 조아려 왕을 영접하자 폭군이 벼락같이 왕자를 꾸짖는다.

'왕자여, 어찌하여 병사를 잃었느냐!'

'왕자여, 어찌하여 동방을 두고 돌아왔느냐!'

왕과 왕자 사이의 갈등을 반복, 고조하는 오케스트라의 연주에 맞춰 관객들은 가슴 졸였다.

'이러려고 선택했구만.'

빌헬름 푸르트벵글러의 베토벤 교향곡 8번을 듣던 사카모토 료이치는 빙그레 웃었다.

베를린 필하모닉의 연주는 마치 큰 공을 세우고 개선한 왕자와 더 큰 공을 세우지 못했음을 꾸짖는 왕의 갈등 같았다.

그것은 베를린 필하모닉의 뛰어난 표현력으로 관객들을 유린했다.

때로는 웅장하게. 때로는 과감하게.

때로는 자애롭게. 때로는 무섭게 나서며 압도적인 심상으로 관객들을 흔들었다.

마침내 더욱 크고 힘찬 멜로디와 함께 왕과 왕자가 서로를 끌어안았다.

우승은 절대 넘겨줄 수 없다고 말하지만, 최고의 자리에서 왕위를 물려주는 푸르트벵글러의 연주를 들으며, 사카모토 료이치는 처음으로 그를 부러워했다.

만약 자신이 빈 필하모닉에 남아 지휘자로 계속 있었다면 저럴 수 있었을까.

그러나 그 본인이 추구하는 음악이 따로 있었기에 만약은 만약일 뿐.

사카모토 료이치는 이 기품 있고 아름다우며 영광스러운 연주를 진실로 축복하였다.

한편.

푸르트벵글러의 의도를 모를 리 없는 배도빈은 대기실에서 묘한 감정을 느끼고 있었다.

그 마음에 감격하면서도.

혹시나 푸르트벵글러가 너무 빨리 은퇴하진 않을까 하는 생각 때문에 마냥 반갑지만은 않았다.

첫 번째 삶에서 만들어 둔 아홉 개의 교향곡.

여러 악단이 연주한 곡을 들었으나 빌헬름 푸르트벵글러와 베를린 필하모닉의 연주만큼 그를 충족시키는 오케스트라는 없었다.

당시 배도빈의 의도를 고스란히 녹여, 현대인이 보다 잘 느낄 수 있도록 연주하는 격정의 심포니.

규정하길 좋아하는 학자들은 라이든샤프트의 시작을 배도빈으로 이야기했지만 배도빈이 항상 말해왔듯.

음악사는 어느 한 명에 의해 바뀌지 않았다.

배도빈은 지난 수십 년간 쌓아온 빌헬름 푸르트벵글러와 베를린 필하모닉이야말로 라이든샤프트 세대의 밑바탕이 되어주었다고 여기며.

현대에도 자신의 뜻을 온전히 펼쳐준 그들에게 깊이 감사했다.

'식단 관리랑 금연만으로는 안 되겠어. 강제로라도 운동시켜야지.'

배도빈은 푸르트벵글러를 더 건강히 할 생각을 하며 기분 좋게 자신이 만든 여덟 번째 곡을 감상했다.

♪♩♪♪

베를린 필하모닉 A의 연주는 이제 후반부에 이르렀다.

고풍스러우면서도 드높은 기상을 펼친 베를린 필하모닉의 연주에 관객과 시청자 그리고 음악인들은 하나같이 두근거렸다.

'베토벤 8번이 이렇게 좋았었나?'

'진짜 미쳤다. 심장아 작작 좀 뛰어.'

'과연 빌헬름 푸르트벵글러인가. 리듬을 완벽하게 조율해 멜로디가 부각되었어. 이런 연주에 마음이 동하지 않을 수 없지.'

마침내 트럼펫과 함께 마지막 음이 울리자.

콘서트홀은 격한 감동을 주체하지 못한 관객들의 환희로 가득 찼다.

"브라보!"

또 다른 전설 마리 얀스의 눈과 입가에 주름이 짙어졌다. 더없이 훌륭한 연주에 기뻤기 때문이고 베를린 필하모닉 A가 클래식 음악의 정수를 들려주었기 때문이었다.

멜로디의 변형 없이 악보에 충실하나 박을 연결시키고 떼어놓으며 박자를 가지고 놀아 결국에는 리듬이 더욱 활동적이게 되어 연주 전체에 활력을 준 푸르트벵글러의 지휘는 공교롭게도 마리 얀스와 런던발 오케스트라가 지향하는 것과 유사했다.

그것을 세계에서 가장 뛰어난 연주자 집단이라는 베를린 필하모닉이 해내니 그 완성도는 말할 것도 없었다.

'결국 왕관을 넘겨주진 않았지.'

마리 얀스는 왕이 이제 막 왕관을 들어 왕자 앞에 선 클라이맥스를 떠올리곤 고개를 끄덕였다.

'가져갈 테면 스스로 가져가란 뜻이겠지. ……자네가 정말 부럽네. 빌헬름.'

마리 얀스는 멀리 북미 대륙에 있는 손자를 떠올리며 아쉬워했다.

빛나는 재능을 지닌 손자 아리엘이 처음부터 오케스트라를 접하며 성장했다면 그 역시 푸르트벵글러와 같이 자신의 자리를 손자에게 물려줄 수 있었을 거라는 안타까움이었다.

그러나 가장 분하고 슬픈 일은 따로 있었다.

'두 사람이 경쟁해 그려 갈 미래를 함께할 수 있다면 좋으련만.'

당장 내년을 기약할 수 없는 늙은 육체가 마리 얀스를 슬프게 했다.

그러한 마음은 그뿐만이 아니라 빌헬름 푸르트벵글러, 사카모토 료이치, 아르투로 토스카니니, 브루노 발터 등과 같이 시대를 풍미한 여러 사람이 공감하는 일이었다.

그들이 느낄 수 있는 것은 더욱 발전할 미래의 편린뿐.

베를린 필하모닉 A가 물러나고 20분 뒤.

무대 위에 오르는 젊은 연주자들을 보며 마리 얀스는 숨을 깊게 들이쉬었다.

♪

한편.

선배들의 연주에 의기양양했던 B팀의 기세가 한풀 꺾였다.

암스테르담을 한 번 넘어섰던 경험과 결승 무대 전 두 상임 지휘자와의 대담으로 한껏 달아올랐던 그들이 듣기에도 완벽한 연주였다.

더 이상 어떻게 더 잘할 수 있을지 상상조차 할 수 없었기에 단원들은 말없이 악기를 챙겼다.

그럴 때, 제2바이올린 수석이었던 나윤희가 악장직을 수여받고 부상으로 빠지면서 생긴 공백을 채운 왕소소 악장이 문 앞에 섰다.

이제 무대 위로 올라가야 하거늘.

단원들은 그녀를 의아하게 보았다.

"관객들에게 그런 얼굴 보여줄 거야?"

평소 드라마 시청과 식사, 수면에만 관심이 있고 말수가 적었던 소소였기에 단원들은 그녀의 일침을 더욱 크게 받아들였다.

나윤희의 열연으로 드러나지는 않았지만 적어도 B팀은 배도빈을 제외한 나머지 단원 중 오케스트라 대전에서 가장 많은 스케줄을 감당한 사람이 누군지 잘 알고 있었다.

배도빈 지휘자보다도 작은, 악단 내 최단신인 왕소소 악장도 그러한 고초를 감내하고 힘을 내고 있거늘.

젊은 단원들은 다시 한번 마음을 고쳐먹었다.

"좋아."

한결 나아진 얼굴들을 확인한 소소가 대기실 문을 열고 복도로 나서자 잠시 뒤, 악장실 문이 열리며 찰스 브라움이 합류했다.

'잔뜩 움츠리고 있을 줄 알았는데 제법이네.'

빌헬름 푸르트벵글러의 협박과 배도빈의 협박보다 무서운 제안으로 갑작스레 솔로 활동을 접고 입단한 그였으나.

놀라운 속도로 성장하는 단원들을 보며 그도 조금씩 베를린 필하모닉에 정을 붙이게 되었다.

그리고.

'이래야 할 맛이 나지.'

배도빈 이외의 음악가는 인정하지 않았던 나르시스트는 베를린 필하모닉의 악장으로서 제 위치를 찾아가고 있었다.

"우리가 여기까지 올 수 있었던 이유는 모두 배도빈 지휘자 덕이었어. 이제 우리 차례인 것 같은데. 다들 어떻게 생각해?"

찰스 브라움의 질문에 단원들이 고개를 끄덕였다.

이름을 알리기 전이었던 단원들을 받아주고 세계 최고의 무대에 함께하게 해준 배도빈을 위해.

그들의 지휘자를 위해.

"가자."

베를린 필하모닉 B가 한마음으로 무대 위에 올랐다.

♪

베를린 필하모닉 B가 무대 위에서 마지막 점검을 끝냈다.

오보에의 음에 맞춰 조율을 확인한 그들의 얼굴에는 비장함마저 감돌고 있었다.

"마지막 무대라 그런지 평소보다 집중한 느낌이지?"

"그러게. A도 B도 진심이라 다행이다."

"근데 저 잡동사니는 다 뭐래?"

"글쎄. 뭐, 필요하니 가져다 놓은 거 아니겠어?"

일반적인 무대와 달리 여러 물건이 타악기 주자 주변에 놓여 있어 자연스레 관심이 쏠렸다.

관객들은 배도빈이 또다시 본인들을 놀라게 해줄 거라 믿으며 OOTY 오케스트라 대전의 마지막 공연을 더욱 기대했다.

이윽고.

베를린의 마왕이 모습을 드러냈다.

"도빈 군!"

"마에스트로!"

관객은 마왕을 향한 사랑을 숨기지 않았다.

최고의 상대를 맞이해 그가 어떤 연주를 들려줄지 너무도 설렜다.

지금에야 여러 시도를 하고 있지만 배도빈이 사랑받았던 가장 큰 이유는 폭력과도 같은 심상.

얌전한 음악을 즐기던 이들에게 배도빈의 원초적이고 파괴적인 연주는 거부할 수 없는 강제력을 띠었고 가슴에 때려 박히는 심상에 그의 노예가 될 수밖에 없었다.

그 마성 같은 매력이 배도빈이 마왕으로 불리게 된 이유였고 팬들이 그의 연주회를 찾는 이유였다.

그러한 사실을 잘 알고 있기에 관객들은 결승 무대에서 이번에야말로 배도빈의 진가를 확인할 수 있을 거라고 생각했다.

세르게이 라흐마니노프의 마지막 작품, 교향적 무곡을 어떻게 들려줄지.

이번에는 또 어떤 폭력으로 자신들을 조교할지 떠올리며 애달팠다.

관객들에게 인사를 마친 배도빈이 돌아서 자신의 악기들을 둘러보았다.

'좋아.'

마왕이 지휘봉을 내밀자 제1바이올린과 관악기가 심상치 않은 분위기를 연출했다.

신비하고도 음산한 분위기.

원곡과 다르지 않은 시작이었다.

음이 잦아들고.

배도빈이 힘차게 문을 열었다.

그러자 모든 악기가 노래하기 시작했고 관객들은 마치 마왕성으로 향하는 흉흉한 대문을 맞이한 듯한 착각에 빠져 버렸다.

저 멀리.

마왕의 위엄 넘치는 성이 보였다.

높이 솟은 탑과 검푸른 벽돌.

날카롭게 솟은 깃발과 푸른색 계통의 스테인드글라스.

은은한 조명 아래 마왕성은 위세롭고 엄숙하게 웅거하고 있다.

피셔 디스카우의 힘찬 팀파니로 인해 관객들의 두려움이 더욱 고조되고.

달빛만이 비추는 길 위에 놓인 관객은 악마들 사이에 끼어 어쩔 수 없이 성으로 향해야만 했다.

박쥐가 날아올라 마왕을 칭송했고.

길옆의 나무가 마귀로 변해 가지 손을 흔들어댔다.

아름다운 몽마가 관객들을 비웃었고 그 기괴하고도 매력적인 심상에 관객들은 점차 홀릴 수밖에 없었다.

선 굵은 멜로디 사이마다 등장하는 트라이앵글과 탬버린 소리는 작은 악마처럼 관객 주변에서 빛났다.

'오너라.'

배도빈이 두 팔을 앞으로 쭉 밀었다.

바순과 색소폰, 플루트가 끝도 없이 펼쳐진 복도와 어둡고 푸른 융단, 벽에 걸린 촛대에서 피어오르는 푸른 불꽃을 그렸다.

마왕성 내부는 위압적인 외관과 달리 고풍스럽다.

관객들의 마음에 어느덧 두려움 대신 설렘이 깃들었고.

바이올린의 아름다운 선율을 따라 마왕성으로 끌려 온 이들의 옷이 조각처럼 떨어져 나갔다.

음을 이어받는 첼로가 사라진 옷을 대신해 드레스와 턱시도를 입혀주었고 관객들이 새로운 기분으로 복도 끝에 이르렀을 때.

마왕이 두 팔을 높이 들었다.

오케스트라의 음량이 폭발적으로 커지면서 마침내 기나긴 복도의 끝이 열리고.

마침내 마왕이 강림했다.

트럼펫 소리가 높이 솟고.

큰북과 작은북, 튜바가 마왕의 위엄을 떨친다.

'아아.'

더없이 몰입한 이들이 두려워하고 있을 때.

음이 잦아들었다.

이내 고요함만이 남고.

긴장된 분위기 속에서 1악장이 끝났다.

그 뒤 어떤 연주를 들려줄지 관객들은 애탈 뿐이었다.

몇 초의 시간이 흐르고.

정적을 깬 것은 구두굽 소리였다.

지휘자 배도빈이 발을 굴러 딱딱 소리 냈고.

전혀 생각지 못했던 전개에 모든 이가 의아해하는 순간, 관악기가 불길한 분위기를 고조시키며 대두된다.

그 긴장을 뚫고 나오는 아름다운 멜로디.

얼어붙을 것만 같았던 콘서트홀을 녹여버리고 말았다.

어리둥절한 관객들 사이로.

마왕의 위엄 넘치는 모습이 드러나고.

리드미컬한 소리 사이로 타악기가 전면에 나섰다.

현악기의 우아하고도 치명적인 연주에 맞춰 들리는 갖은 소리는 마치 춤추는 사람들이 내는 발소리처럼 콘서트홀을 자극했다.

'찬양하라.'

'기뻐해라.'

'마왕께서 타락을 바라신다.'

지금까지의 교향적 무곡과는 전혀 다른 전개가 펼쳐졌다.

멜로디의 높이 차이를 더욱 강조하고 빠르게 전개하여 보다 열정적으로 노래하기 시작한 현악기를 배경으로.

타악부가 춤추기 시작했다.

탬버린과 트라이앵글이 소악마의 익살스러운 날갯짓을 표현했고.

큰북과 작은북이 철갑을 두른 기사들이 땅을 찍는 것처럼 울렸다.

자동차 휠과 솥뚜껑이 울릴 때는 생전 처음 듣는 소리에 관객들은 정말 미지의 악마가 목도한 듯했다.

'뭐야. 이거?'

처음 겪는 감정이었다.

타악기가 전면에 나선 오케스트라에 관객들은 뛰는 가슴을 어쩔 줄 몰라 했다.

그런 상황에서 첼로와 콘트라베이스가 등을 떠밀어내니 마왕성에 초대된 가련한 관객들은 저도 모르게 춤추기 시작했다.

마음이 요동쳤다.

그 과정에서 사카모토 료이치 역시 베를린 필하모닉이 안내한 마왕성에서 춤을 추었다.

더할 수 없이 기뻤다.

'마치 멜로디가 있는 난타 공연을 보는 듯하군.'

느낌은 전혀 다르나 배도빈의 베를린 필하모닉은 우아함을 유지하는 가운데 갖은 도구를 활용해 신비로운 분위기를 조성했다.

마치 악마에게 홀린 듯, 잘츠부르크 대축전극장에 앉아 있는 관객들의 어깨가 꿈틀댔다.

이미 마음속으로는 마왕성에서 벌어진 파티를 즐기고 있었다.

그때.

배도빈이 다시 한번 발을 굴렀다.

두 번의 구두굽 소리가 울리자.

현악 주자들이 마왕을 따라 발을 여러 번 굴렀다.

단 여덟 번의 짧은 행동이었지만 리드미컬한 그 행위는 관악기와 타악기의 연주와 어울려 정말 무도회장에 온 것만 같이 느껴졌다.

비로소 관객들은 체면을 떨쳐버리고 고개를 끄덕이며 박자에 어울리기 시작했다.

사카모토 료이치는 이제 정말 크게 소리 내어 웃고 싶었다.

이렇게 즐거운 연주회가 또 있었을까.

베를린 필하모닉 B의 연주회는 정말 마왕성에서 펼쳐지는 파티를 보여주는 듯했다.

신비롭고 불길하면서도 빠져들 수밖에 없는 멜로디와 유혹하는 악마들 그리고 마치 마법에 걸린 듯 춤추고 싶은 그의 마음이.

베를린의 마왕에게 영혼을 빼앗긴 것처럼 주체할 수 없었다.

그러한 현상은.

현장을 찾은 이들은 물론 디지털 스트리밍으로 시청하고

있던 팬들에게도 예외 없이 벌어지고 있었다.

악마들에게 농락당해 감정이 동하는 모습이 마치 춤을 추는 듯했다.

이대로 계속 춤추고 싶다고.

진정 그리 바랐다.

♪♪♪♪

연주는 끊어지지 않았다.

2악장과 3악장을 바로 연결하면서도 분위기를 바꾸기 위해 배도빈은 2악장 내내 격렬하게 춤췄던 타악기를 배제하고 트럼펫의 힘찬 소리를 넣었다.

그리고.

해석이라고 할 수 없이.

위대한 음악가의 원곡을 무참히 개조해 버린 베를린 필하모닉만의 3악장이 시작되었다.

분위기를 반전시킨 트럼펫 소리에 뒤이어 제1바이올린과 제2바이올린이 앞서거니 뒤서거니 하며 대화를 나눴다.

찰스 브라움이 이끄는 제1바이올린이 마왕을 칭송했고.

왕소소가 이끄는 제2바이올린이 제1바이올린의 멜로디를 반전해 노래하며 긴장감을 더했다.

'무슨 일이지?'

지금까지 마왕을 칭송하며 춤추고 노래했던 다른 악기들이 일순간 멈춰 눈치를 본다.

관객들도 마찬가지.

두 천재 바이올리니스트가 이끄는 신하들의 싸움이 치열해졌을 때.

관객들은 또다시 의외의 상황에 깜짝 놀랐다.

누구나 아는 남자가 무대 위로 올라왔기 때문.

뚜벅. 뚜벅.

밝은 금발을 단정히 묶어 넘긴 베를린 필하모닉의 고문, 니아 발그레이는 구두 소리를 감추지 않고 연주가 되는 도중 지휘단으로 향했다.

'뭐야?'

'무슨 일이야?'

'아!'

그의 손에 들린 베를린의 보물을 눈치채기까지 그리 긴 시간이 필요치는 않았다.

니아 발그레이가 건넨 캐논을 받아 든 배도빈은 잠시 지휘봉을 내려두고 두 악장이 이끄는 격렬한 대화 사이로 나섰다.

대포와도 같은 폭음.

장대비보다 빠르게 떨어지는 폭주.

마왕의 강림과 함께 격돌하던 제1바이올린과 제2바이올린이 멈추었다.

손과 발끝에서 돋아나는 전율이 등과 어깨를 타고 머리를 관통하는 순간이었다.

관객들은 마왕의 압도적인 존재감에 짓눌려 숨조차 제대로 쉴 수 없었다.

두려움에 떠는 악마들.

패배를 시인한 제1바이올린이 캐논의 노래를 따르기 시작했다.

제2바이올린과 비올라가 함께했고.

피셔 디스카우의 폭발적인 팀파니와 함께 모든 악마가 캐논을 따랐다.

말 그대로 즉위식.

배도빈이 연주를 멈추고 캐논을 내려놓자 마치 왕좌에 앉은 듯했다.

마왕은 지휘봉을 대신해 활을 휘둘러 만마가 내는 갖은 소리를 웅장한 노래로 바꾸어놓았다.

잡동사니로 난타 공연을 보여주는 듯한 모습과.

발을 굴러 춤추는 효과를 냈던 것에 이어 니아 발그레이를 통해 캐논을 전달받는 과정까지.

베를린 필하모닉이 선보인 극적인 연출과 매혹적인 연주에 관객들은 정신을 차릴 수 없었다.

영혼을 가져가 달라고.

제발 이곳에 영원히 함께 있게 해달라고 울부짖을 수밖에 없었다.

마왕이 마침내 두 팔을 번쩍 들어 올려 주먹을 쥐었을 때.

그의 땀이 조명에 닿았다.

마왕은 분명 웃고 있었다.

더없이 맑고 순수하게 자신의 음악이 온전히 연주되었음을 기뻐하고 있었다.

그 모습이 전 세계 5억 명의 시청자들의 가슴에 깊게 새겨진 순간.

세계는 마왕의 군세에 정복당해 버렸다.

"브라아보!"

"브라아보!"

왕좌를 강탈한 마왕을 향한 감격의 박수가 해일처럼 밀려들었다.

♪

결승 무대가 모두 끝나고 투표가 집계되는 도중.

OOTY 오케스트라 대전의 심사 위원단은 난감하기 이를 데 없었다.

베를린 필하모닉 B의 무대를 어떻게 받아들여야 할지, 평가해야 할지 알 수 없었다.

"부차적인 건 제외해야 합니다. 그래요. 백번 양보해서 바퀴니 잡동사니를 악기로 활용한 건 인정한다 칩시다. 하지만 탭댄스 흉내와 연주 중간의 난입이라뇨. OOTY 오케스트라 대전 결승전이 어디 이벤트 무대입니까?"

"제 생각도 같습니다. 베를린 B는 지나쳤어요. 연주 이외의 것으로 팬들의 환심은 살 수 있겠지만 혹시나 이번 대회를 통해 다른 오케스트라마저 베를린 B에 영향을 받게 될까 걱정입니다."

비단 두 사람만의 의견은 아니었다.

세계 클래식 음악 협회는 클래식 음악의 미래를 위해 발족된 집단이었고 OOTY 오케스트라 대전은 그것의 연장선이었다.

팬들을 위한 이벤트성 장치라면 모를까, 세계 최고의 오케스트라를 뽑는 자리에서 베를린 필하모닉 B가 보여준 행동은 적절치 않아 보였다.

특히 영국 출신의 바이올린 권위자인 다니엘 하워드는 격렬히 반대하고 나섰다.

"사람은 자연스레 자극적인 걸 찾아가게 마련입니다. 이런 풍조가 이어진다면 클래식 음악계가 무너지고 말 겁니다."

침묵을 지키고 있던 디미트리 알렉스가 입을 열었다.

"제 생각은 조금 다릅니다."

쇼팽 콩쿠르 및 여러 권위 있는 대회에서 심사 위원으로 위촉되었던 그에게 이목이 집중되었다.

"저는 베를린 필하모닉 B의 무대가 무척이나 좋았는데, 다른 분들은 어떠셨습니까."

"무슨 말씀을 하시나 했더니. 지금 그 이야기를 하고 있지 않습니까."

다니엘 하워드가 대수롭지 않다는 듯 콧김을 내뿜으며 말했다.

"아뇨. 제 말은 그들의 연주를 말하는 겁니다. 저는 그렇게 멋진 라흐마니노프의 교향적 무곡은 처음 들었는데, 그것에 대한 이야기는 전혀 없습니다."

"논점이 그것이 아니지 않습니까!"

디미트리 알렉스가 눈매를 좁히고 다니엘 하워드를 노려보았다.

"심사 위원단에서 논해야 할 이야기 중에 연주보다 중요한 것도 있습니까?"

"있고말고요. 디미트리 위원께선 이런 식으로 클래식 음악이 무너지는 걸 보고만 있으실 겁니까?"

"이해할 수 없군요, 다니엘 위원. 대체 무엇 때문에 클래식이 무너진다고 말씀하십니까?"

"베를린 B의 우스꽝스러운 연주에 팬들이 길들어 버리고, 다른 악단은 어쩔 수 없이 그와 같이 행동하면 그것이 클래식의 붕괴가 아니고 뭐란 말씀이십니까."

"하하하하!"

다소간 격앙된 대화 끝에 디미트리 알렉스가 폭소하였다.

그러나 미팅실에서 그 외에 웃는 사람은 아무도 없었다.

모두 이 두 사람의 대화를 심각하게 받아들이고 있었다.

"다니엘 위원께선 정말 재밌는 분이시군요. 팬들이 좋아한다면 그것도 나쁘지 않을 것 같은데 왜 그리 걱정하시는 겁니까?"

"하. 디미트리 위원, 그 말씀이 정녕 진심이십니까? 그들에겐 양질의 연주를 들려줘야 할 의무가 있습니다. 그래야 팬들도 교양을 쌓을 거 아닙니까."

디미트리 알렉스는 몹시 불쾌해 구역질이라도 하고 싶은 심정이었다.

"다니엘 위원, 음악가는 팬을 가르치는 사람이 아닙니다."

"누가 그랬습니까? 하지만 베를린 필하모닉만큼 영향력 있는 악단이 엔터테인먼트화 되어 버리면 누가 팬들을 올바른 길로 이끈단 말입니까. 이번 기회로 베를린도 자가 반성을 하도록 A에게 우승 트로피를 넘기는 게 최선입니다."

대화가 길게 이어지자.

심사 위원들은 다니엘 하워드가 말하는 요지를 충분히 이해할 수 있었다.

선민의식을 바탕으로 팬을 바른길로 인도해야 한다고 생각하고 있음이 드러난 것이었다.

그럴듯해 보이는 말이었으나 음악인으로 활동했던 심사 위원들이 보기에 다니엘 하워드의 생각은 언어도단이었다.

"클래식을 정말 사랑하시는 것 같습니다."

"물론이지요."

"그러면서 클래식이 왜 지금까지 사랑받고 있는지에 대해선 전혀 모르시는 것 같군요."

"뭐라고요?"

"듣는 사람이 있었기 때문입니다. 클래식이 위대해서 수백 년간 유지된 것이 아니라 그것을 사랑하는 사람이 있기에 지금도 연주되고 있는 겁니다. 올바른 길로 이끈다니. 대체 그 방향은 무엇입니까. 다니엘 위원이 생각하는 좋은 음악으로 향하는 길입니까?"

디미트리 알렉스의 말에 음악인으로 활동했던 심사 위원들이 내심 고개를 끄덕였다.

"음악은 팬들이 선택하는 겁니다. 그들이 없어서는 예술도 미학도 남지 않습니다. 그저 의미 없는 행위일 뿐이죠. 규격에 맞춰 팬들을 교화시킨다는 발상은 대체 어디서 나온 생각입니까?"

디미트리 알렉스에게 일침을 당한 다니엘 하워드는 당황하여 말을 몇 번 삼킨 뒤 삿대질하며 비아냥거렸다.

"아아. 그래서 클래식의 가치가 훼손됨에도, 팬들이 잘못된 방향으로 향하는데도 손 놓고 있겠단 말씀이시구려?"

"클래식의 가치는 팬들이 부여한다고 말씀드렸습니다."

"대체 팬들이 뭘 안단 말이오. 그들이 곡의 구조나 연주의 완성도에 대해 우리보다 깊이 안다고 생각하십니까?"

"알량한 지식으로 자신을 너무 과대평가하는 것 같습니다, 다니엘 위원. 당신이 말하는 그 올바른 방향이 대체 뭡니까? 당신이 푸르트벵글러나 얀스, 배만큼 음악을 잘 안다고 생각하시는 건 아니겠지요?"

"뭐, 뭐라?"

그 말을 시작으로 미팅실은 난장판이 되었다.

결국 고성이 오간 끝에 답을 내릴 수 없었던 심사 위원단 미팅은 각자의 판단을 통해 개인 심사를 하기로 결정되었다.

그것은.

작년 한해 음악계를 반으로 쪼개 놓았던 논란의 정점이었고 곪아 있던 클래식 음악계의 염증이었다.

대중성을 띤 작품과 연주에 대한 의미 없는 거부.

쉽고 자극적인 음악에는 작품성이 없다는 착각은 어설프게 공부한 이들의 공통사항이었다.

개인실로 돌아온 디미트리 알렉스는 그러한 상황에 답답해 하면서도 희망의 끈을 놓지 않았다.

♪

대망의 결승전을 치른 OOTY 오케스트라 대전도 마지막 순위 발표만을 남기고 있었다.

양쪽 모두 너무나 큰 기쁨을 선사해 주었기에 팬들은 어느 쪽을 선택해야 할지 고민할 수밖에 없었다.

ㄴ미치겠네 진짴ㅋㅋㅋㅋ

ㄴ생각하길 포기했다.

ㄴ나 진짜 배도빈 마지막에 캐논 들고 연주할 때 소름 돋았잖아ㅠㅠ

ㄴ불새 때 망가졌으면 어쩌나 싶었는데 오늘 연주 들으니 멀쩡하더라.

ㄴ넥을 갈았던데 뭐. 피 묻은 부분이 많지 않아서 수리 가능한 수준이었나 봄.

ㄴ나윤희가 정말 잘한 일이지.

ㄴ난 발그레이가 캐논 들고 나올 때가 젤 좋았음. 진짜 캐논이 왕관처럼 보이더라.

ㄴ진짜 연출력 오졌지.

ㄴ내 생각엔 백퍼 찰스 브라움 생각임. 그 나르시스트가 아니고서야 그런 발상을 할 수 있을 리가 없음.

ㄴ인정한닼ㅋㅋㅋㅋ 찰스 브라움 개인 리사이틀 들으러 가면 꼭 그

런 연출 한 번씩 있었으니깤ㅋㅋ

ㄴ나 클래식 듣다가 어깨 들썩인 거 처음이야. 진짜 막 춤추고 난리 나는데 나도 모르게 움직이는데. 아아. 진짜 너무 좋아.

ㄴ나돜ㅋㅋㅋ 진짜 배도빈 편곡력은 미쳤음.

ㄴ베를린 B 표현력도 장난 없더라. 구성원이 좀 어린 편이기도 하고 지금까지 대부분 배도빈이 멱살 잡고 캐리했다 생각했는데 저번 불새랑 이번 연주만큼은 달랐음.

ㄴ난 푸르트벵글러랑 A의 묵직함이 진짜 좋던데.

ㄴ나도. 나도. 카리스마 뿜뿜 미쳐 진짜 ㅠㅠ

ㄴ베토벤 8번이 진짜 지금까지 왜 주목을 못 받았는지 이해할 수 없더라. 과하지 않으면서도 존재감 미쳤고.

파이널라운드를 경험한 팬들은 결국 생각하길 포기.

마음이 가는 곳에 표를 던지고는 베를린 A와 B가 전해준 감동적인 무대에 대해 이야기하기 바빴다.

그것은 음악인들도 마찬가지였다.

"3악장 이어지는 부분에서 타악기를 배제한 것도 좋은 시도였네."

"음. 확실히 앞선 악장과는 전혀 다른 방향이었으니까. 분위기를 최대한 이끌면서 환기시키는 데 적절한 방법이었지."

마리 얀스는 제르바 루빈스타인과 배도빈의 편곡에 대해 토론 중이었고.

"피날레 직전에 내 피아노였으면 더 효과적이었어. 안 그래?"

"가우왕 씨랑 브라움 씨가 함께 연주했다면 세미파이널 때와 같지 않았을까요?"

"왜 그놈이랑 같이한다고 생각해? 당연히 소소랑 해야지."

"음……. 전 브라움 씨랑 소소 씨라서 더 좋았던 것 같아요. 따뜻함과 담백함이 잘 어울렸어요."

"……."

가우왕과 최지훈은 무도회장을 연상시키는 3악장의 표현 방법을 분석하였다.

'도빈 님, 도빈 님, 도빈 님!'

'아아. 나도 같이하고 싶었는데.'

나윤희와 프란츠는 벅찬 가슴을 간신히 달래는 중이었고.

"빌헬름의 해석으로 베토벤 8번 교향곡이 다시금 조명받을 것 같네."

"확실히 고전의 재해석이 먹혀들었지. 그와 같은 생각을 하지 않은 건 아니지만 그걸 해낸 푸르트벵글러나 베를린 A나 참 대단한 친구들이야."

사카모토 료이치와 브루노 발터는 푸르트벵글러의 의도를 추측하여 서로의 의견을 공유하면서.

이미 어떤 악단이 더 나았는지에 대해서는 아무도 이야기하지 않았다.

그들의 영혼이 충족된 지금.

그보다 중요한 것은 없었기 때문이었다.

모든 집계가 끝나고 사회자 자르제가 무대 위에 올랐다.

"클래식 음악을 사랑하는 신사, 숙녀 여러분. OOTY 오케스트라 대전도 이제 대단원의 막을 내리고자 합니다."

자르제의 목소리는 다소 떨리고 있었다.

"발표에 앞서 최고의 연주를 위해 평생을 갈고닦은 기량을 펼쳐주신 모든 참가 악단에 경의를 표합니다."

단상에서 벗어난 자르제가 고개를 숙였다.

음악에 삶을 바친 이들에 대한 진심 어린 감사였다.

지금까지 오케스트라 대전을 즐겼던 팬들은 그 마음에 동조하여 박수를 보냈다.

"그럼, 영광을 거머쥘 악단이 어딘지 지금 바로 공개토록 하겠습니다."

대형 스크린에 베를린 필하모닉의 로고가 떠올랐다.

겹쳐 있던 두 로고가 양쪽으로 이동하면서 그 아래로 Arena와 Beethoven라는 문구가 내려왔다.

베를린에 상주하는 A팀과 위대한 베토벤의 정신을 잇기 위해 만들어진 B팀.

베를린 필하모닉이 세계 최고의 오케스트라를 뽑는 자리에 당당히 이름을 내걸고 있었다.

"총투표수, 10,172,119표! 6억 2천만 명이 지켜본 OOTY 오케스트라 대전의 우승 트로피를 거머쥘 악단이 어딘지! 지금 공개합니다!"

자르제의 말과 함께.

장내에 북이 울리기 시작했다.

이내 트럼펫 소리가 힘차게 뻗어 나오며 스크린 화면이 전환되었다.

베를린 필하모닉 B

심사 위원단: 26.1(261점)

팬 투표: 37.4(5,431,912표)

합계 63.5(우승)

베를린 필하모닉 A

심사 위원단: 30(300점)

팬 투표: 32.6(4,740,207표)

합계 62.6(준우승)

가장 먼저 환호한 목소리는 탁하고 늙었으나 기운 넘치는 목소리였다.

사랑스러운 제자의 우승에 더없이 기쁜 그는 감정을 주체할 수 없었다.

빌헬름 푸르트벵글러는 결과를 본 즉시 배도빈에게 달려들어 얼싸안았다.

"크하하하핫!"

"자, 잠깐! 놔요! 아프다고!"

"잘했다! 이 녀석아, 정말 잘했어!"

풍채 좋은 노인은 더없이 기뻤다.

행복으로 눈물 맺힌 그 행복한 표정은 OOTY 오케스트라 대전의 여러 기록 중에서도 가장 많이 사랑받는 사진으로 남았다.

to be continued

• 부록 •

Q&A

Q. 어디 사세요?(미냥 님)

A. 서울시 관악구에 은신중입니다.

Q. 머리카락을 쥐어뜯어서 필력과 두발을 교환하는 건가요?(륜륜 님)

A. 제 머리는 안 받아준대요.

Q. 애인 있어요?(효범이 님)

A. 없습니다! 왜요!

Q. 이 소설을 구상한 계기는?(검술보세요 님)

A. 노력을 이야기하고 싶었습니다.

Q. 이모티콘 몇 개?(륜륜 님)

A. 8개 가지고 있어요! 고속토끼!

Q. 가장 좋아하는 음악가는 누구?(풍이 님, 순수밀크 님)

A. 베토벤과 쇼팽이요! 에밀 길렐스와 라파우 블레하츠, 사이먼 래틀, 클라우디오 아바도를 좋아합니다.

대중 음악에선 Mr. Big, NIRVANA, MUSE, My Chemical Romance, Maroon 5, Rhapsody of Fire, Melee, 체리필터, 뷰렛, 노라조와 같은 록 밴드.

god, 2AM, 카라, 거북이, SMAP, Kinki Kids 같은 그룹.

Elton John, Sting, 나얼, 아이유, 윤하 같은 싱어송라이터도 좋아합니다.

Q. 연주자? 전공자? 다루는 악기는?(별과마음 님, 도비는무료예요 님)

A. 어려서부터 클래식을 들었고 피아노를 오래 배우긴 했지만 학생 때 일입니다. 서양 음악사는 인연이 있어 가르침을 받았습니다.

Q. 곡 선정은 어떻게? 영감을 준 음악은?(순수밀크 님, Youngmin 님, 숭이몬 님, 밥상 님)

A. 컬렉션 중에 자주 듣는 곡으로 선정하는 편이에요. 또 영화나 오페라, 게임, 애니메이션 등에 수록되었던 곡들도 많이 참고하고 있습니다.

영감이라고 해야 할지 좋아하는 곡은 정말 많은데, 요즘엔 하루에 한 번은 꼭 라 캄파넬라를 듣고 있어요. 클라라 주미 강의 연주를 추천합니다!

Q. 모델이 있는 등장인물에 대해(도비는무료예요 님)

A. 이 부분은 완결 후에 주요 인물과 함께 설정을 풀어내도록 하겠습니다!

Q. 중요한 순간에 끊어서 독자를 기다리게 하는 거 즐기죠?(검술보세요 님)

A. 독자님들 속일 때가 제일 재밌어요!

Q. 누군가 베토벤이 다시 태어난 걸 알게 되나요?(fille 님)

A. 곤란합니다!

Q. 배도빈이 카레에 집착하는 이유는?(도비는무료예요 님)

A. 배도빈은 소유욕이 무척 강합니다. 가족과 유년 시절, 교육, 연인을 포함한 인간관계, 청력 등을 박탈당한 경험 때문에 다시 태어난 뒤 얻은 소중한 것을 지키고자 하는 마음이 큽니다.

카레는 〈다시 태어난 베토벤〉에서 중요한 장치로 사용되지만 그뿐만이 아니라 커피를 타는 법, 가족, 동료 모두에 집착하고 있습니다.

다만 그걸 자존심 때문에 드러내지 않을 뿐이죠. 작중 감정이 격해질 땐 솔직해지기도 했습니다.

Q. 배도빈의 삶을 구성하는 요소는? 좋아하는 음식은?(Hangi 님, 밥상 님)

A. 가족, 음악, 동료, 미식 그리고 계층 간, 인종 간, 국가 간의 평화를 진지하게 고민합니다.

좋아하는 음식은 카레와 디저트, 탄산음료와 과일 주스, 커피. 절주를 하고 있는 반동으로 자극적인 음식을 찾습니다.

Q. 배도빈의 편곡 방향은?(Youngmin 님)

A. 배도빈의 편곡 방향은 솔직함입니다.

음악을 듣는 사람은 대중이고 그들이 이해하지 못하면 의미가 없다는 게 배도빈의 지론입니다.

때문에 완성된 모습은 직선적이고 표면적으로 보이지만 그 감동을 주기 위해 깊이 고민합니다.

뛰어난 음악가들은 그 안에서 음악적 성찰과 감동을 발견할 수 있지만, 그렇지 않은 이들에게는 관심을 얻을 좋은 타깃이 되기도 하여 자극적이고 상업적인 곡이라는 비난과 위대한 곡이라는 찬사를 동시에 받고 있습니다.

Q. 배도빈은 행복한 가정을 꾸릴 수 있을까요?, 인생의 동반자가 생길까요?(jk 님, Hangi 님)

A. 꽤 여러 번 힌트가 나왔어요!

Q. 배도빈의 음악 인생에 큰 변화를 줄 일이 생길까요?(Hangi 님)

A. 곧 확인하실 수 있을 거예요!

Q. 배도빈의 키는? 최지훈은? 인물들의 키가 궁금해요!(순수밀크 님, 륜륜 님, 메루 님)

A. 299화 2023년 7월 기준, 만 17세 배도빈의 키는 166.6㎝입니다. 만 18세 최지훈의 키는 183.1㎝!

주요 인물을 작은 순서로 언급해 드리면.

배도진(121㎝).

프란츠(158㎝), 왕소소(159㎝).

유진희(161㎝), 료코(164㎝), 나윤희(167㎝), 진달래(168㎝).

사카모토(172㎝), 차채은(174㎝), 히무라(175㎝), 나카무라(177㎝/104㎝), 찰스(177㎝), 배영준(178㎝).

푸르트벵글러(180㎝), 노이어(181㎝), 아리엘(181㎝), 가우왕(182㎝), 마르코(184㎝), 디스카우(195㎝, 김덕배와 함께 작중 최장신)입니다.

Q. 현재 배도빈의 능력 수치가 궁금해요.(오리스 님)

A. 2023년 7월 기준.

작곡 99(완성), 작사 49(진전), 편곡 99(완성), 음감 97(완성)입니다.

+지휘 92(전문), 바이올린 92(전문), 피아노 98(완성).

Q. 배도빈이 보는 수치를 기준으로 작중 리빙 레전드의 능력이 궁금해요.(라빈 님)

A. 그 수치는 <다시 태어난 베토벤>에서 단 두 사람만이 볼 수 있지만, 만약 적용된다는 가정으로 적어볼게요! 실존했던 인물에 대해서는 말을 아끼겠습니다!

2023년을 기준으로 작성했습니다.

(과거/현재 or 특수상황)

리빙 레전드

사카모토 료이치

작곡 98(완성), 작사 92(전문), 편곡 97(전문), 음감 88(전문), 지휘 97/88(전문).

빌헬름 푸르트벵글러

작곡 87(전문), 작사 74(능통), 편곡 97(완성), 음감 89(전문), 지휘 99(완성).

마리 얀스

작곡 69(능숙), 작사 75(능통), 편곡 96(완성), 음감 88(전문), 지휘 99(완성).

아르투로 토스카니니

작곡 78(능통), 작사 59(능숙), 편곡 86(전문), 음감 96(전문), 지휘 97(완성).

브루노 발터

작곡 77(능통), 작사 68(능숙), 편곡 91(전문), 음감 89(전문), 지휘 98(완성).

피아노 부문

크리스틴 지메르만(99), 사카모토 료이치(98/95), 글렌 골드(96), 가우왕(93), 미카엘 블레하츠(93/87), 홍승일(91/93), 최성신(85), 최지훈(85), 니나 케베리히(84), 학부생(50)

바이올린 부문

니아 발그레이(99/71), 빌헬름 푸르트벵글러(99/86), 스노우 한(95), 찰스 브라움(95), 사카모토 료이치(92/86), 케르바 슈타인(92), 아리엘 얀스(90), 헨리 빈프스키(90), 나윤희(89/95), 왕소소(88), 마리 얀스(87/86), 학부생(50)

Q. 시스템창은 도빈이가 계속 무시하는 건가요? 단행본에서는 설정이 없어지나요? 나중에 또 나오나요? 중간에 콘셉트가 바뀐 건가요?(검술보세요 님, qhdusl 님, 순수밀크 님, 도레미 님, 심건수 님)

A. 그렇습니다. 쭉 무시하고 있어요. 하지만 중요한 이야기입니다. 배도빈을 귀찮게 하는 말들에 대한 콘셉트는 단 한 번도 바뀐 적 없습니다. 앞으로도 마찬가지입니다.

Q. 배영준의 연구가 향후 사건에 대한 복선인가요?(풍이 님, 황제펭귄 님)

A. 넵!

Q. 잘츠부르크에도 카레집이 있나요?(Claire 님)

A. 배도빈은 잘츠부르크에 도착하자마자 카레집을 찾았고 몇몇 매장을 발견했지만 마땅치 않아 베를린 자택의 전속 요리사를 불러 주말마다 카레를 즐기고 있습니다.

Q. 채은이가 계속 피아노를 쳤다면?(메루 님)

A. IF 설정이긴 하지만, 어린 차채은이 피아노를 계속 연주하려면 배도빈이 옆에 있어야 하는 조건이 붙습니다.

지금과 같은 독립적인 인물이 아니라 매우 의존적인 성격이 되었을 테고 중학생 때까지 배도빈의 연주를 카피만 하다가 최지훈과의 격차를 느끼고 자신만의 길을 찾아갈 거예요.

이후 거장들과 어깨를 나란히 둔 피아니스트가 되었을 겁니다. 최지훈과는 좋은 라이벌이 되었겠죠!

Q. 도진이도 다시 태어났나요?(ㅇㅇㅇ 님, 도비는무료예요 님)

A. 아뇨! 그냥 이상한 아이입니다.

Q. 도진이 외전은? 도진이 아이큐는?(쁘링글쓰 님, 라빈 님)

A. 엑스트라급까지 모든 인물에 대한 외전이나 이야기를 쓸 수 없지만 완결 후든 글 사이사이든 주요 인물에 대한 에피소드를 적어도 하나씩은 그릴 예정이에요!

도진이의 IQ는 동년배의 검사지로는 측정이 어려워 성인 기준으로 환산, 166입니다.

Q. 등장인물들의 TMI를 알고 싶어요(미키마우스 님)

A. 이러한 내용은 본문이든 또는 완결 후 외전의 형태든 꼭 풀어내겠습니다!

Q. 악단 이름은 앞으로 어떻게?(륜륜 님)

A. 추후 변경 가능성은 있지만 일단은 베를린 필하모닉이란 이름은 유지할 예정입니다.

베를린 필은 A와 B로 나뉜 것처럼 유닛이 생길 예정이에요.

현재 연재본 안에서 생각할 수 있는 유닛은 Cruise 팀이겠죠? 그래서 C팀입니다!

Q. 〈다시 태어난 베토벤〉을 구상한 계기는?(도비는무료예요 님)

A. 이건 종이책 1권 머리말에 적어 두었지만 간단히 말씀드리면 노력하는 저를 위로하기 위한 망상으로 시작하였습니다.

Q. 음악 묘사는 어떻게 하나요? 참고할 만한 연주는?(풍이 님, 숭이 님, 지은~★ 님, 도비는무료예요 님)

A. 쓰기로 정한 곡을 잘 때, 산책할 때, 밥 먹을 때, 원고 쓰기 전에 들으며 생각을 정리합니다.

글을 쓸 때는 구입한 악보를 참고하면서 감상했을 때 느꼈던 걸 표현하고자 노력해요!

다만 음악이 글을 대체할 수 없는 것처럼 글 역시 마찬가지라 표현에 한계가 있어 최근에는 되도록 서사가 있는 짧은 이야기로 비유하고자 노력하고 있습니다.

다만 도빈이가 연주, 지휘하는 곡은 참고자료는 있어도 상당히 많이 각색되었습니다. 특히나 카덴차와 같은 부분은 더욱이요.

가장 많이 참고하는 건 빈 필과 베를린 필의 연주입니다.

Q. 클래식에 대한 음악적 지식은 어떻게 공부하나요?(Youngmin 님)

A. 대학에서 맛만 봤던 경험과 다시 태어난 베토벤을 쓰기 전에 샀던 학술자료, 강의, 공연, 다큐멘터리, 실황 DVD나 블루레이, 컬렉션 음반을 참고자료로 애용합니다.

Q. 현재 내용이 초기 구상과 같나요? 변했다면 이유도!(지은~★ 님)

A. 다릅니다! 끄으윽. 너무 달라요.

현재로서는 두 가지 정도 말씀드릴 수 있는데 하나는 글을 쓰기 전에는 클래식뿐만이 아니라 재즈, 탱고, 팝, 록을 다양하게 다루고 싶었습니다.

하지만 주인공을 베토벤으로 잡으면서 굳이 억지로 여러 장르를 소개해 글이 방향성을 잃는 것보단 클래식 이야기를 하되 중간중간 다른 장르를 보여주기로 했습니다.

두 번째는 배도빈의 진로인데요. 검정고시를 준비하는 공백기에 관한 일입니다.

막 원고를 쓰기 시작했을 때의 설정으로는 배도빈이 과거 기억과 현대 지식을 정리한 논문으로 인정받아 독일에서 석사 학위를 따고 대학 강사, 나아가 정교수가 되는 이야기를 구상했는데, 소설이 자칫 지식 전달밖에 하지 않을 듯해, 그런 재미 없는 글로는 굶고 말 거야 하고 접어두었습니다.

Q. 댓글이 실감나요!(지은~★ 님)

댓글이나 기사, 편지 같은 걸 쓸 때가 가장 고역입니다. 그 때만큼은 인격이 여럿이었으면 하곤 해요.

이런 부분은 관찰이 중요한 것 같습니다. 되도록 타인 입장에서 생각해 보고 왜 저런 말을 할까, 한 번 더 생각하고 작성합니다. 노력한 부분인데 알아봐 주셔서 감사합니다!

Q. 종이책 1, 2권은 몇 화까지의 내용을 담고 있나요?(131019 님)

A. 카카오페이지 연재본 054화까지의 내용을 담고 있습니다.

Q. 종이책에 삽화?(세상행복 님)

A. 종이책 내지 칼라 인쇄가 안 되어 삽화는 연재본에 수록할 예정입니다. 1순위는 배도빈과 최지훈입니다!

Q. 사전 예약구매도 되나요? 친필사인 증정 이벤트도!(서재방주인 님)

A. 저 그렇게까지 인기 없어요. ㄲ윽.

하지만 사인이라니…… 그런 멋진 것은 해보고 싶네요. 관련 이벤트를 한번 구상해 볼게요!

Q. 책 부록에 등장 곡을 정리해 주세요, 음반을 내주세요(SY 님, 제베 님)

A. 1, 2권은 이미 작업에 들어가서 어렵지만, 완결권에 모든 곡은 아니더라도 몇몇 중요한 곡은 정리해 보겠습니다! 2차 저작물에 대한 권한은 KW북스에 있습니다.

Q. OOTY 우승 후 완결인가요?(이용희 님)

A. 아닙니다!

Q. 몇 화까지 연재할 계획인가요?(익명 님, 풍이 님, 이용희 님, 게으른 원숭이 님, 메루 님, 풍이 님)

A. 처음에는 175화까지라도 쓰자고 생각했는데 작년 9월 런칭한 뒤에는 300화쯤이면 완결할 수 있을 것으로 생각했습니다. 그리고 지금은 400화를 목표로 잡고 그마저도 외전을 써야겠네 하고 울고 있습니다. 400화 정도라면 종이책으로는 15권 정도 될 듯하네요. 또 어떻게 될지 모르지만요.

Q. 결말은 이미 생각해 두고 있나요?(냥냥 님)

A. 네! 처음 구상했을 때부터 지금까지 마지막 장면은 변함없었고 그건 마지막 문장을 쓰는 순간까지 그럴 거예요.

Wish Books
무공을 배우다
목마 퓨전 판타지 장편소설
WISHBOOKS FUSION FANTASY STORY
"무(武)를 아느냐?"
잠결에 들린 처음 듣는 목소리에 눈을 떴을 때,
눈앞에 노인이 앉아 있었다.
"싸움해 본 적 있나?"
"없는데요."
[무공을 배우다.]
20년 동안 무공을 배운 백현,
어비스에 침식된 현대로 귀환하다!
'현실은 고작 5년밖에 지나지 않았다고?'

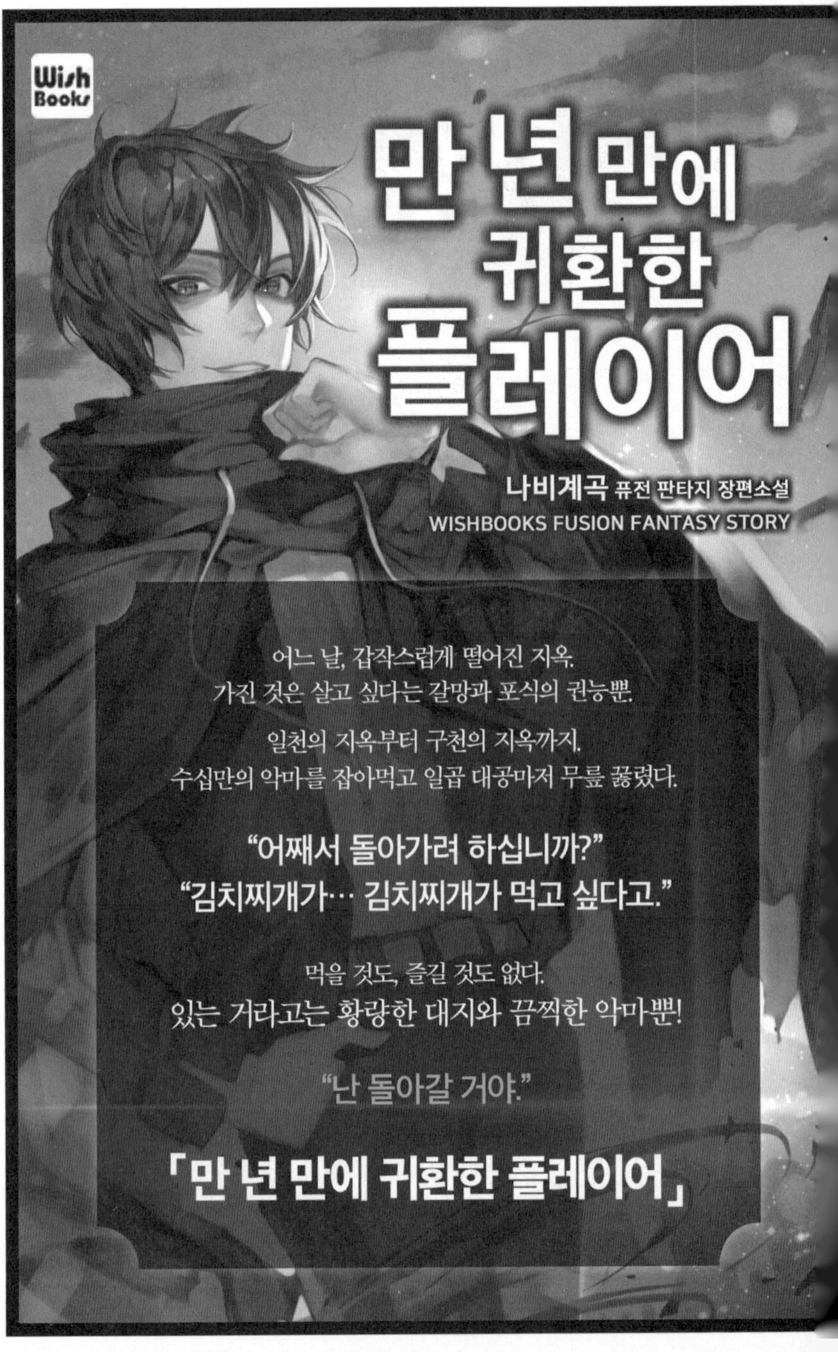
Wish Books
만 년 만에 귀환한 플레이어
나비계곡 퓨전 판타지 장편소설
WISHBOOKS FUSION FANTASY STORY
어느 날, 갑작스럽게 떨어진 지옥.
가진 것은 살고 싶다는 갈망과 포식의 권능뿐.
일천의 지옥부터 구천의 지옥까지.
수십만의 악마를 잡아먹고 일곱 대공마저 무릎 꿇렸다.
"어째서 돌아가려 하십니까?"
"김치찌개가… 김치찌개가 먹고 싶다고."
먹을 것도, 즐길 것도 없다.
있는 거라고는 황량한 대지와 끔찍한 악마뿐!
"난 돌아갈 거야."
「만 년 만에 귀환한 플레이어」